ryuoh no oshigoto!
りゅうおうのおしごと!
19
白鳥士郎
イラスト しらび
監修 西遊棋

「俺が勝ったら…………

結婚してください」

女流名跡
雛鶴あい
星雲戦決勝トーナメント

四段
椚創多
「じゃあ
ぼくの勝ちだね」

目次

著者	白鳥士郎	作品名	りゅうおうのおしごと!19
イラスト	しらび	監修	西遊棋

総ページ数	発行所	発行年月日
456ページ	SBクリエイティブ	2024年6月30日

迄456ページにて りゅうおうのおしごと! 第19巻ぜんぶ

りゅうおうのおしごと！ 19

白鳥士郎

GA文庫

椚《くぬぎ》創《そう》多《た》

四段。史上初の小学生棋士。大阪に研究部屋を借りたため必要な家具を揃えに家電量販店へ。エアコンを買うつもりがパソコンを買ってしまい、暑さに苦しむ。

神《かん》鍋《なべ》歩《あゆ》夢《む》

帝位。A級棋士。初タイトル獲得で盛大に就位式を挙行。主催社から贈られる記念品に高級ヘアドライヤーを所望。髪と将棋に艶が増したと評判。

月《つき》夜《よ》見《み》坂《ざか》燎《りょう》

女流玉将。実家暮らしで大家族なため家電の取り合いが頻発。タイトル戦の賞金で自分用の小型冷蔵庫を購入するも中の飲み物を勝手に飲まれて一人暮らしを決意。

坂《さか》梨《なし》澄《すみ》人《と》

フリークラスの四段。月夜見坂の兄弟子。年齢制限ギリギリでプロ棋士になる。対局料で師匠と両親にマッサージチェアをプレゼント。

登場人物紹介

九《く》頭《ず》竜《りゅう》八《や》一《いち》

竜王。史上最年少二冠王だったが帝位を失冠し最年少失冠記録も樹立。内弟子が出て行ってからは喋る家電（自動調理器）を購入し、寂しさと飢えを満たす。

雛《ひな》鶴《つる》あい

八一の弟子。女流名跡。プロ棋士を相手に１４連勝中。実家の旅館では全て業務用のものを使用していたため、一般家庭用の家電に容量やパワー不足を感じている。

空《そら》銀《ぎん》子《こ》

八一の姉弟子にして恋人。史上初の女性プロ棋士（四段）だが休場中。研究部屋用にロボット掃除機を導入するも仕上がりに納得がいかず、弟弟子に掃除させていた。

夜《や》叉《しゃ》神《じん》天《あ》衣《い》

八一の二番弟子。女流三冠。黒を好むため家電も基本的に全て黒色を注文。何気なく部屋の模様をＳＮＳにアップすると大バズり。翌年から生活家電で黒が流行する。

☗傷跡

最近、対局の前によく見る夢がある。

誰もいない将棋会館を、ずっと一人で彷徨《さまよ》い続けている夢だ。

シチュエーションはいつも同じ。

奨励会の退会が懸かった一局。

この将棋に負けたら人生終わり――そんな将棋の最終盤からいきなり始まる。

鳴り響く対局時計《チェスクロック》の警告音。

残り五秒。何か指さなければ負けだ。

呼吸が止まるほどのパニック。全身が振動するほど心臓がバクバクと爆ぜる。

詰みが見える時もあれば、見えない時もある。

けれど詰みが見えたところで結末はいつも同じ。

なぜかその詰みを逃して負ける。

不思議なのはこの後だ。

対局を終えて、駒を片付けて……ふと顔を上げると、もう対局室には誰もいない。

ガランとした大広間には整然と将棋盤だけが墓石みたいに並んでる。その真ん中に立ち尽くす。

退会の挨拶をするために幹事を探すけれど、どこを探しても見つからない。

それどころか将棋会館には人っ子一人いない。

駒音だけが微《かす》かに聞こえる古い建物の中を、誰かを探して彷徨い歩く。

やがて疲れ果てて……四階のエレベーター脇にあるボロボロのソファーに座り込むと、こみ上げてくる悲しさに耐えられなくなり、頭を抱えて泣くんだ。

「………ちくしょう………」

だからベッドで目が醒めた時は、だいたい頬が濡れている。

そのまま泣き続けることもある。畜生、畜生、と嗚咽を漏らしながら。

そして思い出すんだ。

今日、これからまた将棋会館《あそこ》で対局するんだ……って。

棋士の肩書きは付いた。

地獄だと思っていた例会にはもう参加しなくてもいい。公式戦にも出られるし、対局料もいただける身分。

将棋で飯が食えるという、夢のような人生を掴んだ。

それなのに。

何で今になって………こんな夢を見るんだよ？

☖宿題

「竜王。ちょっといいかな？」

あれは、あいが研修会に入って少しした頃……ちょうど天衣《あい》との初対局で負けたばかりの頃のことだった。

関西将棋会館の事務局で免状に署名していた俺《おれ》に声を掛けてきたのは——

「久留野《くるの》先生？　何かご用ですか？」

「ん。雛鶴《ひなつる》くんについてなんだが……研修会で少し気になることがあってね」

「あいですか？　天衣じゃなくて？」

久留野義経《よしつね》七段は関西研修会の幹事。

あいが入会試験を受けた時には自ら対局してくれたし、ご両親と俺が『あいが中学卒業までにタイトルを獲れる女流棋士にする。ダメなら雛鶴家に婿入りする』という約束を交わした場面もリアルで見ている。

それだけに、あいの育成には常に心を砕いてくれていた。

「実はね。雛鶴くんが最近………詰将棋《つめしょうぎ》ばかりしているんだ」

「それは仕方がないんじゃないですか？　七手詰めを逃して天衣に負けたばかりですし」

あいはもともと詰将棋から将棋を覚えた。

　頭の中に詰め込んだ問題を実家の温泉旅館を手伝いながら解くという方法で強くなった天才少女だ。

　しかもその問題は三手詰めとかじゃなく『これが解ければプロになれる』とまでいわれた、伊藤看寿《いとうかんじゅ》の作った『将棋図巧』とか超絶難しい詰将棋だ。最後の問題とか六一一手もあるんだよ？　それを頭の中だけで……バケモノかよ……。

「いやいや。そういうレベルじゃないんだよ」

　久留野先生は深刻な表情で俺に耳打ちする。

「作ってるんだ。詰将棋を」

「っ!?　……創作ですか？」

「ああ。研修会には私の他にもプロが指導に当たるけど、その中には詰将棋作家もいるからね。自作の詰将棋を見せて、非常に高度な詰将棋談義に花を咲かせている。他の研修生の子たちはもちろん、私のようなプロ棋士にも理解できないような話を」

「………………」

「あれでは研修会に将棋を指しに来ているのか、詰将棋を添削してもらいに来ているのか、わからないくらいだよ。少し……注意したほうがいいんじゃないかな？」

　俺はすぐ家に飛んで帰った！

　あいはアパートの和室にいて、卓袱台《ちゃぶだい》の上に広げたノートに一心不乱に何かを書いている。

「あい！　お前は一体何をやって…………………………ああ、学校の宿題をしてたのか？」

卓袱台の上のノートに俺は目を走らせた。

『国語』『算数』『理科』『煙詰』『社会』…………んんんっ⁉

「あいちゃん！　何ですかこれは⁉」

俺は表紙に『煙詰《けむりづめ》』と書かれたノートを取り上げて中を確認する。

うわっ。何か魔方陣みたいなのがビッチリ書き込んであって怖い……。

「おいおいちょっと！　これ詰将棋じゃないか！　てっきり学校の宿題をやってると思ったらまたこんな実戦に絶対出ない感じの難しそうな詰将棋をやってたのか⁉」

「煙詰を……」

「解いてたのか⁉」

「いいえ。将棋図巧九九番『煙詰』を逆算して、看寿がどうやって煙詰を創作したのか、その思考過程を辿《たど》っていました」

「きみ本当に小学四年生の女の子⁉」

「えへへ♡　自分でも煙詰を作ってみたくて！」

好みが渋すぎる……。

しかも内容が高度過ぎて竜王の俺でも理解できない……詰将棋を逆算？　それ何？　おいしいの？

「看寿なかなかやります。手順をバラバラに分解してもっといい煙詰を作ってやろうと思ったんですけど、どこも最善で手を加える隙がありません」

　アカン。

　こ、このままでは……初めての弟子が女流棋士じゃなくて詰将棋作家になってしまう！

「あい」

　俺はその場に正座すると、限界まで厳格そうな声と表情で告げた。

「前にも一度言ったと思うけど、詰将棋を解くのはいい。だけど創作はダメだ。時間を取られすぎる」

「…………………むー」

　あっ。

　これはメチャメチャ不満そうだぞ。ほっぺ限界まで膨らんでるし。

「……あいは将棋がしたくて師匠の弟子になったのに……これやったら実家にいた頃と変わらんがいね……」

「俺は将棋を教えるために内弟子《うちでし》を取ったんであって詰将棋創作を自由にさせるためにじゃない。言いつけに従えないなら田舎に帰りなさい！」

「解くのはいいんですよね？」

「終盤力の強化になる範囲なら」

「おことばですが」

あいは小学校みたいに挙手をして反論してくる。

「詰将棋を作る時も、ずっと解いてるんですけど？　ちゃんと詰むかとか余詰《よづ》めがないかとか調べるのは、完成した詰将棋を解くより読みの力と根気が必要なんですけど⁉」

「それは…………まあ、そうかもだけど……」

「しかも常に新しい詰み手順を開発しようとするから、実戦でどんな意外な詰みが出ても発見できます」

普段は素直なのに……詰将棋のことになると本当に頑なだなこの子。

実は『詰将棋を作ると弱くなる派』と『強くなる派』は古来から議論を戦わせてきた。

弱くなる派の理屈は明快だ。俺はそれを口にする。

「詰将棋みたいな局面や手順は実戦に出ないから！　残念ッ‼」

プロ棋士はこの意見が圧倒的多数派だろう。

詰将棋を一度もやらなくても実戦だけで終盤力が強化され、勝てるようになる。ちなみに俺もこっち派だ。

「しかも実戦はわざわざ詰まさなくても勝てるから！『長い詰みより短い必至』だから！」

「うっ……！　け、けど――――」

一瞬だけたじろいだあいだったが、すぐに反撃してくる。

しかも一番強いカードを切って。

「けど月光《つきみつ》会長は詰将棋を作ってらっしゃるじゃないですかーっ!!」

「ッ!!　………………ぐっ……！」

これだ。

関東では名人が理想の棋士とされている。名人はあんまり詰将棋に興味が無いから、解くのはもちろん創作なんて若手は誰も興味を示さない。チェスのほうが流行ってるくらいだ。

しかし我が関西においては月光聖市《せいいち》十七世名人こそが理想の棋士。

だから……かはわからないが、現役プロ棋士で詰将棋作家は関西所属が多い。研修会であいに将棋を教えてくれてるプロの中にも詰将棋作家がいるように。

何よりも俺自身…………けっこう期待しているのだ。

初めての弟子が、月光会長のような驚異的な終盤力を備えた棋士になって……美しい詰みを実戦で見せてくれることを。

必至でも勝てるところを敢えて踏み込む勇気にこそ、人は感動するのだから。

「………………わかった」

あいが机の上に広げていた『煙詰』のノートに目を落として、俺はこう提案した。

「じゃあそれは俺の『宿題』にしよう」

「しゅく……だい？」

「ああ」

ノートの中にびっしり書き込まれた詰将棋特有の手筋や思考方法は、あいの頭の中そのものが表現されているようで。

「俺もちゃんと詰将棋について勉強する。その上で、詰将棋創作をすることが実戦にとってプラスになるかマイナスになるかを判断する」

「……師匠が…………？」

「だからそれまで……創作は封印してくれないか？」

あいは無言のまま俺に『煙詰』のノートを預けることで、その提案に同意してくれた。

その後、俺は名人との竜王防衛戦で『最後の審判』という詰将棋と同じテーマを盤上に出現させた。

だがあれは将棋のルールの問題を突いたのであって、詰将棋創作が実戦に生きたとはいえない。

あいは内弟子を解消して俺の家を出たし、女流タイトルも獲得した。ご両親と交わした約束は果たされたのだ。

でも――――

あの時の宿題はまだ、俺の中で生き続けている。

第一譜

☗秘密基地

その日、ぼくの目の前で唐突に将棋は終わりを迎えた。

「あっ……終わっちゃった」

大阪《おおさか》市内。

研究部屋として借りたばかりの賃貸マンションの一室でデータベース上にアップされた棋譜《きふ》を確認していたぼくは、思わずそう呟《つぶや》いていた。

それは、あまりにも呆気《あっけ》ない幕切れで。

だからだろうか？

この将棋が指されて二十時間以上が経過していたのに、まだ誰《だれ》も、これが将棋というゲームが攻略された証明だということに気付いていないようだった。

「何の棋譜を見てるんだ？」

後ろから声を掛けられたけど、ぼくはモニターを見続けたまま答える。

「女流棋士の対局です。八一《やいち》さんの弟子同士の」

「あいちゃんと天衣《あい》ちゃんのか？」

声の主《あるじ》は身を乗り出してモニターに表示された局面を確認する。

けれどそれは、この棋譜の重要性を認識したというよりも、両方の対局者のことをよく知っているからの行動だろう。

「どっちが勝った？」

「雛鶴《ひなつる》さんのほうですね。でも最後に相手のミスを誘って勝っただけで、重要なのは夜叉神《やしゃじん》さんの指した手のほうです」

「……そういえば天衣ちゃんは、祭神雷《さいのかみいか》との将棋でもこんな妙な将棋を指してたな。女流帝位《じょりゅうていい》戦の第一局で」

「祭神？　あのストーカー女ですか？」

「ああ。途中で祭神さんが体調不良になったとかで最後までは指さずに終わったが……お前も竜王戦であの子と当たってたよな？」

「…………」

　確かにぼくと戦った時の祭神雷もヤバかった。

　人間を捨てて、まるで機械のような将棋を指していたけど……その機械人間を破壊してしまうような将棋を夜叉神天衣が指したということなんだろうか？

「女流帝位……第一局…………………これか」

　画面に現れたその棋譜は、確かに途中までしか指されていない。

　けど、雛鶴さんとの将棋よりもストレートにそれが表現されていた。

　将棋の終わりが。

——やっぱり夜叉神さんは知ってるんだ！　将棋の結論を……！

そしておそらく雛鶴さんもそのことに気付いている。

祭神雷はそのことを知らずに正面からぶつかって壊れちゃったけど、雛鶴さんは将棋の神様とも勝負できる方法を考え抜いて戦った……そんな棋譜だ。

将棋の神様と、その神様を殺す者。

二つの存在が一度に登場するなんてさすがに想定外！

「しかも二人とも八一さんの弟子で、ぼくより年下の女の子だなんて‼」

プライドが傷つくとか、そういう些末《さまつ》なことを遙《はる》かに上回る衝撃だ。初めて八一さんと将棋を指した時のような感動と高揚感があった。

「この棋譜を掘ります。しばらく話しかけないでください」

ぼくは手元のキーボードを操作して将棋ＡＩを起動させた。

部屋全体が微《かす》かに振動を始める。

それは大量のＣＰＵやＧＰＵを冷却するためのファンが動く音だった。

「おっ！　いよいよこの秘密基地がフル稼働するってわけか」

書類上はこの部屋の借主になってるその人は、楽しそうに言った。

この部屋はあまりに忙しくなりすぎて奈良《なら》まで帰るのが物理的に不可能になりつつあるぼくがお金を出して借りている。

立地や金額なんかももちろん考慮したけど、一番の決め手は『電力』。最新のCPUを搭載したモンスターマシンを動かしてもブレーカーが落ちないようアンペアを増強した。その工事のために入居が遅くなったくらいだ。

間取りは3LDKだけど部屋の一つはサーバールームになっている。暗くて大量の電気を使ってるから大麻の栽培でもしてると勘違いされるかもしれない。

もう将棋は電力で棋譜を生成する時代だ。

ぼくの実家は奈良の築四十年になる普通の建売住宅。電源を増強するのは無理だし、そもそも電気代を見ただけでお母さんは卒倒しちゃう。

「このまま数日は動かし続けますから、電子レンジとかも使用禁止です。ブレーカーが落ちるとイヤだから」

「おいおい余裕だな……もうすぐ星雲戦で《次世代《つぎ》の名人》と初対局があるってのに、そっちの棋譜は調べなくてもいいのか？」

「優先順位は低くなりましたね。ものすごーく」

「確かにあの帝位戦最終局は、手数が長すぎるし相入玉《あいにゅうぎょく》だしでどこをどう調べたらいいかわからんというのもあるが……」

何もわかってないその人は、熱っぽく語り始めた。

「けど、凄《すご》い将棋だったじゃないか！　互いに最善を指し続けたら、五百手近くも指し続けることになる……正直、震えたね。どっちも人間を超えてると思った。八一も、そして神鍋《かんなべ》八段……いや、神鍋新帝位もな！」

「勝手に震えててください。ぼくはもっと重要なことを調べます」

八一さんが採用した初手《しょて》5八玉の将棋も将棋の結論に迫ったものなのは間違いない。

けれど夜叉神さんの将棋を見た後だと、その結論には粗《あら》が目立つ。

「八一さんのあれは将棋の結論を五〇〇手より向こう側に押しつけただけで将棋の解を求めたという感じじゃないんです。けど夜叉神さんはそれぞれの局面の結論をきっちり出している。どっちが重要かは明白でしょ？」

「天衣ちゃんがそこまで凄いことをしたのか？」

「はっきり言ってここ千四百年で最高の仕事です。この子は将棋の結論を知ってるとしか思えませんよ。何者なんですか？」

「お父さんはアマ強豪だ。東大将棋部出身で……確か、奥さんと一緒にどっかの企業の研究職をしてたんじゃなかったかな。ＩＴ系の」

「夜叉神……東大……夫婦で研究……」

特徴的な名前なので検索すればすぐに情報は出た。

二人とも既に鬼籍に入っている。だから最新の情報は無い。それでもネット上に残された痕跡《こんせき》を掻《か》き集めれば、それは一つの答えに収束する。

——世界最速のスーパーコンピューター《淡路》……っ!!

答えに辿《たど》り着いて大きく仰《の》け反《ぞ》る。

「あーあ！　せっかくこの部屋を借りて本格的に研究しようとした矢先に、もうクリアしちゃった人が出たのか。興醒《きょうざ》めだなぁ！」

「お前の言うとおり将棋の結論が出たとしたら……今後、プロはどうなる？」

「二極化するでしょうね」

一秒間に一億六千万局面を掘り進める画面を眺めながら、ぼくは未来を予測する。

「自分でお金を使って研究する超トップ層と、そのトップ層が指した将棋から情報を得ようとするその他大勢に」

「プロが将棋を指すにも金がかかる時代か。世知辛《せちがら》いな」

「問題は、その研究のために費やすお金が対局料や賞金を遙かに上回ってしまうことです。ぼくがメーカーから特別に供与されてるマシンのお値段は六百万円。高性能なものが出るたびに買い換えて、さらに電気代も必要です。大半のプロは払えないでしょ？」

「それはそれで構わないけどな。いっそＡＩを禁止してくれたほうが俺《おれ》としては嬉《うれ》しいね。今さら無理なんだろうが」

「ええ。無理ですね」

それ危ないから火を捨てろって人類に言うようなものだよね。

「…………なあ、創多《そうた》……」

少しだけ不安に揺れる声で、その人は問い掛ける。

「プロは無くなると思うか？」

「制度としてはもうしばらく残ると思います。将棋の解が判明して、仮に誰かが全《すべ》てのタイトルを独占したとしても、その過程で将棋界が盛り上がるでしょうから」

けれどそれは本当に最後の花火だ。

夜叉神天衣と雛鶴あいの対局を境に、将棋のゲーム性は大きく転換した。

将棋はもはや人間が創造性を発揮するゲームじゃない。

夜叉神天衣のように、ＡＩが解き明かした手順を暗記するか。

もしくは雛鶴あいのように、相手の盲点を突いて逆転するか。

このパラダイムシフトによって将棋に興味を失う人間もたくさん出るだろう。答えがわかってしまったゲームを一生やりつづけるというのは、攻略を終えたＲＰＧを何度も何度もクリアし続けるようなものだから。

そこに意味を見いだせない人もいるはず。

まだ完全な解には至っていないとしても……終わりが来るのはたぶん、ぼくらが生きているうちになる。

「やだなぁ元気出してくださいよ！　あなたをプロにするって親御さんにも約束しちゃいまし

たから」

　黙り込んでしまった年上の友人を励ますようにぼくは明るい声を出す。

「ぼくが頑張って将棋ブームを起こします。新しいスポンサーもたくさん獲得します。そうすればあと三十年くらいは将棋連盟は安泰ですよ」

　自分で口にしつつも、その言葉の空虚さを感じずにはいられない。

　仮に、夜叉神天衣の棋譜を解析する過程で将棋の解に辿り着いたとして。

　その上で、目標とするあの人を倒してしまったら……それでもぼくはまだこのゲームに興味を持てるだろうか？

「とにかく今は、先を行ってる人に追い付くことだけを考えます。かなり離されちゃってますからね！」

　壁を通して隣室から伝わってくる熱を感じながら、ぼくは八一さんが今どこで何をしているのか想像していた。

　この秘密基地のような部屋でＡＩと向き合っているんだろうか？

　それとも神鍋先生みたいな仲のいいトップ棋士と研究会をしているんだろうか？

　その手の中に将棋の答えを手に入れた時——

　九頭竜《くずりゅう》八一という棋士は、いったいどんな行動を取るんだろう？

☖長い髪と大きなお胸

夢を見ていた。

私が師匠の家に弟子入りして、一年くらいした頃の夢を。

「ぎんこちゃん」

「なに？　ばかやいち」

「相談があるんだけど……」

「わたしの矢倉《やぐら》が崩せなくて困ってるんでしょ？　しかたないわね……一局百円で教えてあげてもいいわよ」

「おかねとるの⁉」

「指導対局だもん」

確か、夕食の後。

二人で台所に並んで立って、洗い物をしていた時だ。私はまだ台に乗らないとシンクに手が届かないくらい背が低かった。

洗い物は弟子の仕事で、私たちは毎日いっしょに並んでそれをやっていた。

八一《やいち》はスポンジで食器を洗う役で、私はお湯で泡をすすぐ役。

「いつやる？　お風呂《ふろ》出てからする？」

「ううん。そうじゃなくて……」

二週間遅れで内弟子《うちでし》になった男の子は、恥ずかしそうに小声で打ち明けた。

「将棋じゃなくて………女の子としてのアドバイスがほしくて」

「はやく言いなさいよ。ぶちころすぞわれ」

「ぼ、ぼく……」

お皿とスポンジを握り締めて八一は叫んだ。

「ぼく！　けいかさんと、結婚したいんだっ！」

「ぶちころす」

「ええ⁉　なんで⁉」

八一は七歳。私は五歳。

山奥から大阪に出て来た八一は初めて出会う都会の女子高生に完全にイカれてた。

おそらく母親以外の女の人に優しくされたのも初めてに違いない。胸の大きな女の人を見るのも初めてだったかもしれない。なぜなら食事中は桂香《けいか》さんの胸と食べ物のことしか見てないし、今も食器を洗いながら桂香さんの（胸の）ことを思い出してアホ顔でスポンジをもみもみしているから。

要するにバカなのだ。

「よく聞きなさい。ばかやいち」

私には姉弟子《あねでし》として現実を思い知らせてやる義務があった。

「あんたみたいなガキと桂香さんが結婚するわけないでしょ？」

「わ、わかんないじゃん！」

「わかる。やいちはぜったい桂香さんとは結婚しない」

なぜか強い声が出た。

きっと八一が姉弟子である私の言葉に反発したからだ。

「だってやいち、ばかだし。運動も勉強もできないし。将棋だってわたしより弱い。そういうの弱者男性って言って、いっしょう結婚できないんだよ」

「そ、そんなことわかんないじゃん⁉　たとえば……」

「たとえば？」

「竜王！」

名案を思い付いたとばかりに八一は顔を輝かせる。

「ぼくが竜王になったら結婚してもらえると思うんだ！　だって将棋界で一番偉いタイトルだもん！　名人より強くてかっこいいもん！」

「そもそも桂香さんはプロ棋士とは結婚しないって言ってるし。『お母さんが苦労してるのを見てきたからね』って」

「うう……」

「あきらめろ。ばか」

桂香さんはまだ十七歳の高校二年生で、研修会に入る前の、将棋を恨んでる頃。でもたまに軽口で「将来は八一くんに養ってもらおっかなー？」とか言うから、それでバカが本気にしてしまった。桂香さんも悪い。巨乳は人類の敵。けど私もいずれそうなる予定だから、私以外の巨乳は悪……。

「ま、かわいそうだから？　やいちがどうしても、どーーーーっっっしても、けっこんしたいなら…………」

「したい!!　結婚できるの⁉」

「……わたしがしてあげてもいいけど？」

我ながら名案だと思った。

なぜなら私は八一より先にプロ棋士になってタイトルも獲《と》る。七冠制覇する。

そうなると忙しすぎて家事ができないから、ぜんぶ八一にさせればいい。名人も七冠になるちょっと前くらいに結婚したし。あと、いつでも将棋が指せるから便利。

うん！　これってすごい名案！

私は身体は弱いけど、そのぶん心が強い。だから頭と心と将棋が弱い八一を鍛えてあげられる。鍛えてもどうにもならなかったら、私が守ってやればいい。

きっと八一も泣いて喜ぶはず。

と、思ったら。

「それはけっこうです」

てっきり泣いて喜ぶと思った八一は、ノータイムでお断りしてきた。

……なにさまのつもり？

「はぁ？　どうして？　しにたいの？」

「だ、だって……ぼく……ぼく…………！」

バカ八一はモジモジと恥ずかしそうに理由を言った。

目眩《めまい》がするほど恥ずかしい理由を。

「ぼく…………髪が長くて、おっぱいが大きな人が……すき…………」

私は持っていた皿で八一の頭を殴りつけた。

そのあと将棋でボコボコにして、ついでにまた五発くらい殴ったかもしれない。くわしい数は忘れた。皿は割れた。

それからも八一は半年に一回くらいの頻度で同じ妄言を吐いたから、そのたびに私は指導する必要があった。

なんでそんなことしたかって？

それが姉弟子のお仕事だからよ。

☗ロング

……………信じられないくらい不快な夢を見た。

「…………………………………最悪」

施設のベッドで目を覚ました私はアラームを止めると、身支度をするため鏡の前へ。

もっと最悪なのは……今の夢が実話だということ。

「やっぱり結婚してって言っても遅いんだからね。バカ」

前日の夜から絶食した顔は普段より青白くて痩せて見えた。それでもここに来た頃に比べたら遙かに顔色はいい。あの頃は何を食べてもすぐに吐いていたから……。

検査のある朝は早起きする。

その理由は、髪の手入れに時間が掛かるから。

肩を越えて伸びた銀色の髪が、窓から差し込む朝の光に反射して眩しい。

「ここまで伸ばしたのは……奨励会に入る前だから、八年ぶりくらい？」

鏡に映る自分に向かって私は問い掛けた。

長い髪は色々と面倒だ。

「どっかのバカが言ってたっけ。結婚するなら髪が長くて胸の大きな女がいいって。本物のバカよね……」

軽く梳《と》かしてから、頭の後ろで一つに括《くく》る。

自分でもびっくりするくらい雑なポニーテールの出来上がりだ。

「…………三十点」

さすがにバランス悪すぎ。解いて何度もやり直す。

「……ずっと桂香《けいか》さんにやってもらってたから、自分で髪を整えるのって苦手なのよね。そもそも面倒くさいし。邪魔だしウザいし……」

奨励会への入会が決まった時に私は計算した。

こうやって朝、髪を整える時間を。

それにお風呂《ふろ》上がりに髪を乾かす時間も。仮に一日で三十分かかるとしたら、その時間で詰将棋を何問解《と》ける？　将棋を何局指せる？

それだけ男子に差を付けられると思って、私は髪を肩までで切ることにした。

本当はもっと短く……それこそ丸坊主にしてやろうとも思ったけど、さすがに師匠と桂香さんに止められた。師匠は「相手が動揺する。盤外戦術や」。桂香さんは「頭おかしいの？」。

手入れに時間が掛かるだけじゃない。

対局中、髪が長いと鬱陶《うっとう》しい。

おまけに私の場合は目立つという、さらに鬱陶しい事情がある。遺伝的に銀色の髪を持って生まれてきたからだ。

空銀子《そらぎんこ》。

この名前は、髪の色にちなんで付けられた。

最初は特に何も思わなかった。

好きでも嫌いでもない。記号と同じだ。

けれど将棋に出会ってからは……自分の名前と同じ駒があると知って、嬉しかった。

素人は飛車や角が大好きだ。

でも私は最初から銀が好きだった。

だから銀を動かしたかったたし、銀を使って勝ちたかった。最初に憶《おぼ》えた戦法はもちろん棒銀《ぼうぎん》だったし、二枚落ちの下手《したて》では銀多伝《ぎんたでん》を使った。

それが上達に繋《つな》がった面はあると思う。

銀は攻守の要になる駒で、あの名人も『好きな駒は銀』と言っているくらいだから……。

「これでよし」

何度目かのチャレンジでようやく綺麗《きれい》にできた。慣れれば私にだってちゃんとできる。

「もともと棋士は手先が器用だしね。指先だけで仕事してるんだから」

写真に撮ってあとで桂香さんに送ろう。『誰にも見せちゃダメだからね？』って。

気分良く部屋を出た私は、軽い足取りで検査室へと向かった。

「空さん。お客さんがいらしてますよ?」

検査を終えて部屋に帰る途中、職員さんが声を掛けてきた。

「男の人。なかなかのイケメン」

「髭《ひげ》は生えてますか?」

「ヒゲ? ……ちょっと憶えてないけど、生えてたかも?」

また師匠ね。

前に来た時は雛鶴あいのことを応援しろと遠回しに言ってきた。答えを保留していたから、それを聞きに来たのかもしれない。

「最近は桂香さんもぜんぜん来なくなったから、代わりに差し入れでも持って来たのかな?」

一時期は毎週のように来ていた桂香さんは部屋に引きこもってパソコンに向かい明け方まで何かをしていると師匠は嘆いていた。

たぶんそれは……将棋じゃない。

桂香さんに対しては何も思わないけど、師匠は気の毒だと思う。

焚《た》き付けたのは私だから責任を感じなくもないけど……。

「……でも、挑戦するのっていいことだし」

寝食を忘れて没頭できることを羨《うらや》ましいと思った。それが将棋じゃないとしても。

以前の私なら『逃げ』だと詰《なじ》ったかもしれない。けど、今は……。

「ただいま」

自室のドアを開けながら、私は中で待ってる人に声を掛ける。

「師匠？　来るなら事前に連絡してよ。こっちも準備が――」

「やあ」

部屋にいたのは師匠じゃなかった。

気まずそうにベッドにちょこんと腰掛けているのは……無精髭《ぶしょうひげ》の生えた弟弟子《おとうとでし》。

「ポニテいいね！　かわいいよ」

九頭竜八一が私のベッドに座っていた。

「…………」

私は無言で八一に近づく。

決して照れているわけではない。不意打ちに動揺しているわけでもない。自分で整えた髪型を褒められて嬉しくなっちゃっているわけなんかない。

八一と並んでベッドに腰掛けると、私はこう言った。

「髭。伸びてる」

「え？　ひげ？　……あっ！」

慌てた様子で鼻の下や顎《あご》を触る八一。

「ご、ごめん！　不潔だったかな⁉　タイトル戦が終わってすぐに関西将棋会館に行って、そこで弟子たちの将棋を見て、それから家に帰らずここまで来たから……うわ！　もう三日くらい剃《そ》ってないのか………あっ、でも服は着替えて来たんだよ⁉　コンビニで下着と靴下とシャツだけは買って──」

「たった三日でけっこう伸びるのね？」

私は手を伸ばすと八一の顎に触れた。

そんなに毛深くないから意識したことはなかったけど、これは確かに髭だ。

撫《な》でると少しチクチクする。

その感触が、ちょっと気持ちいい。坊主頭に触るみたいな感じ。

「ザラザラしてる」

「ひ、髭が生えていますので……」

「昔はつるつるだったのに」

「そりゃ俺も十九歳だもん。十歳の頃とは違うよ」

本当にそうかしら？

外見は確かに変わったけど、中身はずっと同じなんじゃない？

「銀子ちゃんみたいにずっとツルツ……いや何でもない。何でもないって！　ちょっと髭引っこ抜くのやめて！　痛い痛い痛いッ‼　ツルツルになっちゃうからぁぁぁ‼」

「それで？」

抜いた髭をフッと息で吹き飛ばすと、私は尋ねた。

「タイトル戦の後に家にも帰らず何しに来たの？」

「あ、うん…………そのことなんだけど…………」

八一は気まずそうに髭の生えた鼻の下を何度も指でこする。もじもじ身をよじるだけで用件を言おうとしない。

イライラするわね……。

「なに？　さっさと言いなさいよ」

「その前にさ。その……急いで来てくれて嬉しいとか、慰めの言葉とかは――」

「ここに来る前にどこに寄ったんだっけ？　女子小学生同士の対局？」

「わかったわかった！　わかったから指で髭抜くのやめてよぉ！」

私、指で髭を抜くのは上手なの。師匠の髭を抜き慣れてるから。

痛みで涙目になりながら八一はようやく何をしに来たのかを言った。

「将棋を指そう」

「将棋？」

「そう」

八一は上着のポケットから小さな正方形の箱を取り出して、ベッドの上に置いた。

「銀子ちゃんが勝ったらこれをあげる」

「なにそれ？」

「勝ったら開けていいよ。もし俺に勝てたらね」

ちょび髭の生えた口元をムカつく感じに吊《つ》り上げながら八一は言う。

「俺、歩夢《あゆむ》に負けてタイトルを失ったばかりだから自信を失っちゃってさ。だから自分より弱い相手に勝って自信を取り戻したいんだよね。協力してくれる？」

「…………」

久しぶりにムカッとした。

ずっと穏やかな暮らしをしてたから、煽《あお》られ耐性が落ちてるわね。

「……わかった」

だから私はつい、その安い挑発に乗ってしまう。

「別に欲しいとは思わないけど、私が勝ったらその箱の中のものを貰《もら》うわ。下らないものならそのままゴミ箱に捨てる」

「どうぞどうぞ」

「で？　八一が勝ったらどうするの？」

「俺が勝ったら――――」

八一はポケットから眼鏡《めがね》を取り出すと、丁寧にレンズを拭《ぬぐ》ってから掛ける。本気で対局する前にはいつもそうするように。

そして大きく息を吸い込んでから、私の目を見てこう言った。

「俺が勝ったら…………結婚してください」

☖初体験

その日、ぼくは人生で初めての経験をした。

タイトル保持者と公式戦で盤を挟むという体験を。

「振り駒の結果、神鍋帝位の先手《せんて》と決まりました。持ち時間はそれぞれ十五分、それを使い切りますと——」

記録係の女流棋士……確か鹿路庭《ろくろば》とかいうよくイベントや将棋番組に出ている人が、慣れた様子で規定を暗唱している。カンペすら見ていない。

その隣には読み上げ担当の奨励会員も座っている。

テレビ棋戦は持ち時間こそ短いけど、ご覧の通り対局環境はいい。

——スタジオ収録だから余計な報道陣もいないしね！

ちょっと前に連勝記録は途絶えたものの、生石《おいし》九段にデビュー以来初となった黒星を献上してから、ぼくはまた勝ち続けている。

世間ではそのことをもって『やっぱり椚《くぬぎ》創多は天才!』って騒いでるらしい。

バカだなぁって思う。

未《いま》だプロ入り一年目のぼくは全ての棋戦で予選からの出場となっていて、つまりそれは弱い相手とばかり戦っているってことになる。

しかも所属が関西だから相手もみーんな知ってる。奨励会時代から負けたことのない相手ばっかりなんだから勝てないわけがない。

けれど各棋戦で本戦に出るようになってからは関東の棋士との対局も増えるし、予選をシードされた強豪とも当たるようになる。

具体的には、B級1組以上の棋士。

それから……タイトル保持者。

——今、ぼくの目の前にいる人は、そのどっちにも当てはまる。

A級棋士にしてタイトル保持者——神鍋歩夢帝位。

——帝位になってさらに派手になったな、この人。

肩の部分には金モールも付いてる。まるで宝塚《たからづか》だ。ぼくの学校の制服も派手だったけど、この人には負ける。

だからってわけでもないけど……ぼくはこの対局のために仕立てたスーツを着ていた。憧《あこが》れのあの人と同じ、ダブルのスーツを。

純白の装いで現れた《次世代の名人》。

初々しいスーツ姿で立ち向かう《史上初の小学生棋士》。

この組み合わせが決まって以来、将棋界が再び世間の注目を集めまくっている。

もちろんぼくもこの対局には普段以上に準備をしてきた。

スーツだけじゃない。これまでとは別の準備を……ね？

「それでは対局を開始してください」

「「お願いします」」

互いに礼を交わす。ぼくはなるべく長く頭を下げていたけれど、それよりもわずかに神鍋さんのほうが長く頭を下げていた。

星雲戦予選Aブロック十一回戦は、神鍋歩夢帝位の初手・2六歩によって幕を開ける。

居飛車《いびしゃ》明示だ。

ぼくも堂々と8四歩でそれに応じた。

「少年よ」

初手を指してからマントを脱ぐと（礼儀なの？）神鍋さんは紅茶で唇を潤してから、ぼくにだけ聞こえる声で囁《ささや》く。

「我は帝位の称号によって上座に座らせてもらう。されど力の差は無いものと心得ている……誓おう！　初手から全身全霊で戦うことを！」

その言葉が心からのものだということは盤上を見ればわかる。

先手の神鍋さんは角交換を拒否した雁木《がんぎ》。

雁木は矢倉《やぐら》と並ぶ神鍋さんの得意戦法だ。

対して後手《ごて》のぼくも雁木に構える。相雁木は先手側が利を活かしにくいというのが《淡路》の導き出した結論でもあるから。

そしてそのことは当然、神鍋さんも知っているはず。

八一さんとタイトル戦を行ううえで、公開された《淡路》の百局の棋譜を見ていないはずがない。事実、帝位戦第六局までの二人は《淡路》の結論をさらに進めた超最先端の将棋を指していた。

今のプロ棋士の将棋より二十年も三十年も先の将棋を。

――その結論から目を逸《そ》らしている？　いや、これは……!?

ピアニストのような細い指で紡《つむ》がれる駒組み。

それは早くも前例の無い局面へとぼくを誘っている。

つまり神鍋さんは、自分しか知らない領域にぼくを引きずり込んで勝つと宣言していた。

八一さんに対してすら温存した奥の手を使うと！

「……ありがとうございます。神鍋先生」

新人の四段に対して示してくれた最上級の敬意に対してお礼を言う。

「けれどぼくは、力の差はあると考えています」

そう。

差はある。明確に。

「ぼくのほうが遙かに強い」

空気が変わった。

神鍋さんの全身から、一瞬だけ、怒りとも闘志とも判然としない『熱』が放たれる。

「……熱い」

その熱は指先に収斂《しゅうれん》し、高い駒音《こまおと》となってぼくを刺した。小癪《こしゃく》な小僧の口をその音で封じようとするかのように。

──これがA級棋士の……タイトル保持者の放つプレッシャー……!!

《捌《さば》きの巨匠《マエストロ》》に敗れた時の痛みが甦《よみがえ》る。

けれど当然ぼくは黙らない。

「八一さんは、あなたにタイトルを分けてあげたんです。親友が一度もタイトルを獲《と》れずに終わったら可哀想《かわいそう》って思ったんじゃないですか?」

盤の向こう側から放たれる熱はますますその勢いを増していく。

しかしその熱をぼくはおそれない。

かつては邪道と見做《みな》されていた右玉に構えてさらに相手の熱を煽りながらネクタイを緩め、

いずれ必ず訪れる未来について語り続ける。

「だってこれからは……ぼくと八一さんしかタイトル戦に出られなくなるんだから！」

この星雲戦のために、ぼくは普段以上の準備をしてきた。

けれどそれは神鍋歩夢帝位と戦うためのものではなく――

その先に待つ、プロですらない少女と戦うために。

☗再び盤を挟んだ日

「けっ…………こ、ん？」

「そう。俺が将棋に勝ったら」

かつて、銀子ちゃんと付き合い始めた頃。気持ちが盛り上がって『結婚しよう』と口にしたことはあった。

けれど今回は違う。

マジな話だ。

こっちの本気度を感じ取ったのか、銀子ちゃんは顔を逸らすと、動揺した声で言った。

「……そういうこと、将棋で決める？」

「他にどうやって決めるのさ？　何でも将棋で決めてきたろ？　俺たちは」

「…………」

「歩夢のプロポーズを目の前で見てたんだよ。俺」

それは人生でも確実に三本の指に入る衝撃の光景で。

「あいつのA級昇級のお祝い会でさ。渋谷の宮殿みたいなフレンチレストランで釈迦堂《しゃかんど》先生の前に跪《ひざまず》いて『名人になったら結婚してください』って。指輪まで用意してて。突然だったからみんな痺《しび》れたよ」

「歩夢く……神鍋先生らしいわね」

「結局その指輪は釈迦堂先生に受け取ってもらえなかったんだけど」

「当たり前よ。そのシチュエーションなら私でも受け取らない」

「だよね」

俺も銀子ちゃんも思わず苦笑する。

「ちなみにさっきも言ったけど俺はその歩夢と第七局《さいしゅうきょく》までもつれたタイトル戦を指して、負けてる。手数は四九九手で史上初の入玉宣言法が適用された。で、失冠のダメージが癒える間もなく人生を懸けた将棋を指そうってわけ。心身共にボロボロの状態で。これって相当なハンデだと思うよ？　それでも指さないなら銀子ちゃんは相当な腰抜けだね」

「相変わらず安い挑発」

銀子ちゃんは立ち上がって髪を結び直すと、戸棚から将棋盤を取り出して、それをベッドの上に広げた。

「いいわ。ぶちころしてあげる」

「え？」

銀子ちゃんが持ち出してきた将棋盤を見て、俺は固まってしまった。

マグネット式の折り畳み将棋盤だ。

しかも十年以上使い続けてボロボロの……。

「これで指すの？」

「だって盤駒なんてこれしかないもの」

「……マジで将棋から離れてたんだ……」

「こんなに長く将棋を指さなかったのは母親のお腹の中にいたとき以来かもね」

冗談なのか本気なのかよくわからないことを銀子ちゃんは言う。

緊張……は、してないみたいだ。

むしろ俺のほうが固くなってる。

一応これプロポーズだし。

「これで指すなら目隠し将棋のほうがよくない？」

「つべこべ言わずに振り駒しなさい。八一の振り歩先ね」

竜王に敬意を払ってくれるらしい。磁石が入った駒同士がくっついちゃわないよう苦労しつつ振り駒を行った結果、俺は先手を引いた。

「じゃ…………お願いします」

「うん」

パチン。パチン。

プラスチックの駒が奏でるオモチャみたいな音だけが室内に響く。それは師匠の家の子供部屋でずっと聞いてた、俺たち二人だけの懐かしい音楽だった。

前奏に当たる駒組みを、緩急を付けたテンポで指していく。

そしてようやくその局の戦型《曲》が顕《あらわ》れた。

「「矢倉……」」

二人で同時にその名を口にする。

けど、この矢倉は────幼い頃に俺たちが初めて指したあの矢倉とはまるで別物だ。

「俺の本、ちゃんと読んでくれたんだね」

「……ノーコメント」

盤上に視線を注《そそ》いだまま銀子ちゃんは短くそう言った。

でも読んだのは明らかだ。

後手番《ごてばん》から急襲するその新しい矢倉は俺が『九頭竜ノート』に書いたものだったから。

──苦労したけど……書いてよかったな。

自画自賛するようで恐縮だが、九頭竜ノートは単なる戦法書じゃない。

将棋がいかに進化するかを予見した本だ。

いつか銀子ちゃんが復帰する時のために。

その時、銀子ちゃんが効率よく準備できるよう、書いた本だ。

だから読んでくれたことが嬉しかったし、その上で俺の意図がちゃんと届いていたことも嬉しい……たとえそれでこの将棋に負けたとしても。

冒頭に記した献辞を思い出して顔が熱くなる。

『師匠の家に棲《す》み着いていた将棋のお化けに捧げる。愛を込めて』

銀子ちゃんが本で読んだ戦法を俺で試す。

師匠が『人体実験』と呼んだその行為が俺たち二人を強くした。

だから本という形で伝えるのが一番いいとは思ったが――――その効果は俺が想像した以上のものだった。

「ッ⁉　これは……」

駒組みの段階で、銀子ちゃんはこっちが今まで一秒も検討したことのない手を選ぶ。

それはソフトの上位候補に入らない……つまり評価値が下がる手ということだ。

――緩手か？　……いや。

後手の急戦に備えて気持ちと陣形を引き締める俺に、銀子ちゃんは驚愕の一手を放った！

1二香を。

「て、手待ち⁉　ここで⁉　しかも香車って………」

千日手を狙うなら戻れる駒を選ぶはず。しかし狙いがないまま手を重ねれば先手《おれ》は守りを固めてどんどん有利になるだけ。狙いは何だ？

急戦から持久戦に方針を転換したかと思いきや――――

銀子ちゃんは唐突に端歩を突き出した。1四歩。開戦だ。

「は⁉」

――端から殴ってきた⁉　強引過ぎんか⁉

評価値は間違いなく急落したはず。

俺は端を焦土にするのと引き換えに4筋を突破し、5筋にいる後手玉を攻める。急戦を志向していた後手の囲いは薄い。《淡路》なら間違いなくそう指す！

しかし最強のはずの手を指してもなぜか差は開かない。

それどころか……銀子ちゃんは俺の発想に無い手をガンガンぶつけてくる！

――ここでこんないい手があったのか⁉

コンピューターが考えた手じゃない。それはすぐにわかった。

機械や共同研究から隔絶された空間で、純粋に人間の思考だけで紡ぎ出された手順。《淡路》の思考に縛られた今の俺には絶対に指せない手の連なり。

その手には理屈を超えた重みがあった。

俺の書いた本を読んで勉強しろとかちゃんちゃらおかしい。《浪速《なにわ》の白雪姫》は弟弟子の書いた本を添削して、突き返してきたのだ。

ようやく俺は銀子ちゃんの狙いを理解する。

機械が生み出した戦法を空銀子は人間の手に取り戻そうとしていた！

人類が矢倉を取り戻したのだ。スケールがまるで違う。

「…………将棋のお化け、か…………」

ブルッ！　と全身が震えた。

この子のために俺は将棋の未来を覆い隠そうとした。今はそれがどれほど傲慢で失礼な思い込みだったかわかる。

――いつだって銀子ちゃんは自分で未来を切り開いてきた……。

そして弱虫の俺はいつも年下の姉弟子に叱咤激励されてきた。

ここにあったんだ。俺の目指す強さは。

「バカだよな……スーパーコンピューターなんかに浮気するなんてさぁ！」

晴れ晴れとした気持ちで俺は銀子ちゃんと殴り合う。

一手指すごとに自分が生まれ変わっていくかのような……そんな感覚があった。

〈楽しい〉


気付いていた。それが私に再び将棋を指させるための口実だということには。

――八一に乗せられた振りをしてみたけど……。

本当はドキドキしていた。マグネットの盤駒じゃなかったらきっと、まともに駒を摑《つか》めなかっただろう。

――上手に隠せたかな？

私のかなり強引な仕掛けから始まった戦いも最終盤に入り、こっちに攻めのターンが回って来る。

難解な局面でなぜか、初めて二人で盤を挟んだ日のことを思い出していた。

あの日……初めて自分と同じくらいに将棋が好きな男の子と出会った。

そのことが嬉しくて。

――だから将棋を指そうと誘ったことも自然の成り行きで……。

成長したその男の子をチラッと見ると、

「…………」

いつの間にか八一は靴を脱いでベッドの上に正座をしていた。

シャツを腕まくりして小さな折り畳み式将棋盤に顔を寄せ、公式戦さながらの真剣さで局面と向かい合っている。

私はといえば……最初こそドキドキしたけど、戦型が決まってからはリラックスしていた。

――指の赴くままに指す。好きな手を選ぼう。

自分の名前が刻まれた駒を持つと、それを八一の玉頭に打ち込んだ。

『九頭竜ノート』を読んでから、将棋のことを考える時間が生まれた。

最初の頃は三十分も考えたら気分が悪くなっていたけど……次第にそれが一時間になり、二時間になった。

そして気付けば一日の半分くらい将棋のことを考えている自分がいた。

盤駒は使わない。

ただ、頭の中で考える。

雲を見上げたり。

森の中を散歩したり。

夜中に一人、星空の下で横になりながら、いつのまにか将棋のことを考えて時が過ぎていく日々。

たった一冊の本を読み終えるのに半年もかかったのは初めてだ。

「…………将棋から離れるために、ここに来たのに……」

自然の中で、私は再び将棋を見つけていた。

そして自然を眺めるような気持ちで局面を眺めると、不思議なくらい次々と面白《おもしろ》いアイデアが浮かんできて。

——手が伸びる！

不思議だった。

目の前の局面に優劣は付けられないけれど、指しやすいのは間違いない。

コンピューターの形勢判断はわからない。

一年近くも触れていないと、機械の吐き出すあの歪《ゆが》んだ思考はトレースできなくなる。

——楽しい……。

体調がいい中で将棋を指すのがこれほど楽しかったんだと、私はおそらく人生で初めて感じていた。

血反吐《ちへど》を吐かなければ強くなれないと思っていた。

奨励会で過ごした日々は、私に将棋を楽しむことを禁じていた。それが、プロになるという大それた夢を叶《かな》えるための代償だと、本気で信じていた。

けど今、その呪縛《じゅばく》から解放されて——————心の底からこう思う。

「楽しい」

思わず口に出していた。

いつのまにか『勝ちたい』という気持ちも消えている。負けたところで八一のお嫁さんになるだけだもん。

私は鬼ごっこみたいに八一の玉を追いかけた。楽しい！　夢中になって追いかけ回す。でも八一の王様は逃げ場が広いからただ追いかけるだけじゃダメ。

——そうだ！　物陰に隠れていた角を急に飛び出させてビックリさせちゃおっと！

イタズラを仕掛ける子供みたいにワクワクしながら私は手を選ぶ。

忘れていた。将棋は遊びだってことを。

このままずっと指し続けていたい！

けど、終わりは急に訪れた。

八一は太腿《ふともも》に手を置くと——頭を下げたのだ。


「負けました」


最初、その言葉を聞き取ることができなかった。

人間は予想していない声がしても意味を汲《く》み取れない。

「…………？」

俯《うつむ》いて読み続けていた私は、八一が指さないことを不思議に思って顔を上げる。

八一はもう一度言った。

「負けました」

今度はちゃんと聞こえた。

「えっ……⁉」

「だって詰んでるし」

そう言われて局面をもう一度しっかり読む。

私の角筋を遮断するために移動合いした八一の香車が、こっちの玉に利いていた八一の角筋まで止めてしまっていて……あれ？　それ以前にこれ、玉の逃げ場が……？

──────詰んでる。

「私の…………勝ち？」

「頓死させておいてよく言うよ。あーあ！　一年近くも休場してた年下の後輩プロに負けるとか……そりゃ失冠もするよなぁ……」

「ご、ごめん？」

後ろに引っくり返ってボヤく八一に、私はなぜか謝っていた。

引っくり返ったまま八一はこうも言ってくれた。

「大丈夫。強くなってるよ」

優しい声だった。

「…………」

対局が終わってから時間差で大きく震え始めた手で、私は髪を解《ほど》く。

忘れていた勝利の味は…………あまりにも刺激が強すぎて。

まるで強いお酒のように全身が熱くなる。

全身を支配する喜びは、きっと麻薬より強い極上の快楽だ。

「言っておくけど俺が力を抜いたわけじゃない。銀子ちゃんにいい手を指されて対応できなかった。あれ、その場の思い付きじゃないんでしょ？」

「…………いくつか、考えていた手があったから……」

勝てるかも、とは思っていた。

プロ同士の戦いに絶対は無いし、もともと練習将棋でも私は竜王になってからの八一と指して三割は勝てていたから。

そして将棋というゲームは、長期間休んでいても地力は落ちにくいとされる。

研究で負けることがあるから休めば休むほど不利にはなるけど……私にとっては身体《からだ》と心を休める方が大事だったということなんだろうか？

「けど、ショックだよ」

「私に負けたから？」

「ううん。そんなに俺と結婚するのが嫌だったのかって……終盤とか殺気立ってたよね？　ノータイム指し連発だったたし」

「ッ⁉　ち、ちがっ……！」

楽しすぎて、幸せすぎて、子供みたいについハシャいじゃっただけで……！

「では賞品をどうぞ」

そう言うと、八一は盤側《ばんそく》に置いてあった箱をこっちに押し出す。

こんな箱のことすっかり忘れてたし、どうでもいい。

今は八一に与えた誤解をどう解こうか、そのことばかり考えてる。

「ねえ八一。何なのこ…………れ…………」

箱を開ける。

その中に入っていたものを見て――――心臓が止まりそうになった。

「こ、これ……これって…………‼」

「言ったろ？　歩夢のプロポーズを目の前で見てたって」

九頭竜八一はプロ棋士だ。

プロは常に先を読み、罠《わな》を仕掛ける。

「奇襲《サプライズ》でプロポーズをするのはいい案だと思った。釈迦堂先生も表面上は冷静だったけど、内心グラッと来てたはずだからね。歩夢の失敗は指輪を受け取ってもらえなかったことさ」

だから八一は策を講じた。

プロ棋士は他人の失敗を見て改良手を考えるから。

「もうそれ銀子ちゃんのだから。返品は不可」

箱の中に入っていた指輪を示しながら、八一は私に念を押した。

私はまんまと罠にかかったのだ。

世界で一番…………優しい罠に。

☗手順前後

「この指輪………どうしたの？」

「前に時計をあげただろ？　実はその前にもう作ってたんだ」

「へ……？」

銀子ちゃんが三段リーグを抜けた直後。

俺はすぐにでも婚約しようと、内緒でペアリングを作っていた。そしてそれはずっと大切に保管してあったのだ。

「サイズもわからず勢いで作っちゃったけど、そのことをポロッと万智《まち》ちゃ……供御飯《くぐい》さんに言ったら『いきなり指輪は引くわー。重すぎどす！』みたいに言われて。で、アドバイスに従って時計にしたんだ」

「ああ……道理で八一にしてはセンスいいと思った」

センスがいいと言いつつも銀子ちゃんは時計を外して引き出しに押し込んだ。あれ？　ちょっと怒ってる？

もしかして……万智ちゃんに嫉妬《しっと》してるのか？　かわいいな……。

「俺が初めて本気でプロポーズした相手が誰か知ってる？」

「桂香さん」

「そう。祖父《じい》ちゃんが送ってくれた米を清滝《きよたき》家のみんなで食べながら『ぼくと結婚したら桂香さんも毎日これを食べられるんだよ！』って口説《くど》いたんだよ。割と本気で」

「桂香さんも割と本気で言ってたよね。『そうしちゃおっかなー？』って……」

またまた声の温度が下がる。やっぱ怒ってるよね？

険悪になりかけた雰囲気を払拭《ふっしょく》するように俺は精一杯明るくこう言った。

「だからさ！　銀子ちゃんもどう⁉」

「どう……って？」

「兄貴は就職したし、弟も都会の全寮制の学校に通ってる。二人とも福井《ふくい》に戻る気は無さそうだから先祖伝来の家屋敷と田畑は俺が継いでも問題無い」

「あの大きな家に住むの？」

「そう！　綺麗な棚田も付いてくる。それに近所の田んぼも高齢化で担い手がいなくなるから二束三文で買い取れる。規模拡大で収益もアップするからきっと稼げるよ？　少なくとも俺たち家族が食っていけるくらいには。だから結婚しよう！」

「将棋を捨てて？」

「そうさ！　将棋なんて綺麗さっぱり忘れる。どうせ俺たちが生きてるうちにＡＩが完全解析してプロ制度だって消えて無くなる。そんなものに縋《すが》り付いてどうするのさ？　それに東京《とうきょう》でも大阪でもない、水と空気と星空が綺麗な場所で過ごせばきっと銀子ちゃんも元気になるよ。もう命を削ってまで戦わなくていいんだ！」

「素敵ね」

「うん」

「でも無理でしょ？」

「……うん」

こうして二人で口にしてみることで、改めてよくわかった。

俺たちは将棋を捨てられない。絶対に。

だから『将棋をしていなくてもきみを好きになった』とは言えない。

もし仮に、プロ棋士という存在がこの世から消えてなくなったとしても……俺は将棋を指し続けるだろう。

「だったらどうして今、プロポーズなんてするの？」

そんな当然の疑問に俺はこう答えを返す。

「気付いたんだ。手順前後だったって」

「てじゅん……ぜんご?」

銀子ちゃんも意味はわかってるはずだ。

先に決めるべき手を後回しにしてしまうこと。

先の先まで読んでから次の手を指そうとすると、直近で読んでいた、後から指すべき手をつい先に指してしまうことがある。要するにうっかりだ。そのせいで負けてしまうことがある。

俺はそれをやった。

「銀子ちゃんが俺の前から消えて。それからすぐに、あいもいなくなった。その事実に動揺して……俺は間違いを犯してしまった」

「どんな?」

「もっとしっかり想《おも》いを伝えるべきだった。最初に交わしておくべきだったんだ。約束を」

俺はベッドから下りると、その場に跪く。

「空銀子さん」

そして指輪のケースを持つ銀子ちゃんの手に、自分の手を添えて、こう申し出たんだ。

「俺と結婚してください」

やっと言えた。

この短い言葉を伝えるためにかかった時間を考えると、あまりにも遅すぎたけれど……とにかく自分の気持ちを伝えることができたことにホッとする。

同時にもちろん不安と期待がある。

対局で勝負手《しょうぶて》を放つ時のように平静を装っていても、どんな返事が貰えるのか、心臓は破裂しそうなほどドキドキしている。

そんな俺の申し出を聞いて、銀子ちゃんは………………黙っていた。

「…………………」

「だ、だめ？」

俺なりに必死に考えたプロポーズだったんだが……。

やっぱりタイミングを外したか⁉

「確かに急ぎ過ぎかもしれない。そもそも今は結婚できる年齢が男女ともに十八歳になっちゃったから、籍を入れられるのは早くて一年後になるし……復帰してからのほうがいいって言うならもちろん待つよ！　でも今、はっきり俺の気持ちを伝えておくべきだと思ったから……………だから銀子ちゃんの気持ちも聞かせてほしい！」

「じゃあ……教えて」

「何を？　何でも言うよ！」

銀子ちゃんは俺の顔を見下ろしながら、一度も瞬《まばた》きせずこう要求した。

「私がいなくなってからどの女と何があったのか全部教えて」


もちろん俺はノータイムでこう答えた。

「誰とも何もなかったさ！　あの星空の下で告白してからずっと……いや！　師匠の家で初めて出会ったその時からずっと俺は銀子ちゃんだけを想い続けてい──」

「これ」

銀子ちゃんが本棚から取り出したのは、俺が初めて出版した本。

そこに挟まっていた栞《しおり》のような細長い紙を指で挟んでヒラヒラさせている。

表には『謹呈』と書いてある。

そして裏に書いてある文字を銀子ちゃんは読み上げた。ある人の口調を真似《まね》て。

「『早ぉ戻って来んと、こなたが横取りしてまうよ？』だって。横取りってどういう意味？　誰から何を取るの？」

ヤベェェェエエエエあの女なんてもん銀子ちゃんに送ってんだ⁉

「これは万智さんが俺の担当編集だったから冗談で書いたに決まってるじゃん！　知ってるでしょ⁉　あの女狐《めぎつね》の性格！」

「この著者近影の写真」

本のカバーの折り返しの部分を指さして、銀子ちゃんは攻めを繋いでくる。

「いつ、誰が、どこで撮ったの？」

「…………………」

本当に……よくこの本を読み込んでくれてるよね……。

明らかに研究された手だった。厳しい返し技に俺は言葉に詰まる。時間の無い中でこの攻めを凌《しの》ぐ手段は……たった一つしかない！

正直に吐いたのだ。

「……天橋立《あまのはしだて》の旅館でカンヅメになったとき二人で砂浜で追いかけっこしながら撮りました」

バチーン！

ノータイムで飛んできた平手《ひらて》が俺の右頬《ほお》をぶっ叩《たた》いた。

「痛ァッ！　ちょ⁉　正直に言ったのに⁉」

「それで貴様の罪は消えない」

スッ……。

左手の指を一本、銀子ちゃんは静かに立てた。

意味はすぐにわかった。

ワンアウトだ。

「そもそも八一、今どこに住んでるの？　前のアパートは建て替え工事か何かで住民は全員退去させられたって桂香さんから聞いてるんだけど？」

「そ、そうなんだよ！　酷《ひど》いよね!?　それで俺も追い出されちゃって……しかも大晦日《おおみそか》の真夜中にだよ!?　あれは信じられないくらい寒い日で、雪も降ってて――」

「今。どこで。誰と。住んでるの？」

「……………西宮北口《にしのみや》のタワマンで……天衣と一緒に……住んでます…………」

バチーン!!

今度は左の頬を叩かれた。イエス様でも涙目になるくらい痛い。

「で、でも何も無いから！　晶《あきら》さんも一緒に住んでるから……ルームシェア！　ルームシェアみたいなもんなんだよ！」

必死の説得も実らず銀子ちゃんは二本目の指を立てた。

ツーアウトだ。追い込まれた。

「他に何か今のうちに言っておくことはある？」

「銀子ちゃんが休場してからはもう何も無いよ!!」

バチーンッ!!

「ひどい!!　無いって言ってるのにどうしてぶつんだよ!?」

「じゃあ休場する前はあるんでしょ？」

……鋭い！

だが、あれは正直に打ち明けるにはデカ過ぎる秘密だ。何でも正直に言えば許してもらえるってわけじゃないことはたった今、俺がこの頬で証明した。まだ痛ぇ……。

「言わないならいいわ。候補者は絞られてるから」

スマホを操作し始める銀子ちゃん。本気で突き止める気か⁉

ここ一年近く外界と連絡を絶ってる《浪速の白雪姫》がいきなり電凸《でんとつ》してきて、しかも確認する内容が『貴様は九頭竜八一と何か不埒《ふらち》なことをしたのか？』だったら世間を騒がすどころの話じゃない。

俺はベッドから下りて床に正座すると、斬首《ざんしゅ》される罪人のように頭を垂れて告白する。

「じ、実は………」

「実は？」

「天衣に……………唇を奪われました…………」

「頓死《とんし》しろゴミクズ人間ッ‼」

後頭部にスマホが飛んできた。当たり所が悪かったら死ぬぞ⁉

「モノで殴るのは反則でしょ⁉」

「告白した後に別の女とキスするほうが反則よ！　しかも女児とキス⁉　法律違反よ死んで国家にお詫《わ》びしろッ‼」

「だって奇襲だったもん！　奇襲は避けずに受け止めて勝つのがプロ棋士ってもんだろ⁉」

「キスと奇襲をかけてらっしゃるの？　さすが竜王は上手《うま》いことおっしゃるわねぇ？」

「そういうわけじゃ――」

「で？　いつのことなの？」

「……な、夏……」

「どの夏？　今年？」

「きょ、去年の……商店街の夏祭りの、すぐ後くらい……」

「私が三段リーグで死ぬような思いをしてる真っ最中に、弟子の女子小学生とイチャついていただと……？」

愕然《がくぜん》とする銀子ちゃん。そんなふうに言われると俺、最低のクズ野郎みたいじゃん……そうかもしれないですけどぉ……。

そして三本目の指が立った。

スリーアウト。チェンジだ。

終わった――……。

「……………………ごめんなさい……………」

俺にできることといえばもう、床に正座してただ謝罪を繰り返すことだけであった。

おかしい……かっこよくプロポーズするはずだったのに……。

歩夢の過ちから学んで成功させるはずだったのに……歩夢よりも悲惨な結果になってる……。

「手順前後ねえ……本当にそう思ってるの？」

へ？

「他の女どもに思いっ切り手を出しておいてからプロポーズしてるわけでしょ？　後悔が無いように欲望を発散してから。っていうかそっちにフラれたから私にすり寄って来てるだけなんじゃないの？」

「ち、違うよぉ！　本気で銀子ちゃんが好きなんだよぉ！」

「だったら言え」

「も、もう……何も……ありませ――」

「違うわよ」

プイッと顔を横に逸らすと、銀子ちゃんは早口にこう言った。

「私じゃないといけない理由を言いなさい。ちゃんと」

☖実験台

その少年の強さは理解していたつもりだった。

しかし実際に相対してみて、自らの考えの甘さを思い知らされた。

「強い」

盤面に目を落としたまま思わず口から言葉が漏《も》れる。

相雁木模様のオープニングから、後手の少年が右玉に構えたことで延々と駒組みが続く展開に。

この少年がプロ入り後に公式戦で右玉を採用したことは今まで無かった。

――相雁木戦における我のアドバンテージを消すためか？

最初はそう思った。

だが駒組みを進めていくにつれ、それがあまりにも甘い考えであることを思い知らされる。

「強い……」

嚙《か》み締《し》めるようにもう一度、そう呟く。

椚創多四段。

まだ中学一年生に過ぎない。成長期すら訪れていないかに見える小さな身体のその少年は、しかし既に完成された将棋を指していた。

そもそも右玉とは力戦の代名詞。

定跡《じょうせき》が整備されていない作戦を採用しているにもかかわらず、少年はまるでそれが完成された定跡でもあるかのように短時間で手を重ねていく。

しかも局面のバランスを完璧《かんぺき》に保ちながら。

――我が永遠の好敵手である、あの《西の魔王》よりも……あるいは？

さすがこの星雲戦で最下層から十連勝して勝ち上がってきただけある。全く隙が無い。

それは、人生を何度か経験しているとしか思えないほどの完成度。

――愚妹が好きな転生アニメの主人公のような存在だな……。

五十手目を過ぎたあたりで互いの駒組みは飽和状態となる。

あとはどこかで、どちらかが、不利を自覚しつつも仕掛けるか。

それとも……千日手《せんにちて》にして別の戦型でやり直すか。

――それでは先手の利を失うことになる。少年とすれば願ってもない展開だろうが……。

早指し棋戦ゆえ時間は限られている。

「神鍋帝位、五回目の考慮時間に入りました。残り五回です」

「……承知」

ここは『迷う』という贅沢《ぜいたく》など許されぬ過酷な戦場。盤の前に座る遙か以前に方針を定めておかねばならない。

――ギリギリのタイミングまで仕掛けは待つ！　そう決めたはず……。

その方針に従って、

「んっ！」

左の香車を一つだけ前進させる。ギリギリまで力を溜《た》めるのだ。相手の力を恐れて暴発することなく、己《おのれ》の将棋を貫くために。

「なるほどね。これでもまだ手待ちを続ける、と」

そう呟いた少年の次の一手は、意外なものだった。

「右玉から再び中央へ玉を戻した……？」

「相雁木は後手《ぼく》が有利なんです」

その一手は、こちらの指した手よりも明らかに過大な意味を持っていた。

局面のバランスが初めて崩れたのだ。

意味するところは一つしかない。

「それが《淡路》の結論のはずです。神鍋先生もそれはご存知ですよね？　そのうえで雁木を採用したなら、それなりのものを見せてくださらないと」

「重々承知！」

言葉は取り繕っているものの、少年は『やってこい』と言っていた。

あからさまな挑発。大きすぎる隙。

罠である可能性は高い。もしくは少年の研究でも結論が出ていない局面か……どちらにせよこの先に待ち受けるのが困難の連続であることは間違いない。

「しかし我は帝位！　宿敵《とも》より奪い取ったこの王冠《タイトル》にふさわしい将棋を指すという、高貴なる義務がある!!」

「ええ。そうしてもらわなくちゃ困ります」

少年は薄笑いを浮かべながら、ほぼノータイムで応手を重ねていく。

「あなたは実験台なんだから」

実験台？　どういう意味だ？

──余計なことを考えるな！　勝負にのみ集中しろ‼

互いに端を攻略して、と金を作り合う。

この展開は、玉を中央に戻していた少年にとって有利。

「ならば左右から挟み潰《つぶ》すまで‼」

握った手番に己の読みとプライドを注入し、小刻みに時間を使いながら少年の玉を直接狙《ねら》い続ける！

「はあああああああああッッッ‼　燃えよ‼　我が盤上宇宙《コスモ》よ‼」

手持ちの全ての砲弾を後手玉目がけて撃ち込む総攻撃！　硝煙と土埃《つちぼこり》で視界がぼやけるかのごとく、あまりにも難解な局面の連続に彼我の優劣は測り難《がた》い。

やがて……後手玉の周辺がスッキリしてくるにつれて、形勢が見え始めた。

──わずかに届かぬか……⁉

詰めろまではかけられたが、そこでこちらの攻めが切れる。

その瞬間、少年が言った。

「反撃の時間です」

その駒台《こまだい》には角が二枚、金が二枚、それに桂馬と歩がある。

豊富……だが、横からの攻めに使える飛車はこちらが二枚とも握っているため、すぐに詰まされることはないはずだった。

「簡単に投げないでくださいね？　ぼくにもやりたいことがあるので」

「いかに形勢を損ねようと我が玉は不撓不屈《ふとうふくつ》！　このまま五〇〇手まで逃げ切ってでも負けはせぬ！　魔王との決戦で見せたしぶとさ存分に味わうがいい!!」

「その将棋じゃないんですよ。ぼくが今日、指したいのは」

「なに⁉」

手番を手にした少年は、異様に紅《あか》いその唇を舌で湿らせる。

「さあ……ぼくにもできるかな？　タイトル保持者を相手に！」

そして両手を拳《こぶし》に握り込み。

二つの拳を畳に突き立てると、深く深く盤に向かって前傾する。

初めて見るはずのその姿には……不思議と見覚えがあった。

「こう――――」

「ッ⁉」

少年の身体がゆっくりと、小刻みに、前後に揺れ始める。

「こう…………こう…………こう…………こう………………」

まさか……。

これは、まさか……⁉

「ま、まさか…………《竜王の雛》と同じことを⁉」

詰みを読み切ろうとしているのか⁉　そもそもこの局面に詰みはあるのか⁉

だが。

この先に待っていた展開は、そんな疑問など遙かに超越する、恐るべきものだった。

「こう――――」

少年の手がゆっくりと盤の奥へと伸びてくる。

それはまるで死神の鎌のように、我が首筋へと伸びてきて――‼

☗趣向手順

現代将棋において最も重要視されるトレーニングは何か？

「椚四段、八回目の考慮時間に入りました。残り二回です」

「こうこうこうこうこうこうこうこうこうこうこうこう――――………」

まず挙がるのが『練習将棋』。

公式戦が対人で行われる以上、人間相手に将棋を指す時間は必要だ。

昔はその次に『棋譜並べ』が挙がったけど、今は他人の指した将棋をわざわざ盤に並べるようなことはしない。

ＡＩの指す将棋のほうが正確だから、むしろそっちを見る。

だから最近重視されるようになったのが『記憶力』で、これはＡＩが無限に吐き出し続ける定跡や評価値を正確に頭に詰め込むために必要となる。とはいえ記憶力を向上させるトレーニングは未開拓の分野だから、みんな手探りだ。特別にやれるようなことはない。

確実に入らないのが『詰将棋《つめしょうぎ》』。

かつてぼくは詰将棋不要論者だった。詰将棋イミない。だって実戦に詰将棋みたいな複雑な手順の詰みは出ない。

けれどぼくはその詰将棋をここ数日で集中して解いてきた。

「ごじゅうごびょう――……椚四段、最後の考慮時間に入りました。残りはありません」

「こうこうこうこうこうこうこうこうこう――――こうッ!!」

無駄だったはずのトレーニングに時間を費やした理由。

ぼくはそれを盤上で示した。

まずは、と金を寄って王手。

これは取ったら詰む。神鍋さんは当然玉を右に寄って逃がす。

『王手は追う手』という悪手《あくしゅ》の見本のようなその手をぼくが選んだことに違和感を抱きつつも神鍋さんはノータイムで玉を逃がしたのだ。

しかし次の手を見てさすがにその指が止まる。

「ッ……な⁉」

ぼくは逃げた玉を追うように持ち駒の金を打って再び王手を掛けたのだ！

——この手はさすがに読んでなかったでしょ？

「ヒモの付いていない金で王手を続ける手順、だと⁉」

「ポイント高いでしょ？」

通常、こういった金で横から迫る手には飛車でヒモが付いている場合が多い。

けれどこの金にはそれが無い。

手掛かりの無い中で詰みを読むのは極めて難しい。ザイルを使わないクライミングのように危険を伴う。

だからこそ、その手順は王手を受ける側にとっても盲点となる。

神鍋さんは震える指で玉を右へと逃がした。

「こ、このような………詰将棋じみた手順が、実戦で発生するなどと……」

「『金送り』の手順。もちろん狙っていました」

厳密に言えば、この金を取ってもすぐに詰むわけじゃない。

それでも取れれば先手の負けは確実になる。だから取れない。上部脱出への微かな望みを繋ぐため、神鍋さんは2筋を目指して玉を右へ右へと逃がさざるをえない。

辿り着いたところでどうしようもないけどね！

「まだだ！　まだ終わらぬよッ‼」

三十秒将棋だと、一分将棋みたいに複数の筋を読むのは難しい。読みから外れた手を指されたら、直感以外の手を探して立て直すのは不可能だ。

だから神鍋さんは当初の予定通り、玉を右へ右へと逃がしていく。

2筋に開いている脱出路から上部を目指し、そこから八一さんとの帝位戦第七局のように持将棋《じしょうぎ》や宣言に持ち込むつもりなんだろう。

案の定、先手は2七玉を着手《ちゃくしゅ》。

──ここだ。

モグラ叩きのようにポコッと地上に飛び出た玉の頭を、持ち駒の金をハンマーみたいに打ち込んで押し戻す────

「っていう平凡な手はもちろん指さない」

ぼくは駒台から角を摘まみ上げると、それを玉の下から打ち込んだ。

「さ、3八角ッ⁉」

上擦った声で神鍋さんが叫ぶ。

「玉の下から王手を掛けた⁉　いや！　それ以前に……我が飛車の目の前に角を置いた……だとぉ⁉」

「どうぞ。飛車で取ってください」

角をタダで献上した……わけじゃない。

この交換を利《き》かせておくことで、横滑りさせてきた金で王手しながら飛車を取れるようになった。だからあとは手元に残った持ち駒を投入して、玉を下へ落としてやればいい。

後手が持ち駒の角を失うことで先手玉が詰むようになるという、感覚的には理解しがたいこの決め手を、ぼくはずっと前から狙っていた。

ね？　詰将棋みたいでしょ？

「…………」

帝位の首がガクッと折れる。

神鍋さんも、自分の負けはわかってる。

けれど最後の最後まで指したのはこれがテレビ棋戦で、視聴者たちにぼくの創り上げた詰みを見せようとしてくれたんだろう。

盤上でぼくが起こした奇跡を。

「負けました」

初形の位置まで戻った先手玉の頭に成銀を作ったぼくの手を見ると、神鍋さんは脱ぎ捨てていたマントを纏《まと》い直してから、はっきりした声で投了《とうりょう》を告げた。

王手の回数は十九回。

余った持ち駒は、歩がたったの一枚。

これで歩の一枚も余らず詰め上がったら本物の詰将棋にもなるんだろうけど、まあ今はまだこれくらいで上出来だろうね。

美しい手順から生まれた、美しい終局図だった。

「ま、まで……一四四手をもちまして、椚四段の勝利…………と、なりました…………」

記録の鹿路庭女流が、対局前に規定をスラスラ読み上げていた時とは打って変わった震える声で、終わりを宣言する。

「……死にてえ」

棋譜読み上げの奨励会員がボソリと呟いた。自暴自棄になってるね。

ま、自分より遙かに年下の中学生がタイトル保持者相手に早指しでこんな勝ち方を目の前でしたら、ついつい考えちゃうよね。

『自分の存在って何なの？』って！

けれど神鍋歩夢帝位は、年下の四段に討ち取られた張本人なのに、ずっと堂々と顔を上げ続けている。

そしてすぐに感想戦が始まった。

「……仕掛けの部分に戻して検討しても？」

「もちろんです」

ぼくらは公式戦だけじゃなく人生で初めて将棋を指す間柄だ。話すことすら初めて。感想戦で披露される神鍋さんの読み筋を聞いて、ぼくは一段とこの人への理解が深まった。

「八一さんがあなたと気が合うの、何となくわかりますよ」

センスも無い。

終盤で驚くほど手が読めるわけでもない。

だからかぁ……とぼくは思う。

「あの人は根性がある人が好きですからね。そうじゃないと、自分が本気を出したら相手がもう本気で立ち向かって来られなくなるって知ってるから」

「…………」

「あなたの他にもきっと八一さんには気の合う仲間がいたはず。でもその中で将棋界に残ったのは、あなただけだった。だからあなたは八一さんの親友になれた……でしょ？」

短い感想戦を終えると、神鍋さんは駒を片付けてから、再び丁寧に一礼した。そして静かに席を立つ。

ぼくには勝利者インタビューが残っている。

スタジオを後にする白い背中を見送りながら、ぼくはこう思った。

——八一さんはきっと、わかっていない。

《次世代の名人》との呼び声も高い神鍋歩夢帝位。根性があり、将棋を愛し、そして何より八一さんと同世代の友人。

そういう人がいるのは幸せだと思う。ぼくには同世代に競い合える人がいないから。

けれど……悲しいかな、それは八一さんにとっての幸せに過ぎない。

同世代のプロ棋士と無邪気に友人となり、愛を語るあの人はきっと、その無邪気さの罪深さに気付いていていない。

「一番近くにいるからこそ苦しめてしまうってことに」

☖いいよ

ここに来てから、何百回、何千回と考えていたことがある。

——どうして八一は私を選んでくれたの？

身体も弱くて将棋の才能もない。

容姿も八一の好みから外れてる。

ひどいことだっていっぱいしてきた。叩いたり蹴《け》ったり、きつい言葉で罵《ののし》ったり。

それに私ではきっと……八一に理想の未来《かぞく》を与えられない。

できることといえばせいぜい髪を伸ばすくらいで……。

「教えて。どうして私じゃなきゃいけないの？」

だから、その答えを聞きたかった。

「………」

しばらく黙っていた八一は再びベッドに腰掛けると、宙を見ながら話し始める。

「……奨励会時代、相手の退会の一局に十五回当たったんだ」

意外な言葉だった。

続きが気になって、私は黙ったまま八一の話に耳を傾ける。

「そして十五回とも首を切った。対局前も、対局後も、特に何も思わずに。ただ無邪気に勝ったことを喜んで……あの頃の俺はガキだったから、それがどんな意味を持つのかなんてよくわかってなかったんだ」

関西奨励会では気迫とか根性とかを重視する伝統があった。

私が有段者になった頃にはもう廃れかけていたけど、八一が入品《にゅうほん》した頃はまだギリギリその伝統が残っていて、大事な対局では本人が相手を選ぶこともできたらしい。

十五回も退会の懸かった将棋を指すのは珍しいと思う。

だから幹事か、それとも相手か。

そのどちらかがこう考えたのだ。

『最後に九頭竜八一に負けたのなら、きっぱり将棋を捨てられる』って。

それはつまり八一の才能がそれだけ際立《きわだ》っていたということでもある。師匠だったら『名誉なことや』と言うだろう。

「でも後から急に怖くなった瞬間があった」

ポツリと漏れたそれは、私が初めて八一から聞く言葉で。

この弟弟子が将棋を指して恐怖することがあるなんて、私には思いも寄らなかった。恐怖を与える側の、この天才が……。

「それって桂香さんが年齢制限に怯《おび》え始めた頃だったり、鏡洲《かがみず》さんが勝ち越し延長を始めた頃だったりしたんだけど」

「八一……」

たった一局の将棋が他人の人生を変えてしまう。奨励会とはそういう場所だ。

私もきっと、女流棋士からは似たような感情を抱かれていたと思う。

花立《はなだち》先生を歪めてしまったことや、男鹿《おが》さんが女流棋士を辞めてしまったこと。八一と同じように私も当時は幼かったから、そのつらさが理解できなかった。

自分が三段リーグで同じように傷つくまでは……。

「プロになってからも、相手の気迫が俺を上回る対局に何度か当たった。そういう時、相手のことを考え始めちゃうと、きちんと指せない。だから将棋のことだけを考えようとするんだけど……終わった後でやっぱり苦しむんだ」

対局が終われば必ず心が将棋から離れる瞬間が訪れる。

練習将棋やVSを詰め込んでも、いずれ必ずそれは訪れる。人間としての心を持っている限りは逃れられない。

「そしてきっとそれは銀子ちゃんも同じなんだと思った。ツンケンしてて、他人を寄せ付けないのは、仲良くなってしまうと後から自分を嫌いになってしまうから。でしょ？」

「…………」

「俺たちは不器用だから将棋しかできない。将棋を通してしか友達ができないし、だけど俺たちにとって将棋は戦う手段で。その矛盾が……ずっと苦しくて」

八一の語る苦しさは、勝負師なら誰もが抱えているものだろう。奨励会で精神を病んだ先輩たちを何人も見た。その中には誰もが認める天才もいた。

私は、心よりも先に身体が壊れてしまったけど……。

「首を切るのが怖くなってからは、いつも銀子ちゃんの顔が心に浮かんでた」

「……私……の？」

「俺は心が弱いから。自分を信じようと思っても信じ切れなくて。だから俺より心の強い人のことに縋ってるのかもね？　師匠より厳しい姉弟子《あねでし》にさ」

ちょっと……どういう意味よ？

抗議しようと口を開きかけて、私は固まる。

それまでと一変した表情で八一がこう叫んだから。

「どれだけ他人に嫌われてもいい！　相手がどんなに不幸になったっていい！　銀子ちゃんにだけ味方になってくれるなら、俺はもっと強くなれる！」

……バカだと思った。

これじゃあ将棋のために私と結婚したいと言ってるようなものだ。勝利への免罪符を求めて結婚したいと。

こんな将棋バカは一生結婚できないに違いない。

だから――

「………いいよ」

「ん？　いま何て言った？」

「ちゃんと聞いてろ。バカ」

だから私が結婚してやらないといけないからそう言ったのに、八一は肝心なとこを聞き逃す。

めちゃめちゃ恥ずかしい。顔が熱い。

真っ赤《まっか》になってるのを見られないよう、ポニーテールを解いてバサバサと髪で顔を隠す。伸ばしてててよかったと初めて思った。

バカには言葉だけじゃ伝わらないらしい。行動が必要だ。

私は自分で指輪を指にはめた。

左手の薬指に。

「ブカブカ」

「さ、サイズわかんないまま買っちゃったから……」

ちなみに一回だけ無料で直してもらえるらしい。さすがにそのあたりはちゃんと調べてるみたいだった。バカなりに。

「だからさ。ちゃんとサイズを測りに行こう」

「………二度手間じゃない。バカ……」

そう言って私は頷《うなず》いた。

☗娘さんをくださいイベント発生

「あなたたちが何でも将棋で決めるのは子供の頃から見てきたけど――」

その声は完全に不意打ちだった。

「さすがにそういうことまで将棋で決めるのは、親として認められないわね」

「「っ⁉」」

慌てて声のしたほうを見ると……ドアの近くで壁にもたれている女性が。

銀子ちゃんのお母さんだ。

娘と同じ銀色の髪を持つその人は、娘よりも冷たい色の瞳で俺たちを見ている。

その視線に震えながら俺は尋ねた。

「い……いつから……？」

「中盤くらいかしら？　私は将棋のこと全然わからないから間違ってるかもしれないけど」

けっこう前だ！

つまり終局後の会話をまるっと聞かれていたことになる……やったぜ説明の手間が省けた！

なーんて思えるはずがない。

手順前後もいいとこだ。

「将棋のことになると周りが見えなくなるのは子供の頃とちっとも変わらないのね」

「す、すみません……」

銀子ちゃんのお母さんとは子供大会とかでよく会ってたはずなのに、その頃に何を話したかとかそういう記憶はサッパリだ。お父さんの記憶となると、顔すらほぼ憶えてない。大会でどんな手を指したかは詳細に憶えてるんだけど……。

「マ……お母さん」

動揺のあまり俺の前にもかかわらず「ママ」と呼びそうになってる銀子ちゃんかわいい。

「将棋だけで決めたわけじゃないの。ちゃんと話し合ったし、お母さんとお父さんとも相談するつもりだったから……」

「わかってる。少し八一くんと二人で話してもいい？」

「…………ん」

素直に席を外す銀子ちゃん。

俺は視線で『大丈夫』と伝えると、ベッドから立ち上がって、お母さん……笙子《しょうこ》さんと向き合った。

「前に話したことは憶えてるわよね？　そのうえで娘と一緒になりたいと言ってるのよね？」

「もちろんです」

「……私は人生の中で後悔したことがたくさんあった。嬉しいこともあったけど、後悔してることのほうが多いの。あなたのように成功した若い人には伝わらないかもしれないけど……」

「…………」

反論はしない。謙遜《けんそん》もしない。

「最初の夫と結婚したことも、子供を産んだことも、その子に将棋をさせたことも、奨励会に入ることを許可したことも、私は後悔してる。それだけあの子は……銀子は苦しんできた。わかる？　あの子が『やりたい』『そうしたい』と言ったことを私が止めなかったから、その後あの子が本当に死にかけるくらい苦しんでしまったの」

「だから俺との結婚を認めれば、やっぱり銀子ちゃんが苦しむと？」

「そうよ。違う？」

違う。

そう言いたい。

けど今の俺に、笙子さんの考えを否定する資格は無い。

いや。そもそも否定なんてできないんだ。

「確かに銀子ちゃんは苦しむかもしれません。将棋しかできない俺みたいな男と一緒になったら、今よりもっと将棋から離れられなくなる。そして俺は、苦しむあの子と将棋を指すことしかできないから」

「だったら――」

「でも」

次の言葉を俺は力を込めて放つ。

「あの子の隣に俺以外の誰かがいるのはもっと嫌だ」

「っ………」

ハッとした様子で俺の言葉を受け止める笙子さん。

「俺の師匠……清滝鋼介《こうすけ》は、ある日突然、奥さんが亡くなったそうです。そう言われてようやくわかったんです。信じて待つことも大事かもしれないけど……俺が今までそうしてたのは、単なる逃げだったって」

過酷な運命から目を逸らし、将棋に逃げていた。それで銀子ちゃんのために全世界と戦ってるつもりになってた。

そんなことだから負けるんだ。

俺は逃げてた。銀子ちゃんからも、将棋からも。

だったらもう逃げない。

「銀子ちゃんの喜びも悲しみも、辛《つら》さも……誰かと分け合うのなら、俺と分け合ってほしい。あの子の全てを自分のものにしたいんです」

この後の人生を大きく変えるかもしれないその一言を口にする時、声が震えるようなことはなかった。

もう気持ちが固まっていたから。

「そして銀子ちゃんも同じ気持ちだと信じてます」

俺たちは棋士だ。

将棋を指して生きる。全てを勝負として捉《とら》える癖《くせ》がついていて、ちょっとしたことでも勝ち負けを決めたがる。

将棋は残酷で、運ではなく実力で勝負が決まる。

だから負け続けると癖が付いてしまう。詰みが見えても手が伸びなくなる。

「銀子ちゃんは幸せに慣れてない。だから幸せを掴める時にいつも別の手を選んでしまう。そうなれる瞬間でいつも、別の道を選んでしまう。それはお母さんも同じなんじゃないですか？」

「…………」

「そんなあの子を愛《いとお》しく思うし、俺がその間違いを咎《とが》めることで、もっと幸せにできるんじゃないかとも思うんです」

「傲慢《ごうまん》ね。そして自信家でもある」

「すみません……でも、それが将棋指しですから」

戦う前から勝算を計るようなことをするなら、誰も強者とは戦わない。自分を信じて戦い続けるのが俺たちなんだ。

「信じていただけるかはわかりませんが、せめて盤上だけでも証明してみせます」

「あなたの力を？」

「いえ。違います」

俺は首を横に振ると、こう言った。

「将棋の力ってやつを」

俺自身の決意を、言葉じゃなくて将棋で伝える。どんな苦難も受け止めて、泥臭い根性で乗り越えるところを見てもらいたかった。

「いいのね？　八一くん」

「……はい」

俺は頷いて、遂にその言葉を口にする。

「娘さんを俺にください…………って言うのは、ちょっと違う気がしますね」

言ってはみたものの、しっくり来なかった。

別に俺はこの人から銀子ちゃんを奪うわけじゃない。

だからピッタリくる言葉は、きっとこんな感じだ。

「あなたの苦悩を俺にもわけてください。もちろん、喜びも」

「第二譜」

☖フリークラス

坂梨澄人《さかなしすみと》が三段リーグで次点を二回取ってフリークラスの四段になれる権利を獲得した時、真っ先に取った行動は師匠に電話することだった。

けどそれは昇段の報告をするためでもなければ感謝の言葉を伝えるためでもない。

確認のためだった。

なぜなら坂梨の師匠は常々こう言っていたからだ。

『フリークラスなんて本物のプロ棋士じゃねえ』

その言葉通り師匠は定年を超えても宣言によるフリクラ入りを拒否し、順位戦を戦い続けた。C級2組から落ちれば即引退の厳しい道を選んだのだ。

六十歳を超えて深夜まで続く将棋を指し続けるなど文字通り寿命を削る行為。高齢の棋士たちが夕休前に早投げするのを尻目《しりめ》に、師匠は絶対に自ら崩れることなく、その日に行われるどの将棋よりも遅くまで戦い続けた。

だから弟子の坂梨に対してもフリークラスでのプロ入りは認めないだろう。

もし師匠が昇段を拒否しろと言うのなら従うつもりでいた。もともと開幕四連敗した時点で退会を決めていたこともあり、葛藤《かっとう》は無い。むしろそのまま奨励会を去るほうが潔いと思ったし、退会が決まった他の三段に対しても申し訳が立つ……。

しかし現実は違った。

『上がってくれ』

師匠はノータイムでそう言った。『上がれ』と命令するのではなく『上がってくれ』と。まるで懇願するかのように。

その時、坂梨の心に去来したのは……プロになれる喜びでも、もう三段リーグを戦わなくてもいいという安堵《あんど》でもなく。

自分の才能に対する見切りのような、そんな清々《すがすが》しさだった。


あれから約一年。

今日、その師匠の引退が決まった。

「風張《かざはり》先生、投了《とうりょう》されましたね」

中継室でパソコンを操作していた記者がそう言ったのを合図に、狭い室内にみっちりと詰まっていた風張一門の弟子たちが腰を上げる。

「じゃあ行くか」

「おう」

千駄ケ谷《せんだがや》の将棋会館には五階に宿泊室というビジネスホテルのシングルルームみたいな狭い

部屋がある。中継室はそのうちの一つを潰《つぶ》して使っていた。

坂梨の師匠が対局しているのは下の四階だ。

既に奨励会を退会した兄弟子《あにでし》たちの後を付いていこうとした坂梨に、こんな声がかかる。

「先生。どうぞ先頭で」

「……わかりました」

いつもは「澄人」と呼び捨てにするくせに、こういう時だけ「先生」だ。嬉《うれ》しいというより
も恥ずかしかった。

一門にはたくさん弟子がいるけれど、プロになれたのは今のところ坂梨だけ。

しかし順位戦に参加できないフリークラスという身分では、かつてA級を十期も張った古
豪・風張鶏児《けいじ》九段の引退に釣り合わないように思えた。

坂梨は先頭に立ちながら、最後尾をダルそうに付いて来る赤毛の女に声をかける。

「燎《りょう》」

「あん?」

用意していた花束《はなたば》を妹弟子《いもうとでし》に押しつけると、こう命じた。

「花はお前が渡せ」

「えぇー……」

月夜見坂《つきよみざか》燎はあからさまに嫌そうな顔をする。

花なんて渡す柄じゃないというのもあるが、そもそも風張は負けた後メチャメチャ機嫌が悪くなるからできれば近寄りたくないのだ。

弟子たちがわざわざ終局を待っていたと知れば『師匠が負けると思って集まったのか！』と叱責《しっせき》される恐れもある。

——今日の将棋も本気で勝ちに行ってたからな……。

ブチブチと文句を言う月夜見坂を従えて、坂梨は対局室へと踏み込む。その二人を弾除けのようにして兄弟子たちやカメラを構えた記者たちが後に続く。

特別対局室の上座では、予想外の光景が広がっていた。

負けて引退が決まった風張が、笑顔を浮かべて感想戦をしていたのだ。

逆に相手は気まずそうに俯《うつむ》いている。

「師匠！　引退お疲れッス‼」

そんなに機嫌が悪そうじゃないとわかった途端に月夜見坂は風張に駆け寄った。

現金なものだと呆《あき》れつつも、坂梨自身、ホッとして師匠に「お疲れ様でした」と労《ねぎら》いの言葉をかける。

「何だ何だ。辞めたやつらまでゾロゾロと」

憎まれ口を叩《たた》く風張はそれでも嬉しそうで、月夜見坂から贈られた花を持って笑顔で記念写真に収まった。

食事の席でも風張は上機嫌だった。

よく酒を飲み、よく食べた。対局中も対局後もほとんど食事が喉《のど》を通らない坂梨にとって、七十歳近い師匠の健啖《けんたん》ぶりは驚異的ですらある。

一ヶ月後に本格的な慰労会を行う予定を立てて店を出ると、夜の十一時を回っていた。

「師匠。二次会どうする？」

先頭を歩く月夜見坂がスマホを片手に振り返って、

「アキバで万智が店を始めたんだけど、そこでいいよな？　コンカフェとか言ってるけど実態はキャバみてーなもんだから。オレもキャストだし！」

「……最後の情報がなかったら行ってもよかったんだがなぁ」

露骨に顔を歪《ゆが》める風張。引退の日に行くには味が悪すぎる。

「帰るとするわ。棋士人生最後の日くらい、カミさんとゆっくりしたい」

「マジかよ！　もう予約してんだけど⁉」

ギャーギャーと喚き始めた月夜見坂を兄弟子たちが宥《なだ》めにかかる。

「代わりに俺《おれ》たちが行くから師匠は家に帰して差し上げろ」

「そうだぞ師匠もう六八歳だぞ」

「女流タイトル保持者が客引きするなよ……」

文句を言いつつも兄弟子たちはゾロゾロと月夜見坂に付いていく。たった一人の妹弟子にはみんなとことん甘い。

——こうも人がいいんじゃ奨励会を抜けられないのも当然だな……。

自分が知る限り最も強く最も人が良かった三段の顔を坂梨は思い出していた。自分が好きな人たちほど報われないのが将棋界だと、改めて思う。

そんな人のいい兄弟子の一人が坂梨に命じた。

「澄人は師匠を送って行け。大事な公式戦が近いだろ？」

「公式戦が近いのは燎も同じなはずなんですが……」

職業的責任感から坂梨はそう言った。

「しかもあいつ確か、プロ公式戦にも……公共放送杯の収録があるはずなんです。全国放送ですよ？」

「あいつは止めても無駄だから適当なところで俺たちが連れて帰る」

坂梨は頭を下げてから、師匠と自分のためにタクシーを停《と》めた。

車に乗り込むと、風張はその日初めて疲れたような溜息《ためいき》を漏《も》らす。

「……プロになるならあいつが先だと思ってたんだがな。俺の勘も鈍ったもんだ」

師匠が溜息交じりにボソリと漏らしたその言葉。

『あいつ』が誰《だれ》を意味するかはすぐにわかった。

自分よりも妹弟子のほうが才能を評価されていたと知ったら、以前の坂梨なら猛反発しただろう。

けれど今は驚くほど素直にその言葉を受け容《い》れている自分がいた。

とはいえ「そうですね」と言うのも違うような気がしたので黙っていると……窓の外に顔を向けていた師匠の口から、奇妙な音が聞こえた。

最初は聞き間違いかと思ったが、その音は確かに聞こえる。

ギリ……ギリリ…………何かが軋むような音。

それは風張が歯軋りをする音だった。

「っ…………!!」

ギョッとした。信じられなかった。

風張は十八歳で棋士になって、現役《げんえき》生活は五十年間にも及ぶ。半世紀だ。

そんな人が……将棋に負けて悔し涙を流している……。

「…………すまんな。引退の時くらい、弟子の前では穏やかにいようと思ったんだが」

「いえ……」

太い指で涙を拭いながら謝る師匠に対して、坂梨は頭を下げた。

「澄人は四段になってからよく勝ってるじゃねえか。あと何勝でフリクラを抜けられるんだ？」

「次、勝てればそれで決まります」

答える言葉に若干、力がこもった。

「居飛車《いびしゃ》も指してるようだな？」

「はい。もともと四段になれたら色々試してみようと思っていたので、作戦のストックがありました。それがたまたま当たっているのかと……」

「評判になってるぞ？　何が何でも角道を開けない新四段が勝ちまくってるとな」

「横歩取りや角換わりの最新研究に付いて行けないので……弱者の戦法です」

「いいことだ。それで勝ててるならなおいい」

フリークラスから順位戦C級2組へ昇級するためには公式戦で六割五分の勝率に達する必要がある。さらに対局数も三十局以上が必要だ。

次が丁度その三十局目に当たる。

——とはいえ最近の成績は自分にしちゃ出来過ぎだからな。

しかも次の相手は………どうしても闘志が湧きづらい。

「上がれるときに上がっておけ」

弟子の心を見透かしたように師匠はこう言った。

「フリークラスに落ちて改めてわかったが……ここは地獄だ。勝ってるときはいい。だが負け始めると引退を意識して手が伸びない」

「地獄……」

「俺が新四段をフリクラに入れるのに反対したのは、やっと奨励会を抜けた若者にそんな地獄をまた味わわせたくなかったからだ。それでもお前にその道を選ばせたのは、お前ならこの地獄からも上がれると信じたからだが……迷ってるようじゃあすぐに寿命が来るぞ」

「…………」

今日、その寿命を迎えた男の言葉は、坂梨の胸にズシンと重いものを残した。

タクシーが坂梨の家の前で止まる。別れ際に風張はこう言った。

「上がれよ澄人。上がってくれ」

師匠を乗せて走り去る車に向かって頭を下げる。

そして頭を下げ続けたまま、坂梨は拳《こぶし》を握り締めて呟《つぶや》いた。

「次……勝てたら、俺はフリクラを抜けられる」

上がらないという選択肢は無い。師匠の言うとおりだ。そんな贅沢《ぜいたく》は許されない。

生き残るために勝つ必要があった。

その相手がたとえ…………小学生の女の子であろうとも。

■医療法人神恵会

「検査の結果を報告します」
その医者——元奨励会三段の明石圭《あかしきよし》は、不安に押し潰されそうになっている幼い患者に向かって重々しい口調でこう宣言した。

「特に問題ありません。おしまい！」

「「…………」」

患者――雛鶴《ひなつる》あい女流名跡《じょりゅうみょうせき》と、付き添いである私こと夜叉神天衣《やしゃじんあい》女流三冠は、その言葉を最初は理解できなかった。

山城桜花《やましろおうか》戦で私と公式戦を戦ったその夜。

空前絶後の終盤力を発揮してスーパーコンピューター《淡路》の導き出した将棋の結論をも覆した天才は、こう言って私に助けを求めた。

『頭の中の将棋盤が消えかかっている』と。

あいの力の源泉はその桁外《けたはず》れの計算力にある。

十一面あるという脳内将棋盤。かつては自由自在に動かせたそれが、実は一年近く前から消えかかっていたと初めて他者に打ち明けたあいを、私は夜が明けるとすぐに病院に連れて来たのだ。

将棋に詳しい医師の手で精密検査を受けさせるために。

それなのに当の医師は満面の笑みを浮かべている。

「あいちゃんの脳にも、他の部位にも、何の問題もありませんでした。対局過多で健康が心配だったけど元気でよかったです」

「…………………ふざけるんじゃないわよ」

私はポカンとするあいの手を取ると、立ち上がってこう吐き捨てる。

「さすが空銀子《そらぎんこ》の異常を事前に察知できなかったヤブ医者なだけあるわね。あい、別の病院に行くわよ」

「いやいやいや！　銀子ちゃんは本当に治ってるんだって！　心臓は治ったの‼」

「どうやって？」

「し、自然治癒……」

「行くわよあい。晶《あきら》はそこのヤブを新湊川《しんみなとがわ》に捨ててきて」

「合点承知‼」

診察室の外に控えていた晶が腕まくりをして入って来る。この病院は荒っぽい患者が多いから適当なこと言う医者はすぐ患者の側に回ることになるわ。

ここは医療法人『神恵会《じんけいかい》』。

楠木正成終焉《くすのきまさしげしゅうえん》の地である湊川。そのすぐ近くに建つ総合病院よ。

ちなみに評判は悪い。

『死んだ侍の幽霊が出る』『患者がみんなカタギじゃない』『病院食が刑務所の米より臭い』等々よくもここまで悪く書けるなってくらいネット上には罵詈雑言《ばりぞうごん》が並んでいる。

……ま、全部事実なんだけど。

「それでも医者や看護師は腕利《うでき》きを集めるよう指示してたのに……人事の連中は何をしていたのかしら？　経営者として喝を入れてやらないと……」

「え⁉」

あいは診断を告げられた時よりビックリした声を上げて、

「ここって天《てん》ちゃんが経営してるの？」

「そうよ」

驚く姉妹弟子《しまいでし》に私は説明する。

「夜叉神家はもともと神戸《こうべ》の港湾業から身を起こしているんだけど、戦後の混乱期は随分と荒っぽいこともしたのよね。旧日本軍が残した武器とかいっぱいあったし」

「武器……」

「けど、刀傷や銃創なんて恐がって普通の医者は診てくれないわけ。だから戦地から引き揚げてきた軍医なんかを雇って、自前で病院を作ったの。それが神恵会の源流よ」

「えええ⁉」

驚いた声を上げたのは、あいじゃなくて明石だった。

「そうだったの⁉　辞めちゃおうかなぁ……」

「逆に聞くけど、あなたどうしてうちに移って来たの？」

「リハビリに将棋を取り入れてもいいって言ってくれたからね」

明石はもともと大阪府《おおさか》内にある公立の病院に勤務していた。

空銀子が幼い頃《ころ》から通っていたというその病院は、最近になって院長が替わって経営方針も変わったらしい。

そして空銀子が別の療養施設に移ったことで、明石も長年勤めた病院を出た。

「あの……先生？」

あいが控え目に質問する。

「将棋ってリハビリにあんまり使わないんですか？」

「将棋はね、負けると悔しいだろ？」

「……悔しいです」

「だから負けると血圧が上がって身体《からだ》に悪いし、病院や老人ホームなんかで患者さん同士のトラブルの元になるんだよ。それで置かない病院が多いかな。運が絡《から》んでて四人くらいでできる麻雀《マージャン》やトランプが丁度いいんだよね」

確かに昔の将棋センターなんかだと、負けて悔しすぎてビルの窓から人が飛び降りたみたいな話も聞いたことがある。

そしてその話には、他のみんなは将棋に熱中するあまり誰も飛び降りに気付かなかったっていうオチまで付く。

「ちなみに、どうやって医療に使うつもりなの？」

「銀子ちゃんを診てた頃は難病で外に出ることができない子供たちに将棋を教えてたんだけど、それを高齢者にも広げたいなぁって思ってる。少子高齢化の時代だしね！」

「年取ってからじゃ駒の動かし方も憶《おぼ》えられないいんじゃない？」

嘲《あざけ》るように口にした私の言葉を明石はやんわりと否定した。

「経験則的に語られることが多いんだけど……脳の機能が年齢によって低下するという学術的な裏付けは存在しないいんだよね」

「「え⁉」」

にわかには信じられない話だった。

加齢によって棋士の成績は落ちる。大師匠がとんでもない読み抜けをする棋譜《きふ》を私は何局も見たし。

おそるおそる、あいが言う。

「け、けど……お年寄りは物忘れが激しくなったりしませんか？」

「それは病気によって脳の機能が障害を起こしているだけで、加齢だけが原因とはいえない。高齢者でもトレーニングして記憶力が回復する事例もあるよ」

そこまで言ってから明石は声を潜《ひそ》めて、

「ただね？　十代のほとんどを奨励会で過ごした者の感覚として、読みの力はピークになる年齢が低いというのは実感としてあるんだ。僕自身、級位者の頃のほうが読みの量自体は多かった……ような気がする」

「気がする……だけ？　ですか？」

「さっきも言ったけど、筋肉と違って脳は加齢によって能力が衰えるというエビデンスは存在しないんだよ。だからここからは医学的な根拠のない僕の推測になるけど――」

ますます声を潜めると、明石はこう言った。

「あいちゃんは元々、普通の人の百倍とか千倍とか読めた。だから少しだけ読みの力に翳《かげ》りが出ても落差が大きい。それで急激に衰えているような感覚に陥《おちい》ってるんじゃないかな？」

「単に調子が落ちてるってこと？　でも一年近く違和感があるのよ？」

あいの代わりに私が問《と》い質《ただ》す。

私の手を不安そうに握り続けるあいは、自分のことについては発言しようとしない。言葉にしたら不安が現実になると恐れているかのように……。

「普通は、衰えていく読みの力を経験の蓄積による大局観で補っていく。だから棋士は三十代から四十代くらいが総合力でピークにあるともいわれるよね？」

「それ、日本の将棋界の特殊事情って感じがしなくもないけど。だってもっと競争の激しい中国の囲碁界は、トップに立てるのは二十代までで、三十代で引退する棋士も珍しくないと聞くけど？」

「それこそ競争が激しすぎる中国囲碁界の特殊事情なんじゃないかな。経験を積む前に、読みの力が衰えて勝てなくなれば辞めちゃうわけでしょ？」

「…………」

「あいちゃんが訴えている脳内将棋盤の件について僕の経験を言えば、これは完全に個人差だと思う。月光《つきみつ》先生が五十代に入っても脳内将棋盤だけで戦ってA級を維持してるように、高齢の先生でも順位戦の最終盤でしっかり詰みを読み切る人もいた。記録係の僕が朦朧《もうろう》としてるのに……」

私は反論の言葉を失いつつあった。

あいの語る不安はあまりにも特殊すぎて、実のところ私自身も完全には理解できない。

一方、明石の言葉は多くの棋士が実感していることだから。

「肉体的なピークと経験値のバランスを取るのに時間がかかるのは仕方がないと思うんだよ。名人だって一時期は一冠まで後退した。そこから盛り返して今は五冠だ」

確かに総合力で捉《とら》えれば、あいの力は増している。

釈迦堂里奈《しゃかんどりな》からタイトルを奪い、プロ相手に十四連勝。前竜王の碓氷尊《うすいたける》まで倒した。

あの『碓氷システム』を破るというおまけ付きで。

そしてそれらは全《すべ》て、あいが読みの力が失われ始めたと言っている時期……岳滅鬼翼《がくめきつばさ》との初対局以降に達成したことだから。

「将棋は経験値が増えていくことによって、直感的に読むべきことや考えるべき材料が増えていく。それを大局観と言い換えてもいいかもしれない。そういった無意識のうちに処理すべき要素が蓄積されることで計算力がそっちにも割かれて、能動的に局面を掘り下げていく能力が落ちていくんじゃないかな？」

この説明は腑《ふ》に落ちる部分があった。

パソコンに置き換えるとわかりやすい。ＯＳの容量が増えればメモリーが足りなくなって処理が遅くなる。

さらに人間は、パソコンのように経験したことを一瞬で消去することはできない。

脳内にこびりついた経験値が、読みの速度を落とす……。

名人は四十代に入って『忘れる力が重要』とか言い始めたけど、それはこのことを感覚的に理解しているからなのかもしれなかった。

「あいちゃんの才能は名人や八一《やいち》くんと比べても遜色《そんしょく》がない。将棋を始めて二年足らずでここまで成長してしまうのは尋常じゃないよ。そのぶん脳に詰め込まれた経験値もかなり……なんていうか、その……濃《い》いんじゃないかな？」

「けど……そうなると、あいは……」

「バランスの取り方が非常に難しいだろうね。それこそ、すれ違う列車から列車へ……いや、新幹線から新幹線へ飛び移るくらいに」

病院の窓からは猛スピードで走る山陽新幹線が見える。

東西へ行き交うその白い車体を眺めながら明石は不吉な予言をした。窓を微《かす》かに揺らす新幹線の音が、とてつもなく不吉なもののように響いて……。

その音が消えてから、あいが口を開く。

「…………あの。さっきのお話なんですけど……本当なんですか？」

「ん？　どの話？」

「空先生が治っているっていう…………なら、どうして今も復帰なさらないんでしょう？」

「そりゃ、怖いからでしょ」

「「こわい……？」」

あいと私の声がハモる。

あの氷の女王みたいな、心臓を持たない巨人みたいな女が、何を怖がるの？

「きみたちはまだ小学生だからピンと来ないか。でも僕はいろいろ怖くなって奨励会を辞めた人間だから銀子ちゃんの気持ちはわかるんだよ」

「じゃあ――」

それまで以上に思い詰めた表情で、あいが尋ねる。

「じゃあ空先生が復帰するためには何が必要なんですか⁉」

「時間の経過によって恐怖心が薄れることだね。ちなみに僕はアマ大会に出られるようになるまで二十年が必要だった」

「にじゅ…………」

「奨励会で受ける傷というのはね。その程度には深いんだよ」

明石の口調にはそれまでに無い厳しさがこもっていた。

奨励会を経験していない子供に何がわかると、言葉にはしなくてもその声が語っていた。

「ま、でもそれは僕みたいに出来の悪い元奨《もとしょう》の話だからね！」

誰よりも長く空銀子を見続けてきた男は、笑顔に戻ってこう言った。

「どうしても戦いたいと思う相手が現れれば……恐怖を忘れてしまうほどの闘志が芽生えれば、銀子ちゃんは必ず盤の前に帰って来るよ。今までずっとそうしてきたように」

☖二人乗り

「見えてきたわよ。あい」

晶さんの運転する黒塗りの高級車。

その後部座席にわたしと並んで座った天ちゃんが、フロントガラス越しに見える四角い倉庫みたいな建物を指で示した。

「あれが……《淡路》？」

「の、入ってる建物ね」

世界最速のスーパーコンピューター《淡路》。

師匠のお兄さんから話だけは聞いていた。すごい性能で、家で使うようなパソコンとは比べられないくらい大きいんだって。

十数万個もの……しーぴーゆぅ？　を、繋《つな》げているんだって。

「あんな大きな建物の中で将棋の研究をしてたんだ……天ちゃんと師匠は……」

「八一は別の建物にこもってたけどね」

「師匠はそこで研究してたの？」

「あれは研究なんて高度なものじゃないわ。単に殴り合ってたのよ。《淡路》と生身で」

「殴り……対局してたってこと⁉　スーパーコンピューターと⁉」

さすが師匠だ。頭おかしい。

コンピューターと戦えば負ける。新幹線と駆けっこしても勝てるわけがない。

そんなの小学生にだってわかるのに……。

「一ヶ月弱、開業前のホテルにこもって対局を続けていたわ。当然、一局も勝てなかった。おまけにタイトルまで失って……バカよね。うちの師匠って」

コンピューターと戦っても対人で勝てるようになるわけじゃない。指す将棋が違いすぎるから、むしろ公式戦での勝率は下がる。

わたしはそのことを他ならぬ師匠から教わった。

それでも『とことん指してみたい』と思ってしまうのが、あの人らしい。

「晶。ここで降ろして」

「はっ」

建物に到着する少し手前で車を停めると、天ちゃんはドアを開けながらわたしに声を掛けた。

「あい。もう少しドライブに付き合いなさい……今度は私が運転するわ」

「へ？」

天ちゃんが……運転？


数分後。わたしと天ちゃんは確かにドライブしていた。

「天ちゃんが車を運転するかと思って焦《あせ》ったよー。自転車だったんだね！」

モノレールの駅に停めてあった自転車を取ってきた天ちゃんは、その後ろにわたしを乗せてスイスイと走り始める。

《淡路》の入ってる研究所の周囲を。

「ここは私有地だから二人乗りしても違法じゃないわ。考え事をする時は、こうして自転車を漕ぐことにしてるの」

ちょっとだけフラフラしてるけど、天ちゃんの運転は上手だった。

「神戸は坂が多くて自転車には向かない土地だけど、この埋め立て地は平らで走りやすいから」

「うん！　海風がきもちいいね！」

「そういえばあなたも海の側《そば》で生まれ育ったのよね……語り合えばもっと、私たちは共通点が見つかるかも」

「男の人の好みも同じだし？」

「そういうこと言うキャラだった⁉」

　びっくりしてバランスを崩す天ちゃん。あぶないあぶない！

　体勢を立て直してから、わたしは天ちゃんに尋ねた。

「これからも《淡路《や》》を使って定跡《じょうせき》を作るの？」

「それはいったん止めるわ。アプローチの方法が間違ってるってわかったから」

　天ちゃんは少し悔しそうに言う。

「電気代だけでとんでもないお金がかかるのよ？　それを使って将棋で無敵になったところでぜんぜん元が取れないのに、ましてや負かされるんじゃ何してるかわかんないわよ」

「ご、ごめん……？」

「あいのせいじゃないけど！」

　思いっ切りペダルを踏みながら天ちゃんは言った。やっぱり悔しそうだ。

「それにそもそも私の棋風は真理追求って感じじゃないのよね」

「うん！　天ちゃんは初手《しょて》から評価値が激落ちするような悪手《あくしゅ》をわざと指して相手を怒らせてミスさせて、勝ってからも煽《あお》って心にもダメージを負わす棋風だもん」

「あんたに何がわかるってのよ⁉」

「わかるよ」

肩に置いた手に力を入れると、わたしは天ちゃんの耳元に口を寄せてこう言った。

「だって天ちゃんは世界でいちばん師匠と棋風が似てるもん」

「っ……！」

「自分じゃわからないかもしれないけど、天ちゃんも師匠も、対人ゲームとしての将棋が何よりも好きで。でも定跡を掘るのも好き。矛盾してるよね？」

「……わかったようなことを言うじゃない」

「わかってるもん」

そんな二人の関係性に、わたしは今も嫉妬《しっと》してる。

……天ちゃんが抜け駆けして師匠とタワーマンションに住んでたことには、もっと嫉妬してるけど。

て・い・う・か。

いくら内弟子《わたし》に出て行かれて寂《さび》しかったからって小学生と暮らすためにマンション買うとか師匠は本当にどうしようもないロリコンさんだよ‼

空先生と付き合うんじゃなかったの⁉

そっちにはどう説明するつもりなの⁉

ほんっっっとに、どーしようもない！　だらぶちっ‼

「ふぐぐ……！　くぉぉぉぉ……‼」

「ちょ、ちょっと、あい………悪かったわよ。八一にマンション買わせたのは……」

「いいよ？　出て行ったのはわたしだから怒ってないよ？」

「そ、そう？　でも……その………肩に指が食い込んで……痛い……の、だけど……」

わたしの心はもっと痛いんだよ？

「それで？　天ちゃんはどうしてわたしをここに連れて来たの？」

「……あいに知って欲しくて。将棋界の未来を」

目の前に見える大きな建物を眺めながら天ちゃんは言う。

「この巨大なコンピューターシステムを稼働させてみてわかったのは、ディープラーニングを使えば将棋というゲームの完全解に至るまでそれほど時間を必要としないということよ」

「…………」

「世界は今、どんどん巨大な人工知能が生まれつつある。《淡路》クラスのコンピューターを使って大規模学習を行うと、それまで全くできなかったことを教えてもいないのにできるようになる……機械が『創発性』を発揮するようになるの！　データ量と計算量を増やせば増やすほどＡＩは様々なことができるようになるのよ！」

「その人工知能が将棋も終わらせちゃうってこと？」

「ええ。しかも、ほんの片手間にね」

天ちゃんの言葉はきっと本当なんだろう。

「負け惜しみと思ってもらっても構わないけど、私は将棋よりＡＩそのものに興味が移った。あなたはどう？　それでもプロ棋士になりたい？」

「わたしは――――」

大きく息を吸い込んで、答える。

「わたしは戦いたい人がいるの。そのために今すぐプロになる必要がある。だから十年後にプロ棋士が消えることは関係ないよ」

「…………そう言うと思ったわ」

失望させちゃったかな？　せっかくわたしのことを心配して言ってくれてるのに。

でも……全盛期が今なのだったら、わたしにとって未来には何の価値も無いから。

「あい」

天ちゃんは自転車を停めてわたしの顔を見ると、

「『死亡フラグ』を使ってみない？」

「え？」

「あなたは詰将棋の問題を頭の中に正確に詰め込んで、何も見ずに解くことができる。その記憶力はこれからの将棋界では、おそらく終盤力よりも貴重な武器になるわ」

「っ……！　武器……」

自転車を停めたまま天ちゃんは説明してくれた。

私との対局で天ちゃんが使った、スーパーコンピューターを使って探索した現時点での将棋の解のことを。

それは完璧《かんぺき》ではないかもしれないけれど、雛鶴《わたし》あいでなければ破ることができない、最強の盾であることを……。

「正直に言えば、私クラスの才能じゃあ使いこなすのが難しいの。根本的に理解できなければ単に壮大なハメ手って感じになって、むしろ棋力の低下を招きかねないし……」

「特殊な局面の連続になるから、読みの力より暗記が重要になるんだね？」

「そう。読み切れない部分を代わりにソフトに読ませて、その結論だけを暗記する。死亡フラグの発動局面だけならそんなに数は多くない……主要な戦型《せんけい》だけに絞れば七〇〇〇局面も暗記すればいい」

「ななせん……」

「角換《かくが》わりだけなら一八八六局面よ。あなたの記憶力なら主要な変化の詰みまで憶えられるんじゃない？」

確かにそれなら、読みの力に衰えを感じている今でも、勝率を上げることができるかもしれない。

「…………」

――無敵になれるんだ！　それが一時的だとしても……！

心が動かなかったと言えば嘘《うそ》になる。

けど、すぐに思い浮かぶ問題があった。

――それで勝って…………本当にわたしの勝利といえるんだろうか？

コンピューターで調べた研究成果を使うことに対する抵抗感は、プロの世界では未《いま》だに根強い。世代にもよるけど。

――碓氷先生は否定派だよね。今も研究にパソコンを使わないし。

それ以前にそもそも自分で調べたわけでもない研究成果を使って勝つのは、ズルをしているような気持ちになってしまう。

奨励会を経ないでプロになれるルートを作って欲しいとわたしが訴える正当性は、それが『公平』だから。

――そのわたしが……借り物の研究成果で勝っていいの？

その疑問を抱いたまま盤の前に座って、それでベストな将棋を指せるんだろうか……。

「何を考えているかはわかる」

「天ちゃん………ごめん」

わたしはポツポツと、心に泡のように浮かんだ思いを口にした。

「これから公式戦が続くし、今の状態で新しい方法を試すのは自信がなくて……すごく貴重な情報だってことはわかってるんだけど………使いこなせる自信が………」

「いいのよ」

優しい声だった。

「今日は帰りましょう。新神戸まで送るわ」

天ちゃんは自転車の向きを変えて、晶さんが待っている車へと戻り始める。

建物の目の前まで来たのに、わたしは結局《淡路》を見ることはなかった。

けれど天ちゃんが直接《淡路》の入る建物に行かず二人乗りに誘ってくれたのはきっと、最初からこうなることをわかっていたからなんだと思う。

別れ際に天ちゃんはこう言った。

「すぐに答えを出せとは言わない。必要になったらその用意があることだけを知っていてくれればいいわ。ただ……」

「ただ?」

「私よりも上の才能の人間なら、勝手に使いこなせるようになるかもしれない。今まで表に出した情報だけで死亡フラグの存在を推知し、それを自分のものにしてしまいそうな人類が……

おそらく一人だけいるわ」

☗脱出路

その子を見て最初に感じたのは、九頭竜《くずりゅう》八一や空銀子と同じ雰囲気だ。

「はじめまして。雛鶴あいと申します」

年齢も、ましてや背格好もかなり違う。

しかし似ていると思った。とてもよく。

「本日はよろしくおねがいいたします……坂梨先生」

雛鶴あい女流名跡。

もうすぐ十二歳になるその女流棋士には、既にそれが備わっていた。

勝負師……いや、勝負の世界でしか生きられないという、危うい凄《すご》みのようなものだ。十五歳の九頭竜八一と十六歳の空銀子に感じたのと同じように。

「？　先生……？」

「……失礼」

ジロジロと顔を見ていたから不審に思われてしまった。気を付けないとな……ロリコンとでも思われたら厄介だ。

対局室には記者がたくさん入っている。

俺にとって、勝てばフリークラスから上がれる重要な一局。

しかし世間の注目は専ら相手の女の子に注《そそ》がれていた。

——今日勝てば対プロで公式戦十五連勝か……化け物だな。師匠と同じで。

女流棋戦で勝っていくのと、プロを相手に公式戦で勝つのとでは、そもそも戦い方が大きく異なる。

元奨励会三段がアマチュアの大会に出ても無双できない。奨励会を退会した仲間たちがアマに負けて心が折れるのを俺もよく見てきた。

それは土俵が全く違うからだ。

同じように、どれだけ有望な三段でも、新人戦などでプロ公式戦に登場しても優勝まで辿《たど》り着くのは難しい。

三段にもなればプロと研究会を行って、そこではプロに勝ち越すようなこともザラにあるが……それでも公式戦では勝てない。

ただ歴史上に一人だけ、三段なのに新人戦で優勝してしまった人がいたが。

——だからあの人は、ほとんどプロだったたってことだ。

今は実家に戻って農業をやってるらしいと風の噂《うわさ》で聞いたその人のことを思い出したところで、時間になった。

「雛鶴先生の先手番《せんてばん》で対局を開始してください」

「「よろしくお願いします！」」

相手と同じくらいはっきりと声を出して、俺は頭を下げる。

今のうちに声を出しておきたかった。負けたとき、女子小学生を相手に悔しさや緊張で投了する声がかすれたなんて記事に書かれたら、さすがに情けない。

「すぅぅ――――――………………んッ!!」

じっくり時間を使って、雛鶴さんは飛車先《ひしゃさき》の歩を突く。

俺も上着を脱いでから同じように８四歩を着手《ちゃくしゅ》した。

指が駒から離れる瞬間、今までの人生で受けたことのない量のフラッシュを浴びる。

「……相掛《あいが》かりだ！」

「坂梨四段は振《ふ》り飛車党《びしゃ》だろ？」

「でも雛鶴さんは碓氷九段も倒してる。だったら居飛車に活路を見出すのも……」

二手目で撮影を終えて記者たちが退出していく。

相掛かりに付き合ったのは、別に意地を張ったわけじゃない。

プロになれたら居飛車もやるつもりでいた。

三段リーグの頃は一つの戦法を極めることでしか勝てないと思っていた。強くなる方法をそれしか知らなかったといったほうがいいかもしれない。

今も別に、強くなる方法を知ってるわけじゃない。

ただ――――相手に強さを出させない手は知ってる。

「ッ⁉　…………これ……？」

俺が後手番《ごてばん》で見せた新手に、雛鶴さんは即座に反応した。

服の裾《すそ》を握り締める右手の上に左手を被《かぶ》せたのだ。軽挙を戒めるかのように。

――気付いたか。

普通の棋士なら警戒すらしないような、小さな違和感。それを察知してしっかりと時間を使ってくる。

そして見事な対応を見せてきた。師匠の教育が行き届いているんだろう。

「…………強いな」

自分でも気付かないうちに俺はそう呟いていた。

九頭竜八一はこういった将棋に滅法《めっぽう》強い。その力は弟子にも受け継がれているようだ。

こんな小さな女の子の中にあの竜王の力が宿っていると誰が思うだろう？　今まで負けたプロ棋士たちが油断したのも無理はない。

ふと、気付く。

――そういえば……この部屋のこの上座で師匠は引退したんだったな。

縁起の悪い場所だとは思わない。

そもそもプロとしてこの場で対局できていること自体が幸運なのだから。

自分は次点二回でプロになれた。

しかし、同じように次点を二回取ったのに、その制度がなかったからプロになれなかった人もいる。

それを言うなら名人がプロになった時は三段リーグすらなかった。

制度とは何なのだ。プロとは何なのだ。

俺よりも強かった空銀子が順位戦に参加することなく休場を余儀なくされていることも含めて、矛盾した現実が対局室の外には広がっている。

「こう――――」

目の前の少女が前後に揺れ始めた。

この世界の矛盾にたった一人で立ち向かうかのように、極端なまでに前のめりになって。

「こう、こう、こうこうこうこうこうこうこうこうこうこうこうこう――――――こうっ‼」

そして雛鶴あいは俺の新手を逆用し、攻勢を仕掛けてくる。

冷静だが熱く。真《ま》っ直《す》ぐだが狡猾《こうかつ》。

何よりも駒の裏に『根性』と刻まれたような負けん気の強さ。

この指し手の主は――――

「空銀子……⁉」

一瞬、本気で目の前の相手をそう錯覚した。

三段リーグの初戦で痛めつけられた嫌な記憶が甦《よみがえ》る。あの一敗が響いて悪夢の四連敗。そして俺は将棋を捨てようとした。

――いかん！ 飲まれる……!!

形勢が一気に傾きかける。

空中戦はバランスの取り方が難しい。特にこの将棋は俺が序盤で放った新手によって力戦へと早々に変化している。

トラウマによって生まれた恐怖が、俺の視線を自玉に向かわせた。

――守りを固めるべきか!?

ただでさえ後手《ごて》。守備に手数をかければジリ貧になるのはわかっている。

理屈ではわかっているが……。

その時だった。

『攻めずに勝てるわけねーじゃん。バカなのか？』

記憶の中で少女の声がした。

「あぁ？」

だがそれは目の前の少女……雛鶴さんのものとは違う。

もっとガサツで男勝りな感じだ。

それが呼び水となり、俺は別の声も思い出していた。

『プロになるならあいつが先だと思ったがな』

――……そうだ。その通りですね……師匠……。

心を立て直した俺は敵陣に視線を向け、攻めの手を選択。ギリギリでバランスを保つ。

互いの喉元《のどもと》に刀の切っ先を向け合うような、危険なバランス。

だが、これができなければプロの世界で居飛車を指す資格は無い。今のプロの将棋は矢倉《やぐら》も角換わりも相掛かりと同じような内容になる。囲い合いを極力省き攻撃に全振りするのだ。

――こんな環境もあいつに合ってるのにな。

俺は小細工を弄さないと怖くて指せないが、きっとあいつが本気を出したらトッププロを相手にも堂々と最新型で勝負できるだろう。

もし、あいつが……燎が生まれるのが、この雛鶴あいと同じ頃だったら？

いま俺の目の前に座っていたのは、もしかしたら――

「……師匠が諦《あきら》めきれないのもわかる」

「へ……？」

雛鶴さんは不思議そうに一瞬だけこっちに目を向けたが、すぐに盤上没我の態勢に戻る。

「こうこうこうこうこうこうこうこうこう…………こうっ!!」

「グッ!?」

読みの入った重たい手を連発し、こっちに揺さぶりを掛けてくる小学生。

「鋭いッ！　………だがッ‼」

――十二歳の頃の月夜見坂燎のほうが相掛かりは上手《うま》かったぞ！

そう思うともう、怖いとは思わなくなっていた。

俺がこの子を相手に相掛かりでリードを奪えたのは、きっとそれが理由だろう。

〇転落

恐れていた転落の瞬間はすぐに訪れた。

「…………まけ…………ました……」

棋帝戦一次予選イ組二回戦。

碓氷先生との将棋では深夜近くまで指し続けたわたしだったけど、その次の対局ではあっけなく敗れた。

終局時間は十六時台。

相手のプロ棋士は持ち時間を二時間近く残していた。惨敗だ。

感想戦すらできないほどの……惨敗。

「ありがとうございました」

その相手――坂梨澄人四段は、胡座《あぐら》から正座に直って頭を下げる。

終局時間は十六時台だけど将棋はもっと前に終わっていた。わたしが勝ち星を荒稼ぎしていた相掛かりを完璧に見切られての敗戦。

――相掛かりを避けられて負けたなら、まだ戦えるって思えるけど……。

振り飛車党のはずの坂梨先生は後手で相掛かりを受けてくれた。

そのうえで、わたしをねじ伏せた。

対プロ連勝がストップしたというだけじゃない。

本物の終戦だった。

ほぼ唯一の得意戦法を失ってしまえば、わたしは非力な小学生に過ぎない。

心細さでこのまま消えてしまいそうだった。

「体調が良くないなら感想戦は無しにしようか？」

「えっ？」

「顔色が紙みたいに真っ白だぞ。途中から頻繁に席を立っていたし……」

対局前から気分が悪いのは事実だった。

度の合ってない眼鏡《めがね》をしているように脳内将棋盤がボヤけていて、それが現実の将棋盤とブレて見えるから、車に酔ったように吐き気がした。

――遠征した天ちゃんとの対局で疲れが溜《た》まってる？　本当にそれだけ……？

原因が自分でもわからないから答えられないでいると、

「………悪く思わないでくれ。こっちも勝ち星を稼がないとフリークラスを抜け出せない身でね」

「あ………いえ」

坂梨先生は気まずそうに、けれど迷いのない目でわたしを見ていた。

三段リーグを抜けてプロになれるのは、原則二名。

けれど例外的に次点二回獲得によって三人目が発生する場合がある。坂梨先生はその三人目で、正規のルートではないから順位戦参加資格のないフリークラスからの出発だった。

その時、一緒に四段になったのは――――いま将棋界で最も有名な二人。

「お疲れ様です」

主催紙の記者さんが盤側《ばんそく》にやって来て言った。

「坂梨四段と雛鶴女流名跡には複数社から取材希望がありますので、感想戦は別室でお願いできますでしょうか」

「俺は大丈夫ですが……」

心配そうな坂梨先生の視線を受けて、わたしは反射的に頷《うなず》いていた。

「……わかりました」

そう応じた坂梨先生が駒を片付けて立ち上がるのに付き従う。

東京《とうきょう》の将棋会館は、どこか関西将棋会館より寒々しい。

細くて薄暗い廊下を、記者さん、坂梨先生、わたしの順番で歩いて行く。頭が重くて吐き気がするけど息を止めて我慢した。

記者クラブが入っている三階の部屋には検討で使っていた盤駒に終局図が並んでいて、わたしたちはそれを挟んでソファーに腰を下ろした。

すぐにカメラのフラッシュが瞬《またた》く。

「雛鶴さん！　ここまで星雲戦と合わせてプロ棋士に十四連勝していたわけですが、今日その連勝が止まった感想を教えてください！」

「相手はフリークラスの四段ですが、タイトル経験者に勝った次の対局で格下に負けてしまった原因は何だと考えていますか⁉」

こういう取材の場合、最初に質問されるのは勝者のはず。けれど今回は将棋に詳しくない記者さんも加わっているのか、守るべき慣例が簡単に破られてしまっていた。

「あ、えっと…………あの……」

わたしが困っていると、坂梨先生が苦笑して「どうぞお先に」と言ってくださる。

優しい人だと思った。

「……今日の将棋の敗因は、まだ感想戦をしていないのでわかりません。序盤から坂梨先生に大きく離されてしまって……勉強不足でした」

「ご自身が提唱しておられるプロ編入試験への影響は？」

「負けてしまったのは残念ですが、参加させていただいているプロ公式戦はまだ対局が続いているものがあります。切り替えて全力を尽くしたいです。試験については、結果を出すことで賛成していただける方も増えていくと信じて、前向きに取り組んでいきたいです」

　お決まりの返事をする。

　ただ……わたしを取材する記者さんたちは、返事よりも落ち込んでいるわたしの写真を撮りたいようで、喋《しゃべ》っているあいだも盛んにフラッシュが瞬いていた。

「……では次に、勝たれた坂梨四段におうかがいします」

　主催紙の記者さんが落ち着いた口調で質問を始める。

「今日の勝利でフリークラス脱出を決められました。おめでとうございます！」

「ありがとうございます」

「この喜びを真っ先に伝えるのは、どなたですか？」

「師匠ですね」

　坂梨先生は即答した。

「師匠の風張が引退した日に一門で集まったんですが、帰り際に『上がってくれ』と言われましたから」

「引退した師匠からの最後の願いを叶《かな》えたわけですね！　いや、感動的なエピソードをありがとうございます」

記者さんはチラッとわたしを見てから、

「ちなみに坂梨四段は三段リーグ在籍時、九頭竜竜王に敗れて昇段を逃したことがありましたね。それが中学生棋士誕生の一局となりました」

えっ？

師匠と坂梨先生が……？

「そして昇段を決めた三段リーグでも空四段に敗れてフリークラスからの出発となりました。本日の相手の雛鶴さんはお二人と縁の深い棋士ですが、その点は意識なさいましたか？」

「似てるな、とは思いましたよ」

わたしを見ることなく坂梨先生は答える。

「棋風は九頭竜竜王に似てますが、将棋盤に向かう佇《たたず》まいは空四段にも似てると感じました。あの二人と事前に対局していたから今日の将棋を有利に運べた面はあったかもしれません」

「なるほど……では最後にもう一点よろしいですか？」

「ええ」

「次点二回でプロ入りという規定で四段になった数少ない棋士として、奨励会以外のルートでプロになれる試験というものをどう捉えておられますか？」

　それまで即答していた先生が、初めて言葉に詰まる。

「…………………」

　坂梨先生は眼鏡を外すと、目を閉じてから、こんなことを言った。

「最近、対局の前によく見る夢があるんです」

「は？　夢……？」

「誰もいない将棋会館を、ずっと一人で彷徨《さまよ》い続けている夢です。三段リーグを終えて、駒を片付けて……ふと顔を上げると、もう対局室には誰もいない。それで将棋会館を歩き回るんですが、なぜか出口も見つからない……」

　両手で顔を覆《おお》い、俯いて、心の深い場所から言葉を探してくるように語る坂梨先生。

　写真を撮ることも忘れて誰もが聞き入っていた。

「奨励会には……俺が経験した三段リーグでも、俺より強い人はいっぱいいました。俺より強いはずなのに、なぜかプロになれなかった人が。本当ならその人が上がるはずだったのに、どうして俺がプロになれたのか………それは、今もわからないです」

　わたしは今まで十五人のプロ棋士と戦った。

　その中でも坂梨先生は間違いなくトップクラスに強い。

「フリークラスから上がれた今も、俺は自分が間違ってこの場にいるんじゃないかという気持ちをずっと抱えて将棋を指しています。多分それは順位戦で昇級しても、タイトルに挑戦しても、消えないと思う。だから…………………」

「…………？」

記者さんたちはその続きがあるものだと思って、静かに待っていた。

けれど坂梨先生は、それから一言も喋ることはなかった。


三日後に組まれていた女流棋戦でもわたしは負けた。

翼さんとの練習将棋で練り上げた『極限早繰り銀』を完璧に受け切られての敗戦。

今後は対振り飛車でも苦戦するだろう。

いよいよ指す戦法がなくなっちゃった……。

ネット中継されたその対局にはたくさんのコメントが寄せられていて。

『これが碓氷尊に勝った子の将棋とは思えないな』

『終盤力が持ち味だったんだろ？　なのに最近の将棋はどうよ』

『序盤の荒さを終盤でひっくり返す爽快感《そうかい》が見物だったんだけどねぇ。頻繁に席も立つし
……体調が悪いのか、それとも…………やっぱりあの噂が本当なのか……』

『噂って？　なに？』

見たら傷つくとわかっていても、続きを見ずにはいられなくて……。

『つまりさ。カンニングだったんじゃないのってこと！』

そんな噂が囁《ささや》かれ始めるのも当然だった。

☗恋地《こいじ》女流四段は今後も恋地綸《りん》のまま

「そもそも女流の対局でそんなトイレ行ってる暇なんてねーですから‼　乾杯っっっ‼」

代々木のスペインバルは騒がしかった。

だから鹿路庭珠代《ろくろばたまよ》女流二段の奇妙すぎる乾杯の音頭も、店内の他のお客さんから注目を集めることにはならなかった。

「も、持ち時間……少ないから、そんなに行ってられない……よね……」

「そうだそうだ。岳滅鬼さんいいこと言った。ほらグイッといってグイッと」

「へ、へへへ……同世代と、女子会……夢みたい……」

「こっちこそ岳滅鬼さんと飲めるなんて光栄だし。繋げてくれたあいちゃんに感謝だし」

お酒の入ったグラスを打ち合わせる同世代の女流棋士三人に交じって、わたしもオレンジジュースで乾杯です。

千駄ヶ谷から歩いて行けなくもない距離の代々木は、関東の棋士にとっては活動圏内。安くてオシャレな飲食店も多いから若手の女流棋士が集まるには向いていた。

「にしてもムカつくよねこの記事！」

たまよん先生が言っている記事とは、今日の夕方に配信されたばかりの週刊誌のネットニュースだった。

「たった二局だよ⁉　しかもそのうちの一局はプロ棋士に負けたんだよ⁉　それなのに光速で掌返して、おまけにカンニングだぁ⁉」

「あいちゃんが負けた中継のコメント欄からそれっぽいコメントをまとめただけの、俗にいうコタツ記事だし。何の根拠もないし」

「甘い。甘いよリンリン。記事の最後に『ある将棋ライターは「一般論として女子小学生があれだけの終盤力を持つのは不自然」と語る』って関係者のコメントあるじゃん？　あたし考えだとこのライターは実在するし、何ならこいつが記事書いて週刊誌に売り込んでると見た！根拠はあたしも書かれた経験あるから！」

「さ、さすが……！　鹿路庭さん、説得力ある……ね……！」

「岳滅鬼さんそれ褒め言葉になってないし。追い打ちかけてるし」

激怒してるたまよん先生に比べて、わたし自身は冷静だった。

その姿を落ち込んでいると思ったのか、

「あ、あいちゃん………なにか、あった…………？」

「翼さん……」

心配そうに声を掛けてくれる年上のお友達に、笑顔でこう答える。

「……天ちゃんとの将棋が、本当にギリギリの勝負だったから。それでちょっと、終わってから調子を崩しちゃって。遠征の疲れもあったし」

「まーあの将棋はヤバかったね。棋譜見てもサッパリわかんねーもん」

「だしだし。ソフトにかけてみても評価値がコロコロ逆転してパソコンが全く役に立たなかったし。今でもまだあんな局面があるんだなって勉強になったし」

「初めての同門対決で気合いが入り過ぎちゃって！　研究時間の配分がおかしくなっちゃったかも？　です！」

わたしは笑顔で嘘をついた。

たまよん先生もリンリン先生も、特に疑う様子はない。お酒が入ってるし。

けど翼さんだけは心配そうな顔のままで。

「わ、私でよかったら……いつでもＶＳに付き合うから。遠慮しないで……ね？」

「ありがとう翼さん！　また連絡するね！」

脳内将棋盤を上手く見ることができないことは、言えなかった。

そしてそのことを自覚した対局が翼さんとの将棋だということも、たぶんずっと伝えないままだろうし……その必要もないと思った。

それよりもわたしは別のことを尋ねる。

「ところで翼さん。その左手の指輪って――」

「っ…………!! あ、こ、こここ、これ……！」

いつもは青白い翼さんの顔が、一瞬で真《ま》っ赤《か》になる。

その反応が何よりも雄弁な答えだった。

「あ、兄弟子…………かれ…………あの、こ、こ、こんにゃ…………く…………」

「兄弟子からコンニャクもらったんだ。よかったね！」

「たまよん先生？　現実を見てくださいね？」

翼さんの左手の薬指に輝いているものは確実にコンニャクじゃない。

「お付き合いされてる兄弟子さんと婚約したんだね？　おめでとう翼さん！」

「おめでとうだし。結婚式いつ？　呼んでね？」

「店員さーん！　このアルコール度数四三のリキュール持って来て！」

リンリン先生は祝福し、たまよん先生は強いお酒を注文した。態度がわかれましたね。

「ところでたまよん先生。その左手に指輪――」

「もらってねーよ話も出ねーよ」

ですよねー。

「そもそもジンジンはおめーのクズ師匠と神鍋《かんなべ》歩夢《あゆむ》キュンキュンのタイトル戦が決まった瞬間からあたしのことなんざ放置だよ。既読すらつかねーよ」

スマホの画面を突き出してくるたまよん先生。うわ……本当に既読すらついてない……さすがにかける言葉が見つからない……。

「ていうか帝位戦とっくに終わってますよ？　山刀伐《なたぎり》先生まだ帰宅してないんですか？」

「ノーコメント。事務所通して事務所」

シッシと手を振るたまよん先生。

落ち込んでるわたしのために自虐的な笑いを取ろうとしてくれている…………はず。そう思いたい。そうだよね……？

「相手がいくらA級棋士でも棋士同士の結婚は高リスクだし」

と、左手の薬指を輝かせながら語るリンリン先生。

たまよん先生は届いたばかりの度数の高い飲み物をあおりながら、

「さすが天下の公共放送職員様をゲットした女流タイトル経験者様はご発言がいちいちごもっともですなぁ！」

「全国転勤あるけどね！　だし」

リンリン先生の彼氏さんは日曜日の朝に公共放送でやってるテレビ棋戦を担当している職員さんで、お二人はお仕事を通して出会われ、次第に惹《ひ》かれあい、愛を育まれたそうです（結婚式風説明）。

もう両家顔合わせも終わってて、籍を入れて一緒に住み始めるって。そうしたほうがお相手の会社の補助？　が出て、生活が楽になるんだって。

将棋連盟への報告も済んでて来月には『恋地女流四段は今後も恋地綸のまま活動いたします』みたいな発表が出て、結婚式もする予定だけど人気の式場を押さえるのが大変すぎて具体的な日取りはまだ決められないって。

そんな説明を翼さんは熱心に、たまよん先生はお酒を浴びるように飲みながら聞いていた。

「転勤なさったらリンリン先生もお引っ越しなさるんです？」

「もちろんだし」

「海外だったら？」

「休場するし」

即答されてわたしは言葉に詰まる。

「向こうの仕事のほうが稼ぎも遥《はる》かにいいし。子供が生まれてても単身赴任にはさせたくないって思うから。だったら将棋は後回しだし」

諭すように、噛《か》み締めるように、リンリン先生はこう続ける。

「将棋は人生の全てじゃないし。私にとって大切なものだけど。親子の絆《きずな》も、親友も、恋人も、今の生活も全部将棋がくれたけど。それでも……私の人生の一部に過ぎないんだし」

人生の……一部……。

棋士という職業を選んだ人たちにとって将棋が全てだと思っていた。少なくともわたしは師匠からそう教わったし、師匠も生活の全てにおいて将棋を優先していた。

ううん。

――全てだと……思い込みたいのかもしれない……。

リンリン先生の話を聞くと、たまよん先生が強いお酒に酔おうとしているのと、わたしが将棋に没頭するのは、そこまで違わないいんじゃないかとすら思えてきて……。

「あいちゃんはそのままでいいし。むしろそのままでいてほしいし」

「リンリン先生……」

「けど、私たちは……あいちゃんみたいには生きられないし。だからあいちゃんを応援することで、自分たちの理想を叶えようとしているのかもしれない……だし」

ごめんね……と、リンリン先生はわたしの背中にそっと手を置いてくれた。

満席のスペインバルの喧噪《けんそう》がその言葉をすぐに飲み込んでしまったけれど……背中に置かれた手の温かさは、店を出てからも残っていた。

☖理事と塾生

「この私が言ってるのよ？『雛鶴あいの希望を叶えてあげなさい』と」

千駄ヶ谷の将棋会館で革張りのソファーに腰掛けた私は、反対側のソファーに座る五十代の白人男性に向かって要求を口にした。

「あなたはただそれに従えばいい。今まで通りね」

「や、夜叉神女流三冠……」

日本将棋連盟の専務理事を務めるその男は困惑したように私を窘《たしな》めようとする。

「……私はプロ棋士だよ？　しかも理事だよ？　言葉に気を付け――」

「夜叉神総帥。もしくは天衣お嬢様だ」

丁寧に撫《な》で付けられた金髪を後ろから鷲掴《わしづか》みにして荒っぽく引っ張ると、晶はそのまま私の前にその男を引きずり倒した。

「言葉に気を付けるんだな。専務理事殿」

「ひっ………ひぃぃぃぃ………！」

ブルーノ・レドモンド九段は青い瞳《ひとみ》に涙を浮かべて何度も頷くと、床に正座したまま私のことを卑屈な目で見上げる。

混乱するのも無理はない。

将棋連盟に多額の寄付をしてくれる若い女社長（晶のこと）が突如として豹変《ひょうへん》し、単なる小学生だと思っていた女流タイトル保持者がそのご主人様として振る舞い始めたのだから。

とはいえこんな姿を見ると悲しくもなる。

私にだって人の心があるもの。

「これがA級棋士だったとはねぇ……鹿路庭珠代の師匠だっていうけど、師弟揃《そろ》って見てくれだけってことかしら？」

もっとも弟子のほうは、あいに協力的らしい。

今日も、落ち込んでるあの子を励ますために、仲のいい女流棋士を誘って食事会を開いてくれてる。

だったら師匠にも……もっと協力してもらわないとねえ？

「プロ編入試験の実施は理事会のみで決められるんでしょう？　なら恒久化しても問題無いじゃない。さっさとやりなさいよ」

「で、ですから……それは不可能なのです……」

「どうして？」

「プロ棋士の数が増えるからです！」

悲鳴じみた声でレドモンドは説明する。

「例外的に試験を行うのであれば一人増えるだけで済むかもしれません。しかし恒久化してしまえば一年に何人のプロが生まれるかは予想が付きません。それは……あまりにも反発が大きいのです。不満を抑えきれない！」

「でも昔だって三段リーグが無い時代があったじゃない。あなたがプロになった年とか」

その程度の歴史の勉強は私もしてる。

特に目の前の、史上初めて白人でプロ棋士になった男のことは、何度も記事や本で取り上げられているから。

「当時はプロの数が足りなかったので連盟は拡大路線を取っていたのです。おかげで私のような外国人もプロになれました……」

「塾生として将棋会館に住み込んで修行したんですって？」

「ええ。住所は将棋会館です」

端正な顔を歪ませながらレドモンドは頷いた。

「プライバシーなどありはしない。常に腹を空かせ、先輩の塾生やプロ棋士から厳しく当たられ、使い走りのような扱いを受けました……深夜に対局が終わったプロに叩き起こされて酒を買ってこいと言われるのは日常茶飯事です。深夜営業のコンビニなど無い時代に」

「酷《ひど》いわね」

「それはまだ許せます。代わりに将棋を教えてもらえましたから。今でも許せないほど辛《つら》かったのは、職員からも虐《いじ》められたことです」

何の後ろ盾も持たない外国人の少年が、昭和の将棋界でどんな扱いを受けたのか？

レドモンドの暗い顔を見ればだいたい想像が付いた。

「仕事を押しつけるのは当たり前。自分のミスを、言葉がわからない私のせいにしたり……おかげで学校にもほとんど通えませんでした。義務教育なのに！」

「…………」

もう何十年も前のこととはいえ……レドモンドが受けた仕打ちは確かに酷すぎる。

──なるほど。それがこの男の強さの根源なのね。

復讐《ふくしゅう》心は、プロにとって強い味方だ。

ブルーノ・レドモンドが単なるプロ棋士ではなく理事という権力を欲したのは、連盟職員へ報復できる力を得るため。

そのためには一介の棋士では足りない。A級という実績、九段という地位、そして強力なスポンサーを得て初めて棋士は権力を得る。

そのための努力を長年にわたって積み重ねてきたことに対しては、素直に敬意を抱いた。

ま、その権力を私がしゃぶり尽くすのだけど！

「……失礼。何が申し上げたいかというと──」

修行時代の恨み言を中断してレドモンドは話を戻す。

「結果的にプロの数が増えすぎてしまったため、三段リーグが行われるようになりました。プロの収入の原資は棋戦主催社との契約金です。それを対局料や賞金といった形でプロ棋士全員で分配する。つまり──」

「数が多ければ分け前が少なくなるわけね」

「しかも活きのいい若手が増えるんですよ？　勝てなくなってきたベテランは自分たちが捨て

られると思います。現在のプロの待遇を維持するなら引退の条件を厳しくするしかない。ただでさえ契約金は減りつつあるんです……囲碁の話はご存知ですか？　本因坊戦の」

「大三冠の一つでしょ？　棋聖、名人、本因坊。それがどうしたの？」

「契約金が大幅に減らされました。決勝リーグは消滅。二日制七番勝負から一日制五番勝負に変更……いずれは棋戦そのものが消滅するかもという噂すらあります」

「消滅⁉　本因坊戦が……？」

「本因坊を保持している秀埋《しゅうまい》さんは日本刀を持って市ケ谷《いちがや》の日本棋院に殴り込んだとか。『幽玄の間』に立てこもって全裸でストライキをするつもりだったそうです」

「……やりかねないわね。あの女は……」

秀埋こと天辻埋《てんつじうず》には何度か会ったことがあるし、千日前の道具屋筋にある工房で将棋盤作りの作業を手伝わされたこともある。下着姿で……。

とはいえ女性棋士として初めて男性も含む全プロ参加のタイトルを獲得した、将棋界には未だ現れないレベルの超天才であることは間違いない。

そんな、初めて女性が獲得したタイトル戦が縮小されるという事実は……あいの提案に対する世間の暗い反応を嫌でも想起してしまう。

ちなみに幽玄の間は、将棋会館でいうところの特別対局室。

床の間にはあのノーベル賞を受賞した文豪・川端康成《かわばたやすなり》の手による『深奥幽玄』の掛け軸が飾

られている。

全裸になっていい場所じゃない。

「で？　どうなったの？」

「幸いなことに棋院前の路上で職務質問されて逮捕されました」

「…………」

それは幸いなのかしら？　タイトル保持者が逮捕されてるんだけど……。

「……反対意見があるのはわかったわ」

私はイライラとソファーの肘《ひじ》掛けを指で叩きながら、結論を尋ねた。

「それでも強行したらどうなると思う？」

「最悪の場合、不満を持つプロ棋士から訴訟を起こされます」

裁判か……それは味が悪いわね。

「訴訟が長引けば試験の実現はそれだけ遅くなるでしょう。もっともその前に臨時棋士総会が招集されるでしょうね。現理事会の総退陣を求め、新しい理事が選挙で選ばれるはずです」

「もうその動きがある？」

「『もう』というよりも『常に』というべきでしょう」

現理事会は月光聖市《せいいち》という永世名人のカリスマ性だけで危ういバランスを保っている。けれど少数派の関西棋士がトップであることに不満を持つ棋士は多い。

そこに、プロ編入試験という爆弾が放り込まれた。

火が点《つ》けばどうなるかは明らかね。

床に這《は》いつくばったままレドモンドは譫言《うわごと》のように繰り返す。

「私はまだ理事でいたい！　権力が欲しい！　そうでなければ、何のために苦労してプロ棋士になったのか……！」

この瞬間、私の中でブルーノ・レドモンドという棋士への評価が定まった。

――棋力ではなくひたすら権力だけを欲する俗物。

復讐心を抱き続けるのは、個人的には好感すら持てる。

けれど雛鶴あいの気高い理想も、九頭竜八一の泥臭い熱さも。そのどちらも、この男の中には一欠片《ひとかけら》も存在しない。

だからこそ扱い易かろうと思ったけれど……。

「……わかったわ」

これ以上こいつと話していても無駄。

私は椅子《いす》から立ち上がりながら、こう吐き捨てた。

「もうあなたには頼まない。夜叉神グループは今後、将棋連盟には一銭も払わないからそのつもりで！」

「け、契約を白紙に戻すとおっしゃるんですかぁ⁉」

ブルーノ・レドモンドは白い顔をさらに白くして叫んだ。

「そんな無茶苦茶な！　既に女流順位戦創設も新会館建設も棋士総会で可決されているんですよ⁉　それが破談になったりしたら、今の理事会は──」

「言ったでしょ？　一銭も払わないって」

床に這いつくばったまま泣き叫ぶ白人イケオジという地獄みたいな絵面を冷淡に見下ろしながら、私は理事室の出口に向かってさっさと歩き出す。

もうこの部屋に用は無い。

微かに残っていた将棋界への未練もスッパリ消えた。

この将棋会館という建物すら二度と訪れないだろう。

「夜叉神グループは新会館建設から手を引く。女流順位戦の創設も白紙よ。ついでに私も棋士を辞める。保持してる女王と女流玉座《じょりゅうぎょくざ》と女流帝位《じょりゅうていい》は返上するからそっちで適当に対処しておいてちょうだい。棋戦スポンサーの顔に泥を塗るようなことになるけど知ったこっちゃないわ。空銀子と同じことをするだけだし」

一気にそこまで言ってから私は足を止めて、

「あ、それと『契約破棄に関する全ての原因は将棋連盟専務理事のブルーノ・レドモンド九段にある』というプレスリリースを出すから。準備はいいわね晶？」

「は！　既に『ロリホーム』の社長名義で入稿済みです。あとはＩＲ担当者に電話一本すれば全世界に配信されます」

「ひぃいいいいいいいいいいいいいいいいいいいい!!」

レドモンドの何度目かの悲鳴が室内に響き渡った。

ちなみにロリホームというのは晶が表向きの社長をしている建設会社のこと。社名は本当にどうかと思うけど……私が晶に任せたから、その責任も私にある。

「ま、待ってください夜叉神さん！　いや天衣お嬢様!!　お嬢様ァァァァ!!」

さっさと部屋を出ようとする私の脚に取りすがってレドモンドは叫んだ。

「ちょっと!?　は、放しなさい！」

「放しません!!」

そんなレドモンドの暴挙に烈火の如《ごと》く怒り出したのは晶だ。

「貴様ァ……！　天衣お嬢様のお御足《みあし》に縋《すが》り付いているだけでも羨《うらや》ましいのに、さらに踏まれるだとぉ!?　この私ですらやっていただいたことがほとんどないというのに、なぜ貴様のような新参者にその栄誉が与えられるのだ!?」

別に栄誉でも何でもないと思うのだけど……。

「た、たとえここで殺されようともこの脚は放さないぞ！　出て行くというなら私の屍《しかばね》を踏み越えて行くがいい!!」

「よしわかった！　ならば望み通り射殺《しゃさつ》して――――」

「……二人ともやめなさい。見苦しい」

あまりにも低レベルな争いだった。

あいの気高い理想について争うならまだしも……どっちが私の脚に踏まれる資格があるかについて争うとか。不毛すぎでしょ。

「たかが一スポンサーの撤退がそんなに惜しい？　そこまで連盟の財政は苦しいの？」

「………日本将棋連盟が公益社団法人になった最大のメリットは税制優遇です。おかげで、それまで不安定だった連盟の財政は改善されました……」

プロの競技団体が法人としてどんな形態を取るかは様々だ。

たとえば囲碁の場合でも、日本棋院は公益財団法人で、関西棋院は一般財団法人。

プロ野球やサッカーの球団は株式会社が多い。

その中で将棋連盟が公益社団法人を選んだ理由が、税制優遇を受けられることだった。

「寄付する側も寄付金に応じて税金が軽くなるし、連盟側も収入に税金がかからない。だから少ない金額で組織を運営していける。割とよくできたスキームだと思うけど？」

「はい。ですがデメリットも存在します」

「収支相償や遊休財産規制、それに公益目的比率を五割以上とすることあたりかしら？」

「あなたは本当に小学生ですか……？」

別に驚かれるほどじゃない。夜叉神グループも公益社団法人は持っている。

病院を運営してる神恵会も公益社団法人よ。

「簡単に言えば『貯金をするな』ってことよね。寄付で運営される以上、ちゃんと公益事業で使い切りなさいと」

「ええ……しかし貯金ができなければ大きな買い物ができません。そして連盟にとって最大の買い物は――」

「新会館」

「莫大《ばくだい》な建築費をどうするかは常に問題でした。連盟には貯金がありませんから」

「古い会館を売ればそれなりの値段は付くんじゃない？」

「おおむね十年以上にわたって保有していた場合は、その売却益にも法人税はかかりません。ただし結局は古い土地建物を売って得た金。それだけでは新会館建設には到底足りません。ただでさえ建築資材が高騰していますから、時が経《た》てば経つほど新会館は遠のく」

「ま、当然よね。中古を売って新品を買おうっていうんだから」

「タイトル戦を支え続けてくれた新聞社は沈みゆく船です。連盟は新たなスポンサーを必要としています。その先鋒となってくれた夜叉神グループに見捨てられては……」

「連盟が必死になるのは理解した」

けれど一つだけ、わからないことがある。

「どうしてあなたはそこまで新会館にこだわるの？　こんな面倒な仕事は他の誰かに任せたらよくない？　将棋会館にいい思い出が無いから自分の手でブッ壊したいとか？」

「東日本大震災が発生した時、私はこの将棋会館で対局をしていました」

「「っ……!!」」

私と晶は同時に息を飲む。

震災。

その言葉は神戸の人間にとって特別な意味を持つ。

私たちはどちらもまだ生まれてはいなかったけれど、あの美しい神戸の街が無惨に切り裂かれ、砕かれ、多くの命が理不尽に失われた……。

「大きく揺れる対局室で、それでも棋士たちは将棋を指すのを止めませんでした。私は当時、役員ではありませんでしたが、最年長のA級棋士でした。『いったん避難しましょう』と言って対局時計を止めるよう指示したのは地震発生の十五分後です。それでようやくみんな建物の外に出たのです。あまりにも遅すぎました」

「…………」

私は考え込んでしまう。

もし同じ状況にあったら、自分はきっと……時計を止める決断はできない。

棋士にとって対局時計を止める決断はそれほど重いから。

「プロ棋士はいいのです。将棋盤の前で、対局中に死ねるのであれば、それこそ本望というもの。美談にもなるでしょう。しかし――」

レドモンドは苦悶《くもん》の表情で言う。

「しかし記録係の奨励会員を道連れにするようなことがあったらそれは美談でも何でもない。ただの殺人です」

「…………」

「それだけではありません。地震の発生があと一時間遅かったら、子供教室の生徒たちも学校を終えて研修室に来ていたでしょう。その全員が亡くなっていた可能性もあるのです。将棋を指していたせいで！」

その言葉を聞いて、私の頭にＪＳ研の面々の顔が浮かぶ。

私たちと同世代の子供たちが…………。

「……あなたはさっき、連盟への恨みを語っていなかった？　塾生時代にかなりイジメられたって……」

「ええ。だから同じ境遇の塾生同士で励まし合って強くなりました。『私たちがプロになったら将棋界をもっとよくしよう！』とね」

優しく微笑《ほほえ》みながらレドモンドは言った。

子供に言い聞かせる教師のように。

「だから私は必ず新会館を建てなければいけないのです。もっと安全に将棋を指せる場所を。親元を離れた子供が強くなることだけを考えて修行できる場所をね」

自分と同じ境遇の子供たちのために新会館を建てる。

他の誰かが口にすれば綺麗事《きれいごと》にしか聞こえない言葉だ。

けれど他ならぬブルーノ・レドモンドが語るからこそ……説得力があった。

「それが、私を育ててくれた将棋界への恩返しだと思っています。私が理事になったのはそのためです。自分の理想を叶えるために権力が必要だったから。新会館さえ建てることができたら理事なんていつでも辞めてやります」

「…………あなたの気持ちは理解した。崇高な目標だと思う」

私は認めざるをえなかった。

自分がこの男を誤解していたことを。

確かにブルーノ・レドモンドは情けない男だ。

けれど彼が将棋界を思う気持ちは純粋で……熱い。雛鶴あいに勝るとも劣らないほど。

──暑苦しいわね。どいつもこいつも……。

そして困ったことに私はどうやら泥臭くて熱い男に弱いらしい。

「協力する。どんな結果になろうともね」

「ありがとうございます天衣お嬢様！　感謝します！」

床に額をこすりつけると、レドモンドはまるで五体投地するように私の前に平伏した。

「この私はお嬢様の奴隷です！　ああ！　この卑しい奴隷めをどうぞご自由になさってください！　そして新会館建設の暁には、お嬢様の銅像を建立させていただきます！」

「そんなことしてもらわなくてもいいんだけど……」

こっちとしては話が振り出しに戻っただけ。

私は一気に疲れを感じて、再びソファーに腰を落とした。

「でも、じゃあどうするの？　プロ編入試験の恒久化は不可能ということ？」

「一つだけ方法はあります。賭《か》けですが」

A級棋士の表情のままレドモンドは静かに言った。

「先手《せんて》を打ちます」

「先手？　……って、まさか⁉」

「勝負事で絶対的に有利なのは先手ですから。将棋と同じですよ」

青い瞳が怪しく輝く。

それは間違いなく、この魔窟《まくつ》で生き延びてきた勝負師の目だった。

〈力になりたくて

「たまよん先生！　おうちに着きましたよ⁉　たまよん先生！」

「うぃ〜……」

山刀伐先生の研究部屋に辿り着く頃には、たまよん先生は完全に酔《よ》い潰れてしまっていた。

酔っ払った人ってどうしてこんなに重いんだろう？

タクシーから降ろすだけでも大変……。

「ほら、ちゃんと歩いてください。わたし一人じゃお部屋の中まで運べませんよ？」

「やだー。ここでねるー」

「ダメに決まってるじゃないですか！」

ひとまず先生を玄関前に座らせてから、まだ預かったままになってる合鍵《あいかぎ》でドアを開けて、電気を点ける。

久しぶりに入るお部屋は、一緒に暮らしていた時のままで……。

って、懐かしがってる場合じゃない！

「たまよん先生がコンクリートの上で寝ちゃってるー！」

わたしは先生の腕を摑んで肩に担《かつ》ぐと、引きずるようにして何とか部屋の中に。

そして靴を脱がせながら文句を言った。さすがに言います。

「もう！　翼さんが婚約したのがそんなにショックだったんですか？　たまよん先生にだって立派な恋人がいらっしゃるじゃないですか」

「…………なりたくて…………」

「なりたい？　お嫁さんにですかぁ？」

「ち……に…………」

ちに？

アルコールの匂《にお》いがする口元に耳を寄せると、たまよん先生がこう言うのが聞こえた。


「…………ちからに…………なりたくて…………」


「え……？」

最初は何を言っているのかわからなかった。

けど……先生の目尻に光るものが見えて、わたしは自分がずっとずっと誤解していたことにようやく気付く。

「ごめん…………ごめんよぉ…………あんたの力になってやりたいのに、あたしは何もできなくて…………！」

ワンルームの廊下で仰向《あおむ》けに寝転がったまま、たまよん先生は泣いていた。

震える声で何度も「ごめん」と繰り返しながら……。

わたしの目にも……みるみる涙が溜まっていく……。

「ネット記事一つ消すこともできない……プロに勝って女流棋士の強さを見せつけてやることもできない……それどころか、あんたが制度を作ってくれたところで…………それに続いて自分もプロになってやろうって思うことすらできなくて…………」

「せ、先生……」

「今もこうして、酔い潰れて泣くことしかできない…………そんな自分が……情けなくて……涙が出る…………」

「大丈夫です！」

たまよん先生の冷え切った手を思わず握ると、わたしは叫んでいた。

「大阪で天ちゃんと約束してきました！　将棋に勝ったら力を貸してくれる約束だったんです。あの天ちゃんが、わたしのために何でもしてくれるって言ったんですよ？　信じられます？　だから絶対に大丈夫ですっ!!」

「ははっ！　そりゃ心強いや……」

その日は久しぶりに、たまよん先生と同じ部屋で寝た。

先生はベッドで。

わたしはその下にマットレスを敷くと、毛布にくるまってスマホで将棋を指した。

相手は最近よく指す、とっても強い人……プロや奨励会員のアカウントはだいたい判明してるけど、このアカウントは最近できたばかりで正体はわからない。

わかるのは、ものすごく強いということ。

それと……わたしが戦いたいと思った時は、こうしていつでも挑戦を受けてくれるということ。

試してみたい戦法があった。

その戦法なら格上に一発入るかもしれない。優秀性は身をもって知ってる。わたしならこう指すっていうアイデアもたくさん浮かんでいた……けど、現実はそんなに甘くない。

一度も勝てなかった。

「熱い」

負けても。負けても。寝落ちするまで何度でも挑んだ。

「熱い……！」

何度も負けたけど、目に涙を浮かべながら指し続けた。

まだ終わりじゃない。

わたしにはまだ指したい将棋と戦いたい相手がいて……自分の力を見せつけることのできる舞台も残っているから。

第三譜

「臨時……棋士総会？」

「そう」

東京《とうきょう》にある『ひな鶴』の和食処。

カウンター席に並んで座った天《てん》ちゃんは、たまよん先生の師匠で専務理事でもあるレドモンド九段との話し合いの結果をわたしに伝えてくれた。

臨時総会の招集通知をカウンターの上に広げながら。

「一ヶ月後、そこでプロ編入試験の制度化について議論するのよ。反対派がまとまる前にこっちから仕掛けるってわけ。単なるイヤミな男だと思ってたけどなかなかの勝負師ね」

「わたしは何をすればいいの？」

「総会で演説してみんなを泣かせなさい」

「えええ──っ⁉」

演説⁉　しかも……泣かせる⁉　みんなから嫌われてるわたしが⁉

「む、無理無理無理‼　そんなことできないよぉ‼」

「冗談よ」

天ちゃんは笑いもせずにひらひらと手を振って、

「就位式で全プロ棋士に喧嘩《けんか》を売ったあいにそんなこと最初から期待してないから。総会では大人しく座ってなさい」

「あう……」

わたしがへこむと、カウンターの奥で料理を作っているお父さんが『うんうん』って頷《うなず》いていた……あとでお母さんに叱《しか》ってもらおう。

「あいの仕事は総会の前で全部終わるわ。『公式戦に勝つこと』。それが全《すべ》てよ」

「……連敗してちゃダメってことだよね……ごめん……」

落ち込むわたしを見て、天ちゃんはちょっと気まずそうに早口で言う。

「もうプロ相手に十連勝以上している。相手には九段の元タイトル保持者も含まれているから、本来なら実績について問題はない。けど直近の対局で悪い印象を与えたのも事実よ」

「坂梨《さかなし》先生に負けちゃったこと……だよね？」

「プロになったばかりのフリークラスの相手に惨敗したのは印象が悪かったわ。試験に受かってあなたが組み込まれるところがフリークラスでしょうからね」

『惨敗』と言われても落ち込まなかった。

坂梨先生との差はそれほど大きかったし、最近はネット将棋でも負けが込んでる。

けどそれはプロや現役奨励会員以外にも強い人は山ほどいるということで……そういう人たちが年齢を気にせずプロになれる道を作るのは間違ってないと思えるから。

「あなたはフリクラに負けた。でもその悪い印象を払拭《ふっしょく》できる相手がいるわ」

「椚創多《くぬぎそうた》四段……だよね？」

「憶《おぼ》えてる？　一度、関西将棋会館の棋士室で私が挑んでボロ負けしたの」

「もちろん！　わたしたちの棋士室デビューの日だもん」

当時、わたしたちは女流棋士になりたてで。

椚四段もまだ奨励会二段だった。

年齢差は一歳。

だけど当時からもう、棋力の差は圧倒的で……。

「天ちゃんは今の椚四段に勝つ自信はある？」

「あいと戦う前なら自信あったけどね！　もう誰《だれ》にも負けないって思ってたから。でも、今はたぶん……私の優位性は薄れてしまっているわ」

「……？」

「私は負けたけど、あいなら勝てる。生石充《おいしみつる》や空銀子《そらぎんこ》が勝ってるんだもの」

「ふぇ？　どうして？」

「序盤が下手で泥臭い将棋のほうが相性がいいのよ」

煽《あお》られてるのかな……？

「舞台は早指しで、しかもテレビ棋戦よ。解説も付く。あなたに好意的な解説者と聞き手を手配しておいたわ」

「え⁉　だれ⁉」

「それは当日のお楽しみね」

ええー？　気になるなぁ……。

もしかして…………師匠？　とか？

だとしたら緊張しちゃう……！

「仮に負けたとしても、見せ場を作ることができたら解説次第では…………いえ、そうじゃないわね」

さっきまでの砕けた空気を引き締めるかのように鋭い目でわたしを見ると、天ちゃんは命令するようにこう言った。

「必ず勝ちなさい。負ければそこであなたの挑戦は終わる」

「っ……！」

そうだ。負けていい戦いなんて、棋士には存在しない。

「ありがとう天ちゃん。絶対に……勝つから」

「で、そのために今この瞬間から取り組む必要があることを伝えるわ」

取り組むこと？

研究のやりかたとか……？

「『死亡フラグ』を暗記しなさい。データはこのタブレットに入ってる」

「っ⁉　け、けど……！」

「あい」

反論を許さない口調で天ちゃんは言った。

「あなたは自分の読みの力が衰えていると不安を覚えている。それが事実かどうかは関係ない。不安を抱えた精神状態が問題なの」

「天ちゃんが言ってることは、わかるよ………でも……」

「何に拘《こだわ》ってるのよ？　自分だけが必勝法《こたえ》を知っていることに対する葛藤《かっとう》？」

「……天ちゃんは、死亡フラグを原理から自分で考えて、自分でコンピューターも用意して、お金も自分で払ったでしょ？　けど、わたしは自分で何もしてないのに……」

「言いたいことはわかる」

フェアに戦いたいというのは将棋指しの本能に近い。

なぜなら将棋は運がほとんど絡《から》まないゲームだから。

このゲームを選んだということは、もともと公平に戦いたいという気持ちを持っているということだから……。

「けど人類はその葛藤をとっくに乗り越えてる」

「っ……！」

厳しい口調で断言されて、わたしの心は揺れた。

「自分がお金をかけて作ったわけじゃない将棋ソフトを使って研究して金を稼ぐことにもうプロ棋士は抵抗を感じてないわ。若ければ若いほど抵抗感は薄れてる。史上最年少プロ棋士である椚創多なら絶対にこの申し出は断らないでしょうね」

「あ…………」

「雛鶴《ひなつる》あいと椚創多の差は、そこよ。戦う前から勝負が決まってしまう」

才能。経験。努力。

そういったもの以前の問題だと天ちゃんは喝破する。

「勝利への貪欲《どんよく》さが、将棋の真理を得るためなら自分の倫理やプライドなど簡単に捨てられる覚悟が、そもそも比較にならないの。それに――」

天ちゃんが口にした衝撃の発言に、わたしは心臓が止まりそうになった。

「椚創多は死亡フラグの存在を知っている。これは間違いないわ」

「ええっ⁉　ど、どうやって……？」

「私の棋譜《きふ》を調べることで。神鍋歩夢《かんなべあゆむ》との対局を見た？　まるであなたみたいな終盤を指してたわよ。あい」

「…………」

「ま、勘のいい連中ならいずれ気付くと思ってたしね……確かに死亡フラグは現時点の必勝法に近いけれど、原理自体は単純だから」

　世界最速のスーパーコンピューターすら駆使したあの恐ろしい研究成果を、天ちゃんは事もなげに切り捨てる。

「使いこなして勝てたとしても、それは一時的なものに過ぎない。死亡フラグが単なる知識である以上、使えば使うほど優位性は薄れるわ。みんなその局面を避けるようになるから」

　それは天ちゃんが以前から言ってることだ。

　死亡フラグはあまりにも完璧《かんぺき》な必勝法で……それゆえに発展性が無い。

「椚創多だけじゃない。他にも気付いてる人間がいるはずよ。そういう相手と戦うためには、死亡フラグを踏まないようにしなくちゃいけない。だからこれは予防接種みたいなものなの」

「予防……接種……」

「ソフトを使って研究するメリットは、それで即死を回避できること。研究することでようやく本来の力を発揮できるようになるのよ」

　わたしがずっと感じていた漠然とした不安や恐怖の正体を、天ちゃんはタマネギの皮でも剝《は》ぐように簡単に明らかにしていく。

「恐怖や不安は判断力や計算力を著しく低下させるわ。人類が死亡フラグという限定的な解を知ってしまった以上、もう将棋は元のゲームには戻れない」

　天ちゃんはそう言って、タブレットの電源を入れる。

「っ!!」

反射的にわたしは目を逸《そ》らした。そして固く瞼《まぶた》を閉じる。

見てしまえばもう……戻れないから。

「………………………わかった」

長い溜息《ためいき》を吐《つ》いてから、天ちゃんはタブレットを引っ込めた。

「もう無理強いはしないわ。そのかわり一つ、お願いを聞いてくれる？」

「おねがい……？」

おそるおそる目を開けるわたしに向かって、天ちゃんは言った。

「あなたの母親に会いたい。もうすぐ子供を産むんでしょ？」

◯出産予定日

「お母さん！　天ちゃんが来てくれたよ！」

わたしが天ちゃんを連れて行った場所は、旅館の中庭。

大きなお腹《なか》をしたお母さんはそこで落ち葉を掃いたり、芝の長さを刈り揃《そろ》えたり……要するに庭仕事をしていた。

その姿を見てさすがの天ちゃんも固まってしまう。

「ちょっ……!? は、働いてていいの!?」

「動かなければ体重が増えてしまいますから」

手を動かし続けたままお母さんは答えた。

「太ると妊娠高血圧症候群のリスクが高くなって、かかりつけの産婦人科では産めなくなってしまうのです。ここまできて総合病院へ転院して出産なんて面倒はごめんです」

「石川県には戻らないの?」

「もう親もいませんからね。それに向こうに戻ると近所付き合いがあったり、親戚が病院へ押し寄せたりするでしょう? 都会に出て産むほうが楽です」

一緒に来てくれたお父さんが口を挟む。

「お母さんはあいを産むときも『大阪《おおさか》で産みたい』と愚痴をこぼしてたからね」

「そうだったの!?」

それはわたしも知らない情報だったから思わず叫んでしまった。

お父さんとお母さんは一時期、大阪で暮らしていたことがある。

家出してきた高校生のお母さんが、板前をしていたお父さんのアパートに押しかけて……その頃《ころ》のことをお母さんはあまり話してくれない。教育上よくないと思ってるみたい。

けど今は、その暮らしがどうだったか想像がつく。

きっと人生で一番幸せだったたって!

「ま、東京の水が合ったのならよかったわ」

中庭から旅館の建物を見回しながら、天ちゃんは満足そうにこう言った。

「私がこの旅館の開発を請け負ったかいがあったというものよ」

…………へ？

「ちょ、ちょっとまって？　え？　こ、この東京の別館って……天ちゃんが建てたの……？」

「「そうよ」」

二人が同時に頷いた。

「信頼できる開発会社と知り合えたから支店を出す決断ができたのです。娘の姉妹弟子《しまいでし》なら一生のお付き合いになるでしょう？」

「空銀子と戦った女王戦の第二局で、私は北陸の『ひな鶴』に行った。そこで亜希奈《あきな》に……助けてもらったから」

「成長しましたね。『助けてもらった』と認められるようになるなんて」

「はいはいあの頃の私はガキだったわよ」

ぜ、ぜんぜん知らなかった……。

天ちゃんとお母さんが、こんなに仲が良かったなんて……。

──わたしが……自分のことしか見ようとしなかったから。

公式戦では、わたしが勝った。

わたしはそれだけを考えていたから。

けど天ちゃんは将棋だけに集中していたわけじゃない。わたしのことをライバル視していただけじゃない。もっと大局を見て行動し続けていた。

改めて……自分の器の小ささと、天ちゃんの凄《すご》さを実感する。

そして、そんな天ちゃんがわたしをサポートしてくれることが、このうえなく心強い。

「……なによあい？　怒ってるの？」

「ううん！　天ちゃんはすごいなーって！」

「あ、ありがと……？」

首に巻いたタオルで汗を拭《ふ》いているお母さんのほうに向き直ると、天ちゃんは尋ねる。

「それで？　いつ産むの？」

「予定日は一ヶ月後になります。二人目ですから少し早くなる可能性もありますが」

「一ヶ月後か……ちょうど臨時総会の頃ね……」

その話題に触れそうになって、天ちゃんは慌てて話を逸らす。お母さんに不安を与えないようにっていう配慮だった。

「性別は？　弟？　妹？」

「それがまだわからないのです」

「はぁ!?　一ヶ月後に産むのよね？」

「超音波検査の時に限って、上手《うま》く見えなくて……その、股間が……」

「おちんちんが付いてるかどうかわからないわけね」

天ちゃん⁉

「ええ。どうやらとても恥ずかしがり屋のようですね」

「でもそれじゃあ困るでしょ？　服の準備とか……あと名前を考えるのだって」

あっ！　名前は大丈夫！

「それはもうわたしが考えてあるから！」

「あいが決めるの？」

「うん！　男の子でも女の子でも、どっちでも大丈夫な名前を用意してあるんだよ！」

まだお母さんたちにも言ってない。

だから天ちゃんにも秘密！

「亜希奈。出産は……怖くない？」

「怖いですよ」

お母さんは頷いて、

「陣痛も怖いですし、もしかしたら帝王切開になるかもしれない。出産で命を落とすこともあります。自分ではなく赤ちゃんが死んでしまうことだってある。どれだけ健康でも、流産や死産は一定の確率で起こりうることです」

「そんなリスクを背負ってまで、どうして子供を産むの？」

「きっと幸せが待っているから」

片手でお父さんの手を握り、そしてもう片方の手を膨らんだお腹にそっと置きながら、お母さんは微笑《ほほえ》む。

「未来のことはわかりません。だからこそ楽しみなのです。自分では想像すらしていなかった人生を、子供は見せてくれるから」

「第一子が飛びきりハチャメチャだし？」

「そう！」

嬉《うれ》しそうに頷くお母さん。

それから、お父さんと視線を交わし合って、こう言った。

「あなたたち、がとびっきりの幸せをくれたから、私たちももっと幸せになろうと思えたのよ。あい天衣《あい》」

「っ…………！」

それは、娘のわたしだけに掛けた言葉じゃなくて……。

天ちゃんが少しだけ涙ぐんでいるのがわかった。

そんな天ちゃんの手を、わたしは握る。

「……天ちゃん」

「なに？」

「決めた」

握った手に力を込めて、その決断を口にする。

「『死亡フラグ』を見る」

「ッ……！　あい…………」

「使うか使わないかはわからない。けど――」

驚いたようにこっちを見た姉妹に向かって、わたしは宣言する。

自分がすべきことを。

強く……なるんだと。

「わたしはもう、未来を恐れない」

そしてその日。

わたしは二度と戻れない橋を渡った。

知ってしまったのだ。

将棋の結論を。

新しい家

「天衣《あい》。話があるんだ」

俺《おれ》がそう切り出したのは久しぶりに西宮《にしのみや》のタワマンに戻ってすぐのことだった。

同居人の夜叉神《やしゃじん》天衣は珍しく一人でリビングにいて、湯気の立ち上るコーヒーの入ったマグカップにふーふーと息を吹きかけている。

「奇遇ね」

マグカップを持ったまま天衣はそう言った。

「私からも話がある」

「そ、そうか？　じゃあそっちからどうぞ……」

「このマンション売れたから」

……………………………………………………は？

「買い値のほぼ倍で売れたからローンは一括返済できるわ。売却益は私と折半でよかったわよね？」

「いやいやいやいやいや！　え？　じゃあ俺はどこに住むの？」

「空銀子と一緒に別の場所に住むつもりだったんでしょ？」

「っ……‼」

「その話じゃなかったかしら？」

「………………その話、です………」

「すぐに出て行けってわけじゃないの」

天衣の声は予想外に優しかった。

優しすぎるほどに。

「買い手は複数いて今は値段を吊《つ》り上げてる状態。もともとここは投資用に確保してた部屋だから長く住むつもりはなかったしね」

ソファーに深く腰掛けていた天衣は、湯気の立つコーヒーを置くと、こっちに近づく。

そして反対側のソファーに座っていた俺の膝《ひざ》の上に跨《また》がり……耳元で囁《ささや》いた。

「それはあなたもなんでしょ？　八一《やいち》」

「………ああ」

俺たち二人は、どちらも互いの寂《さび》しさを埋めるために近づいた。

天衣は両親の抜けた穴を。

そして俺は恋人と……内弟子《うちでし》が抜けた穴を。

将棋という契約を交わして築いた、師弟関係というよりも同盟……いや、共犯に近い関係だ。

お互いがお互いを利用する関係。

棋士はそういう関係に慣れている。

研究会でもVSでも、自分にメリットがなければ近づかない。

そしてメリットが薄れたと感じたとき、どちらかが切り出すんだ。

別れ話を。

けれど――――

「何よ？　泣いて縋《すが》ってほしかったの？」

「そういう気持ちも無くはない……かな」

俺は素直にそう言っていた。

この子の前ではいつも本心を曝《さら》け出すことができる。天衣相手に俺ごときが隠そうとしても簡単にバレるという、妙な形の信頼があるから。

「あなたこそ『捨てないでくれ！』って泣いて縋らなくていいの？　もう《淡路》を使えなくなるのよ？」

「確かにそれは少し困る」

苦笑して、こう続ける。

「けど、わかったんだ。それは俺に合った方法じゃないし、俺が求めるべき強さは別のものなんだって」

「…………」

「《淡路》を使って最強になるよりも、自分の力で《淡路》を倒したい。バカげてるかもしれないが……俺にとって将棋とは、常に不可能に挑むものだから」

あいと天衣の将棋を観戦した時、師匠は言った。

『誰かに言われた効率的な勉強を続けるAさんと、これが絶対やという勉強を訳も分からず信じて続けるBさん。強くなるのはBさんなんやで？』

天衣はAさん。あいはBさん。

勝ったのはBさんで……。

そしてBさんが信じたのが、あの子の師匠だった。

自分を信じ切れなかった愚かな師匠を、訳も分からず信じ続けてくれたんだ。

だから――

「だから俺には責任がある。取り戻す責任が」

「取り戻す？　何を？　空銀子を自分のところに？」

そう。それも取り戻す。

けど俺がしなくちゃいけないことは……竜王としての仕事は、もっともっと大きなものだ。

「……………なによ。自分だけスッキリしちゃって…………」

「ん？　何て言ったんだ？」

「約束しなさい。九頭竜《くずりゅう》八一」

俺の額に自分の額をくっつけると、天衣は大きな瞳《ひとみ》でまっすぐにこっちを見る。

「私とあいを選ばなかった以上、あなたにはその手が正しかったと証明する義務がある。くだらない将棋《じんせい》を指したりしたら……タダじゃおかないわよ」

そう言うと、天衣は俺の首に腕を回して抱きついた。

「……わかった。約束する」

「ほんとにわかってる？　あなたが選んだのは三番目の候補手よ？」

「《淡路》なら厳しい評価値を出しそうだな」

耳元でそう囁かれても、もう動揺したりしない。

「でも俺にとっては最善手なんだ」

「………ふん。ムカつくわね」

天衣は怒ったように唇を尖《とが》らせると、俺の胸を指さしてこう言った。

「カッコ付けてるくせにパジャマのボタンが一つズレてるわよ？」

ボタン？

急にそんなことを言われて思わず下を向きかけたが…………寸前で閃《ひらめ》くものがあった。

かつて同じようなことを言われた。

あの時はネクタイだったが、天衣は下を向いた俺に――――キスをしたのだ。

「おおっと！　奇襲は二度は喰《く》らわないぜ？」

俺は下を向くのではなく、天衣の唇を人差し指で封じて、こう返した。

「プロ棋士なら当然だろ？」

「チッ……」

イライラと長い黒髪を掻《か》き上げると、天衣は湯気の立つコーヒーに手を伸ばす。俺も少しは成長できたようだ。

その時だった。天衣が悲鳴を上げたのは。

「あっ⁉　熱ッ……‼」

「天衣⁉」

奇襲失敗の動揺からカップを落とした天衣の身体に、熱いコーヒーがかかる！

「天衣！　大丈夫か⁉」

熱湯のかかった服をそのまま着ていたら火傷してしまう……‼

一刻を争う事態に俺は躊躇《ちゅうちょ》しなかった。

「脱ぐんだ‼　その服を全部脱げッ‼」

天衣の服に手を伸ばすと、自分の手にもコーヒーがかかるのも構わず引っぺがす！

もし手を火傷《やけど》したら将棋が指せなくなるとか、天衣が裸になってしまうとか、そんなことは微塵《みじん》も頭に浮かばなかった。

「よし！　すぐに服を脱いだから火傷はしてないはずだ！　でも急いで冷水で――――

……って、あれれぇ……？」

……おかしい。

剝ぎ取った服が全く熱くない。

それどころか……キンキンに冷えてやがる、だとぉ……!?

「二度目の奇襲は喰らわないいんじゃなかった？　プロ棋士さん」

下着姿の天衣は平気な顔で立っている。

透けるように白い肌は、まるで芸術品のように滑らかで…………火傷なんてどこにもない。

「え？　だって湯気が……」

「ドライアイスよ。理科の実験でやらなかった？」

ちゅ、中卒の俺にもわかるように説明してくれます……？

「ドライアイスを水に入れると煙が出てるように見えるの。八一がこの部屋に入って来た時から私はこのカップの中に熱いコーヒーが入ってるように演技をしてたってわけ」

「…………………」

なぜそんなことをしたのか？

部屋の隅にトコトコ歩いて行った天衣は、隠してあったデジカメを取り出して、

「どう？　よく撮れてるでしょ」

カメラのモニターを天衣は俺に見せてくる。

そこにはバッチリ写っていた。

「見て？　九頭竜八一竜王が弟子の女子小学生の服を脱がせてる証拠写真」

うおおおい‼

「これであなたは一生私に逆らえないわ。さっきの約束、忘れるんじゃないわよ？」

「データ消してデータ！　そ、そんなもんが流出したら――――」

「また空銀子にプロポーズして殴られる？」

「マジでどこまで知ってるんだ⁉　あの施設にスパイでもいるのか？　……あっ！　も、もしかしてあそこも買収したとか⁉」

「ノーコメント。そこまで手の内は明かさない」

「…………ところで晶《あきら》さんは？」

あまりイチャイチャしてるところを見られるとマズい。変態は嫉妬《しっと》深いのだ。

新しい服を着ながら天衣は答える。

「東京で教育中よ。新しい舎て………ビジネスパートナーの」

いま舎弟って言いかけたよね？

「ま、それって将棋連盟の専務理事なんだけどね」

「レドモンド先生かよ⁉　やめてくれよあの人まで暗黒社会に引きずり込むのは！」

「あら？　親しかったの？」

「奨励会員に優しいんだよ……」

修行時代を思い出しながら俺は言った。

「あの人の記録取ると、お使いに行くたび五千円渡してくれてさ。『お釣りは取っておいてね』って。だから記録係は争奪戦だったな」

「せこい人気取りね……万札じゃなくて五千円ってあたりが。いかにもそういうことやりそうな男ではあるけど」

「せこかろうが人気取りだろうが優しくしてくれるだけマシさ。あの人が理事じゃなかったら新会館は建たなかったって評判だぞ？」

「……それは当たってるかも」

「お前の会社が建ててるんだろ？」

実はまだ新会館の詳細は発表されていない。棋士たちのあいだで様々な噂《うわさ》が飛び交ってる段階だ。

二人しかいない室内にもかかわらず、俺はついつい声を潜《ひそ》めて尋ねる。

「どんな感じになるんだ？」

「千駄ヶ谷《せんだがや》駅の向かい側にビルを建てて、その一階部分に入ってもらうわ」

「ビル入居型かぁ……」

日本棋院の関西総本部がそんな感じだ。

今までの将棋会館は東京も大阪も持ちビルだったから、一戸建てからマンションに引っ越しするみたいな寂しさはある。

とはいえ利便性は増すだろう。管理も楽に違いない。コンビニとか入るのかな？

「で？　肝心の関西はどうなるんだ？」

「シン・関西将棋会館は――」

天衣はタブレットを操作すると、一枚の画像を俺に示した。

そこにはまるで高価な将棋盤のような四角い建物がＣＧで描かれている。

まさか……これが⁉

「今みたいに建物全てが将棋のための施設になるわ」

「おおおおおおおおおおおおおおおおおおっ‼」

思わず声が出てしまった。

熱い！　これは熱い！

「五階建てで、その中に対局室はもちろん、配信設備なんかも充実させる。時代に合わせた椅子《いす》対局室も設置する予定。棋士室は今と同じ三階よ」

「ありがとうございます！　ありがとうございます天衣お嬢様‼」

使い慣れた関西将棋会館とほぼ同じ仕様だ。要するに今の会館が広く新しく生まれ変わるというわけだった。

ありがてぇ……！　ありがてぇ……！

「それで……あの。これ、どこに建つんですか……？　大阪市内じゃないんだよね……？」

「高槻《たかつき》よ」

えっ⁉

「た、たかつき……？」

「知ってるでしょ？　古墳とか有名じゃない」

「古墳……」

大阪と奈良《なら》は古墳が多すぎてあんまりピンとこない……そして古墳しか有名じゃないってことは全盛期が古墳時代って意味でもある……。

「遺跡から将棋駒も出土してるから、市が誘致に積極的なの。駅前の一等地を譲ってくれるうえに、土地の取得税と固定資産税免除してくれるっていう超好待遇。交渉がまとまったのは梱創多のおかげで将棋ブームが起きたのが大きいわ」

税金の話とか難しすぎてよくわかんないけど……とにかく土地建物も連盟所有ということらしい。

先輩たちから受け継いだ関西将棋会館という財産を、同じ形で後輩たちに残せるのは、よかった。

あとは肝心の将棋を今の形のまま残せるかどうかだが……そっちのほうが遙《はる》かに難しいかもしれない。

っていうか――

「……神戸《こうべ》じゃないのか？」

「ハァ？　どうしてよ？」

「どうしてって…………天衣の家に近いから…………」

「そもそも土地が少ない神戸には将棋会館ごときのために使える土地なんて無いわ」

ご・と・き！

「それにもともと私は大阪でもちょっと不便かなと思っていた。さらに西に行くなんて論外。京都ならまだしも」

「じゃあもう京都でよかったじゃん……」

「神戸よりさらに土地が無い。開発の条件が厳しい」

「ああ……確かに景観保持のために高いビルや派手な建物が建てづらいって聞くな」

「あと純粋に供御飯《くぐいまち》万智が喜ぶ顔を見たくない」

「私怨《しえん》かよ……」

万智ちゃん、銀子ちゃんからもメチャメチャ敵視されてたからな。

いったい何が原因なんだろう？　性格が悪いからかな。

「様々な条件を考慮した結果、大阪と京都の中間にある高槻がベストと判断したの」

「北摂《ほくせつ》かぁ……ぶっちゃけ大阪市内に住んでると、そんなに行かないなぁ」

京都へ行く途中で快速とか特急とかが止まる駅って印象だ。

だが天衣の説明によると、東京からだと京都で新幹線を降りて新快速に乗れば、大阪に行くよりも短い時間で辿《たど》り着けるらしい。

「大阪市内は地価高騰やホテル需要の圧迫でもう静かに将棋を指せる場所じゃないわ。だったら関東とアクセスがいい郊外に移転する一手よ。長い目で見れば地価の値上がりも期待できるし、棋士もそこに家かマンションを買えばいい。三十年後は値上がり益が退職金代わりになるわ。これも福利厚生の一環ってわけ」

「高槻でマイホーム、ねぇ……」

ちょうど銀子ちゃんと婚約したばかりの俺にとって『マイホーム』という言葉は夢が膨らむ。

「ま、特徴の無い地味なベッドタウンってことよ。将棋で乗っ取るにはちょうどいいわ」

高槻……いいかも⁉

乗っ取るて。

「それに将棋界の発展を考えるなら拠点は多いに越したことはないわ。対局場が二つしかないのは普及の面から見てもマイナスよね。私だったら博多にも一つ置いて、公開対局にする。理由はわかるわよね？」

「たべものが美味《うま》いからだろ？」

「交通の便がいいからよバカ」

師匠の頭を何の遠慮もなく平手《ひらて》で叩《たた》くと、

「博多は駅と空港の距離が近いわ。移動が楽なの」

「ふむふむ」

「それにアジアとの玄関口だから海外普及にも――」

まるで教師のような口調で天衣は詳しく説明してくれる。

俺にとって夜叉神天衣との会話はいつも刺激に満ちている。

それはこの子が、将棋界という狭い世界に収まらないくらいの天才だからだろう。

俺には広すぎると感じる将棋盤も……この子には狭すぎるんだ。

もう俺には教えることなんて残ってなくて。逆に教わることばかりで。やっぱり俺たちは、師弟というより共犯に近い関係で……。

「……なあ。天衣」

だから俺は切り出すことができたんだ。

「厚かましいかもしれないけど……お願いしたいことがあるんだ」

○仮想・九頭竜八一

「あ♡　八一さん♡♡♡」

椚創多は駅の出口から現れた人物に、輝くような笑顔で手を振った。

待ち合わせ場所はもちろん『行基前《ぎょうきまえ》』。

東京都民が渋谷駅のハチ公前で待ち合わせをするのと同じように、奈良県民は近鉄奈良駅の行基像で待ち合わせるのが定番だ。噴水の中央に佇《たたず》む高僧の姿は当然ながら犬などより尊い。

初デートでの待ち合わせは行基前。

創多にとってこれは譲れない初手《しょて》だった。

「待ったか？　創多」

「ううん！　ぜんぜん♡」

本当は一時間十五分ほど待っていた。

おかげでただでさえ混雑する駅前には、奈良が生んだスーパースターを一目でも見ようと人も鹿も大量に集まっている。

「そうちゃーん！　こっち見てー!!」

「だれ!?　一緒にいるあの男の人は!?」

「そうちゃんだけでも尊いのに、イケメンが二人でイチャつくなんて……！」

「ありがたやありがたや」

「寿命伸びるよね」

今や神仏にも匹敵《ひってき》する天才少年の人気に、待ち合わせをしていた男性は怯《ひる》むが――

「行きましょう！　今日はぼくが奈良公園をご案内しますね♡」

創多は相手の手を掴《つか》むと、群衆から逃げるように駆け出した。

本当なら、奈良の竹下通りともいえる『ひがしむき商店街』を抜けて行きたかったが、あまりの混雑にそれは断念。

比較的道幅の広い大宮通りを東大寺《とうだいじ》に向かって移動する。

奈良県庁の辺りまで来れば、そこにいるのは――

「あっ！　見てください八一さん！　鹿ですよ鹿！　かわいいなぁ♡」

「創多」

「ぼく、八一さんのために鹿せんべいを買っておいたんです！　知ってます？　コンビニにも売ってるんですよ？　一緒にあげましょ♡」

「創多」

「そうそう。十月になると公園の東側にある春日大社《かすがたいしゃ》で鹿の角切りっていう行事があるんです。逃げ回る鹿を追い込んで縄を投げて引き倒して、みんなで押さえてノコギリでツノをゴリゴリ切断するんですよ！　ワイルドですよね！　八一さんさえよかったら一緒に行きませんか？」

「おい創多」

「はっ⁉　もうこんな時間⁉　どうして楽しい時間ってこんなにも早く過ぎてしまうんでしょうね？　でも困ったな……今からだと大阪まで戻る頃には深夜になっちゃう……」

「おい聞け創多」

「……実は、猿沢池のほとりに宿を取ってあるんです。今夜はそこで、ぼくと一晩すごしませんか……？」

「やりすぎだアホ。難波《なんば》まで近鉄の快速急行で四十分もあれば着くだろ」

「…………………………」

創多はムスッとした表情で黙り込むと、頰《ほお》を膨らませたまま、

「…………八一さんはそんなこと言わない……」

「いや言うだろ。それに俺は八一じゃない」

同行者は繫《つな》いでいた手を放す。

「そもそも八一は今日、関西で対局が付いてるだろ？　会いたきゃ連盟に行けばいいじゃないか」

「会って何て言うんです？『あなたの親友を倒しました。次はお弟子さんの番です』って？

さすがに気まずいですよ」

「そういう感情がお前にあることが驚きだが……」

「あなたこそ、ぼくに対して気まずく思わないなんて驚きです」

「何が？」

「雛鶴さんのこと」

鹿に煎餅《せんべい》をあげながら、少しスネたように創多は言う。

「大阪に戻ってからずっとネットで鍛えてあげてますよね？　ぼくの敵なのに！」

「あいちゃんが強くなって創多に勝てばプロ編入試験が実施される確率が上がる。それは俺にとってメリットがある。だからあいちゃんを鍛える。当然のことさ」

「ぼくへの恩返しも当然のことだと思いますけど？」

「将棋界の恩返しは様々な意味を含むんでね」

鹿たちに導かれるように奈良公園に入った二人は、奈良国立博物館や氷室《ひむろ》神社を素通りし、土産屋の建ち並ぶ東大寺の参道へ。

「それにお前が『八一との初デートの練習がしたい』って毎日しつこく言うからこうして付き合ってやってるじゃないか。恩返しには十分だろ」

「ぜんぜん八一さんっぽくなかったですけどね！」

南大門の向こう側には巨大な大仏殿が見える。

鹿の糞《ふん》や観光客のあいだを縫うように歩きながら、二人は話し続けた。

「お前には悪いが、八一は銀子ちゃんとくっつくと思うぞ？　もう恋人同士にはなってるだろうし」

「だから？　ぼくはいずれ八一さんと全てのタイトル戦と一般棋戦の決勝で当たるようになります。年間一七一日は最低でも一緒にいられる。恋人や婚約者なんて入り込む余地はありませんよ！」

「確かにそれで家庭が上手くいかなくなるトップ棋士もいるっていうもんな……」

南大門をくぐる直前、余った鹿せんべいを全て鹿にあげる。

それでも『まだ持ってる？』と疑うように服を嚙《か》んでくる鹿たちから逃げるように二人は門をくぐった。

左右に聳《そび》える仁王像に見下ろされながら、大仏殿へと二人は歩き続ける。

「そんなことよりあなたと雛鶴さんの将棋を見てて思ったんですけど――」

「普通、自分が公式戦で当たることが確定してる相手のネット将棋は見ないものだ。棋譜を調べるとしても後でコッソリやるもんだろ？」

「どのみち見るならリアルタイムで見たって変わりませんよ」

「まあ、有名プレーヤーのアカウントはだいたいみんな特定されてるからな……創多に見られてると知りつつ俺と対局を繰り返したあいちゃんも豪胆だが、それをずっと見てるお前の度胸も畏《おそ》れ入るよ。あいちゃんにプレッシャーを掛けてるのか？」

「まさか！」

「で？　観戦した結果、何か得られたか？」

「三日前から指し方が明らかに変わりました」

「……そうか？　指してた俺にはいつもの相掛《あいが》かりとしか感じなかったが……」

「序盤はね。ただ中盤のあたりで、それまでの雛鶴さんなら指さないような手順がいくつか見られました」

「というと？」

「夜叉神天衣の将棋と同じ局面が何度か現れています。序盤が違うからこそ、同一局面が出現するのは……」

「誘導してると見るべきだろうな」

「ええ。つまり――」

二人は立ち止まると、同時にこう言った。

「「雛鶴あいは将棋の結論を知っている」」

そして再び歩き始める。

しばらくは二人とも頭の中であいの指した将棋の内容を振り返っていたため、会話は発生しない。

だが話している時よりも脳は遙かに激しく活動していた。

大仏殿の中に入る。

「おお……」

同行者にとっては小学校の修学旅行以来、人生で二度目の大仏拝観だった。

子供の頃よりも大仏は小さく見えたが……しかし今は物理的な大きさよりも、信仰心とでもいうような感情が刺激され、圧倒される。

思わず合掌しながら、傍《かたわ》らの創多に声を掛けた。

「いくら天才椚創多でも、将棋の神様を相手に戦うんじゃあ分が悪いか？」

「神様ねぇ……」

敬虔《けいけん》さの欠片《かけら》もない表情で創多は苦笑する。

「この奈良公園ってお寺も神社もいっぱいあるでしょ？　国宝指定された仏像の半分以上が奈良にあるって知ってました？　要するに神様も仏様も見慣れすぎてて畏れる気持ちが全くわかないんですよね！」

「そういう神様と将棋の神様は違うだろ」

「そうでしょうか？」

創多は大仏の下で足を止めたまま語り始めた。

「この狭い奈良盆地に都があった時代。日本古来の神様と大陸から伝来した仏様の両方を利用して、大王の権力はどんどん大きくなっていきました。天変地異による飢饉《ききん》、伝染病、そして海外の巨大帝国……この島国は人々の恐怖心を刺激するものに溢《あふ》れていたから、みんな神様や仏様に縋った」

「…………」

「結果として神社やお寺がどんどん建立され、僧侶の数も増えました。海外から最新の仏教研究を取り入れ、学問や美術は急速に進歩していきます。自分たちの文化レベルを遙かに超えて」

「……似てるな。今の将棋界に……」

「でしょ？」

最初、棋士たちはコンピューターを拒絶した。

けれどその力が増していくにつれて研究に利用して勝ち星を得るようになり、今や無批判にその計算結果を受け容《い》れ、暗記する。コンピューターに疑問を持った者は研究で立ち後れて勝てなくなるから。

無批判に受容することは信仰と大差ない。

僧侶たちが経典を暗記してただひたすら唱え続けたように、将棋の結論がコンピューターによって齎《もたら》されると信じる人々はきっと……その手順を暗記して指すのだろう。

——あいちゃんもそうなっちまうのか？

「神様と仏様を利用した大王は、やがて天皇を名乗るようになります。神聖さを纏《まと》うために皇位を継ぐ血族は収束し、数少ない皇族同士が殺し合うことで権力はますます集中し、強大になっていきました」

「……」

「この大仏を造った聖武《しょうむ》天皇は史上初めて自分の娘を皇太子にしました。自らは上皇となり、娘は天皇になった。その時代に天皇の権力も頂点を極めたけど、女帝は結婚できず子供を産めないから、最も神聖な血統は絶えるのが確実で…………いったい彼はどんな気持ちで、この大仏を眺めたんでしょうね？」

「え？」

「……案外、満足してたんじゃないか？」

「不純なものを入れるくらいなら、そのまま絶えたほうがいいとでも思ったんじゃないかな」

二人は大仏殿を出た。

歴史が繰り返すのは、人間が本質的には何も変わっていないから。

だとしたら棋士は、連盟は、将棋は……どんな結末を迎えるのだろう？

「で？　その後どうしたんだ昔の人たちは？」

「捨てたんですよ」

さっぱりした声で椚創多は歴史の結末を口にした。

「この奈良の都ごと、全部」

将棋もそうならなければいいと、同行者は思った。

☗聞き手と解説者

「お嬢様！　本番十秒前です！」

第一スタジオの中に晶の声が響き渡る。

普段はスーツなのに今日はカーディガンを羽織ってて、しかもそれを俗に言う『プロデューサー巻き』にした晶は、私に向かって左手をパーの形に広げた。

そして一本ずつ指を折っていく。

「五秒前！　四！　三！　…………!!」

最後の二秒は無言で指を折り、キューサイン。

正面のカメラに赤いランプが点《とも》ったことを確認して、私は頭を下げた。

「みなさんこんにちは。聞き手の夜叉神天衣です」

テレビカメラの前で喋《しゃべ》るのはほぼ初めての経験。しかも生放送。

だけど緊張するようなことはなかった。

「本日は、星雲戦決勝トーナメント一回戦第一局の模様をお送りいたします」

隣に立つ男性を紹介する。

「解説は神鍋歩夢帝位です。先生、どうぞよろしくお願いします」

「こちらこそよろしくお願いいする」

師匠のライバルとここまで近くで接したのは初めてのことだ。私は自分が気後れしていることに気付く。

Ａ級棋士だから？

それとも師匠からタイトルを奪ったから？

肩書きに圧倒されたのかと思ったけど、原因は他にあった。

――そっか……八一より少し背が高いのね。

単純すぎるそんな理由に気付いた瞬間、威圧感は煙みたいに消えていた。

「トーナメント表をご覧ください」

すっきりした気持ちで私はカメラに向き直る。

「本日の対局は、椚創多四段と雛鶴あい女流名跡《じょりゅうみょうせき》の一戦です」

カメラマンの後ろには晶が陣取っていて、監督のように指示を出している。

足下のモニターは三面。

一つは私たちの姿を映している。

もう一つはトーナメント表。

そして最後の一つが、第二スタジオに設置された対局室の様子を映すモニターだ。

緊張した様子で駒を並べるあいの姿を見ながら私は尋ねる。

「先手《せんて》となりました雛鶴あい女流名跡です。神鍋先生、印象はいかがですか？」

「予選を振り出しに本戦Hブロックの最下層からプロ棋士を相手に十三連勝してこの決勝トーナメントまで辿り着いただけでも驚異的ではあるが……何と言ってもまだ小学生。末恐ろしいとしか表現できぬ。さすが《竜王の雛》と呼ばれる逸材だ」

大仰な口調だけど滑舌がよくて聞き取りやすい。

そして将棋が強く……何より顔もいい。

画面に映るだけで視聴率が確実にアップするといわれる人気解説者なだけある。

「では後手《ごて》となりました椚創多四段の印象は？」

「彼《か》の者については我よりも視聴者の方々のほうが詳しかろう」

モニターに映るスーツ姿の中学生は既に駒を並べ終えていた。

俯《うつむ》き加減のその顔には、薄笑いすら浮かんでいる。『大胆不敵』をＡＩで生成したらこんなルックスになるかしら？

「史上最多タイの二八連勝。しかもデビュー直後からそれをやってのけたわけだからな。小学生で奨励会を抜けた空前絶後の神童かと。ただ――」

「ただ？　何でしょう？」

「プロは結果を出してこそ評価される。いくら連勝しようとも、タイトル獲得や棋戦優勝に繋がらなければ無意味な勝ち星といえよう」

他の棋士が口にすれば反発を生みかねない発言だった。

年度勝率一位を獲得したこともある神鍋が、しかもタイトル挑戦を幾度も名人に跳ね返された《次世代の名人》が言うからこそ重みがある。

「椚四段もこの星雲戦で棋戦初優勝を狙《ねら》っているはずですね」

「然《しか》り。お互いに懸かったものが大きければ大きいほど、技術はもちろん精神面も重要になろう。将棋とは心の格闘技なのだから」

「そして本局の勝者は次の準決勝で名人とぶつかることになりますね」

「優勝よりもそちらのほうが棋士としての栄誉といえるやもしれぬ」

私は神鍋の言葉に頷いてから正面に向き直ると、

「それでは、いよいよ対局開始です。注目の対局を終局まで完全生中継でどうぞお楽しみください」

ここで再びカメラは対局室へと切り替わる。

盤側《ばんそく》に座っている少女がアップで映し出された。

記録係の奨励会員――――神鍋馬莉愛《まりあ》が。

「ふっ、振り駒のけっか！　雛鶴じょりゅうみょうしぇきの先手なのじゃ！　あっ⁉　せ、先手に決まりまりらっ‼」

晶がカメラの後ろで拳《こぶし》を握るのが見えた。

ガチガチの噛みまくりだけど、それが初々しくてポイントが高かったらしい。ロリコンだけじゃなくて視聴者にもあれくらい受けるといいのだけど。

「しょれでは！　対局をはじめるのじゃさいっ!!」

カメラが大きく引き、礼を交わす両対局者を映し出す。

あいは早くも前のめりで……まるで襲いかかる直前の獣のような姿をしていた。

若く、美しく、凶暴な…………手負いの獣。


「解説は五分後から！　お嬢様と神鍋先生はそのままお待ちください！」

晶が丸めた台本を振りながら現場を仕切るのを、私は立ったまま聞いていた。

動きがほとんど無いように見える将棋中継だけど……いざやってみると、撮影現場は目まぐるしい。

水分補給していると神鍋が話しかけてきた。

「将棋番組を地上波で、しかも終局まで生中継で行うとは……思い切ったことをする」

「椚創多の対局だから実現できたのよ」

砕けた口調に戻って私は答えた。

本来の星雲戦は決勝トーナメントも収録放送。

けれど私は主催の将棋囲碁チャンネルに投資して生中継にすることを決めた。

さらに夜叉神グループが大株主になっている神戸の独立系テレビ局を使い、大幅に規模を拡大して放送することに。経営陣は難色を示したけど《神戸のシンデレラ》も出演するならという条件でゴーサインが出た。変な異名もたまには役に立つ。

キー局への番組販売もこの対局に限って成功。

推定視聴者数は一五〇〇万人を想定している。

対局場が直前に神戸へ移ったことで調整は必要だったけど、そのあたりはブルーノが上手くやってくれた。

「ちなみにこの神戸サンサンテレビは、史上初めて阪神タイガースの試合を終了まで完全生中継した実績を持つの」

今は野球中継と通販番組と時代劇の再放送を繰り返すだけのテレビ局に成り下がってしまってはいるけれど、阪神淡路大震災の時はＣＭを一切《いっさい》入れずに一週間ぶっ続けで報道番組を流し続けた。

たとえ千日手《せんにちて》や持将棋《じしょうぎ》になっても終局まで放送を続ける気骨はある。

「この対局には間に合わなかったけど、もしあいが勝ち上がれば決勝は公開対局も検討しているわ。場所は……そうね、甲子園球場でどうかしら？」

それもこれも雛鶴あいを世間に知らしめるため。

その主張を含めてね。

「少々過保護ではないかな？」

「過保護？　どういう意味？」

　私はとぼけた。

「雛鶴あいに縁のある者で現場を固めすぎでは？」

「解説者に貴方を起用したのはこの星雲戦で椚創多と当たったから。あと、単純に数字が取れるからよ。妹を読み上げに起用したのもセットで出せばファンが喜ぶから。あなたたち兄妹はそれだけの価値がある。純粋に経営面での判断だけど？」

「愚妹には聞かせられぬな。図に乗る」

「地方局とはいえ地上波の放送枠まで買い取って生中継するんだもの。数字が取れなければ話にならないわ。私はね？　負けるのが好きじゃないの！」

「ふっ」

　見透かしたように神鍋は笑うと、マントを脱ぎながらこう言った。

「ドラゲキンがいつも嘆いていた。清滝《きよたき》一門は女性が強く、しかも皆が競い合うので仲が悪いと……まあ余人から見れば、その原因はドラゲキン本人にあるのは明白なのだが」

「…………」

「再度問う。急にここまでする気になったのはどういう理由からだ？」

「話せば長いわ」

「短く頼む。三分後には解説が始まる」

「将棋に負けたら何でも言うことを聞くって約束してたの。で、私が負けた」

「子供は良いな。わかりやすい」

「……喧嘩《けんか》を売ってる？」

「褒め言葉だ。大人は斯様《かよう》に素直にはなれない」

そう言うと、神鍋歩夢は少し寂しそうに目を伏せる。

私とあいが対局した前日、この男も八一と死闘を演じた。二人はそれから会ったり話したりしたんだろうか？　してないような気がする。

ふと、ずっと尋ねたいと思っていたことが口を突いた。

「あなたは──────」

──どうやって八一に……いいえ。《淡路》に勝ったの？

けれど私は途中で言葉を飲み込む。

今それを聞くのはもったいない。

「さ。そろそろ解説のお仕事をしてちょうだい？　高い報酬に見合った高度な解説をお願いするわ！」

この将棋でもきっと……人智を超えた奇跡が起こるから。

☖中学生と小学生

「よろしくおねがいしますっ！」

雛鶴あいが大きな声で挨拶《あいさつ》すると、盤側で棋譜の読み上げを担当する神鍋馬莉愛はすぐに対局時計のスイッチを押した。

プッ。という独特の軽い電子音。

その音は棋士にとってどんな号砲よりも戦闘意欲を高める効果があった。

「ふううう――――……………」

あいは短距離走のスタートダッシュをするかのように畳に両手を突いて大きく息を吐くと、獣のように低い姿勢のまま盤へと手を伸ばす。

星雲戦史上初の、中学生と小学生の対局。

その初手にあいが選んだのは――

「んっ‼」

飛車先《ひしゃさき》の歩を突く、２六歩！

「お願いします」

初手を見て、椚創多四段はようやく礼をした。そして同じように飛車先の歩を突く。

「君は相掛かりしか指せないんだよね？」

「っ……！」

「いいよ。ぼくも相掛かりは好きさ。八一さんの得意戦法だからね」

相掛かりのオープニングは固定化されている。

特にソフト調の相掛かりはそれが顕著だ。そこでは飛車先の歩を交換するのを保留して別の手を指すことが推奨される。

だが、

「こう！」

あいはノータイムで飛車先の歩を真《ま》っ直《す》ぐ相手に突っ込ませた。迷いのない手つきで。

そして飛車を素早く走らせると、その大駒《おおごま》を意外な位置に引く。

「は？」

創多が初めて一秒以上の時間を使った。

「……浮《う》き飛車《びしゃ》に構えた？」

人類がまだコンピューターの将棋に触れる前の相掛かりが盤上に出現していた。あいと創多が生まれる遙か以前に一世を風靡《ふうび》し……そして消えた作戦。

さらに。

「こうっ！」

あいが十五手目に選んだ手が、創多の動きを完全に止める。

「…………歩を突いて、飛車の横利《き》きを敢《あ》えて止めた？　わざわざ浮き飛車にしたのに？」

ピンと伸びていた天才少年の背筋が、盤に向かって前傾する。

「現代相掛かりにおいて、右の銀と桂を進めるために3筋の歩を突くのはもう常識といっていい……けれどこのタイミングで突くのは……？」

創多は早くも貴重な持ち時間を使って考えている。

浮き飛車。早繰《はやく》り銀《ぎん》。

そして角道を開けない7六歩保留。

この組み合わせを用いて、あいがどのように将棋をまとめるのか？

普通ならこう考える。

『格上の天才を相手に序盤で圧倒的に不利にならないよう最新流行の定跡《じょうせき》を外し、プロ相手に連採していた相掛かりと早繰り銀の両方を上手く使えるような形を選んだ』

しかし椚創多は別の啓示を得ていた。

——何かを避けている……？

「……………」

その啓示が正しいのか確かめようと、創多は3筋の歩を突き返して角道を開けた。

あいは一秒をも惜しむかのように銀を直で進める。

素早く繰り出す右銀の破壊力で後手陣を攪乱《かくらん》するのが早繰り銀という戦法。しかし破壊力に優れる一方、狙いが分かりやすすぎるため受け止めるのも難しくない。

――ぼくの研究でこの形は出なかった。けど……《淡路》は推奨しているの……？

この時点で先例は無い。

ありそうで今まで出なかった形だ。

相手の狙いを読み切ろうと序盤から時間を使う創多に対してその時、雛鶴あいは追撃を加える。

指し手ではなく言葉で。

「《淡路》は将棋の結論まで解析しました。主要戦型《せんけい》における逆転不可能な局面をリストアップしたんです」

「……は？」

あいは追撃を加えた。

盤上ではなく盤外で。

「天ちゃん……夜叉神女流三冠は、それを『死亡フラグ』と呼んでいました」

「死亡……フラグ？　ははっ！　まるでアドベンチャーゲームだね！　踏んだら死ぬわけ？」

「はい」

余裕たっぷりにあいは断言する。

「わたしはそれを見ました」

「ッ⁉　…………将棋の結論を…………知ってる？」

「どうでしょうか？」

あいは囁いた。できるだけ不敵な声で。

──葛藤は乗り越えた！

盤外戦術を駆使してでも摑みたい勝利があるから。

「そして……ついでに乗り越える‼　史上最強の天才もっ‼」

「ついでって言うな！」

創多は飛車を走らせ、その飛車を最下段まで引く。あいの古臭い相掛かりに比べて、こちらは最新の陣形に構えた。

決断したものの、しかし創多の心に迷いは残る。

雛鶴あいと夜叉神天衣は姉妹弟子。

おそらく《淡路》を動かしているのは天衣であり、その天衣は星雲戦を急に盛り上げ始めた。

あいに協力しているのは間違いない。

「…………辻褄《つじつま》は…………合っちゃうかな？」

もともと創多は、八一と天衣の指す極めて特異な序盤を見て、二人が何か『穴』のようなものを避けているという直感を得ていた。

そもそもソフトは角交換が大好きだ。

　一方で、あいの指し方は角交換を拒んでいるように見える。

　公開された《淡路》の一〇〇局はそれを隠すためのブラフだとしたら？

　既存の戦型は既に解析が終わっているとしたら？

　──雛鶴さんは本当に……死亡フラグの全データを見ている⁉

　その予測が重い足枷《あしかせ》となって創多を縛る。

　恐怖を知らない天才少年の心に、初めて黒い染みが広がる。たった一点の染みが思考を阻害し、普段通りの読みの力を発揮できずにいた。

「けど……いい話を聞かせてもらったよ。やっぱり夜叉神天衣は将棋の結論に迫っていたんだね？　そして八一さんもそのことを知っている……と」

　創多は怪しく微笑むと、

「だったら君からその死亡フラグの情報をもっともっと引っ張らないと八一さんに勝てないじゃん！　できる限り多くのデータを吸い上げさせてもらうよ？」

「ッ…………‼」

　その言葉どおり、創多は巧みにバランスを取りつつ先手陣を崩し始める。

　──鋭い……！

　あいは戦慄《せんりつ》した。

　丹念に事前研究して誘導した局面。絶対に初見なはずの戦場で、椚創多はギリギリのバランスを保ち続けている。しかも早指し棋戦で！

——直感だけでここまで指せるの⁉

自分は天衣との対局で早々に死亡フラグを踏んでしまっただけに、創多が読みと直感で罠を回避し続けることが信じられなかった。人間が指す将棋には見えない……。

本来の力の差は明白。

たとえ得意の相掛かりに誘導できてもきっと、最新型では勝負にならなかっただろう。

——………だけど、いける！

あいは天王山で四方を睨《にら》む後手の角に飛車をぶつけると、そのまま交換。

突然の踏み込みに創多は動揺する。

「ッ⁉　角を逃げ回っていたのに急に大駒交換を挑んできた？　これは……？」

「一つだけ言い忘れていました」

取ったばかりの角を敵陣に打ち込んで飛車金両取りの大技を掛けながら、あいは最後の秘策を放つ！

「わたしが見た死亡フラグは角換わりのものだけなんです。他の戦型は見ませんでした。そんなの見ちゃったらきっと………自分の将棋が指せなくなるから」

「かく————」

死亡フラグの情報を与えたのは、ブラフ。

あいの狙いは創多の時間と思考力を奪うことだった。

「だから角交換を拒否してたんです。けどもうわたしが見た局面に合流することはないから、大駒を交換しました。わたしから死亡フラグの情報は引っ張れませんよ？」

「やられたッ!!」

飛車を寄って両取りを受けながら創多は嘆く。

「《淡路》の影に怯《おび》えすぎた！　こんな形で足下を掬《すく》われるなんて……!!」

しかし創多本人が気付いたように、もう遅い。

「こう!!」

あいは中央に進出していた創多の金を角で取る。これで金得。大戦果だ。お返しに創多は飛車を打って王手桂取りを掛けるものの、その王手はたった一枚の歩で弾《はじ》かれた。

先手はこのまま受け続けて勝つという方法もある。

だが――!!

「こう――」

さらに前後に大きく揺れて、あいは読む。

そして盤の中央に手を伸ばし、小さな右手で馬を摑むと。

「かあああああああああああああああああああああああああ!!　こうッッッッッ!!」

小さな身体《からだ》を盤の上に乗り上げるようにして、その手を指した。

１一馬。

それは運命を変える一着だった。

「踏み込んでっ!!　勝つッッッ!!」

「……ちっぃ！」

創多は舌打ちすると、同じように敵陣最奥に潜《もぐ》り込ませた竜で香車を掠《かす》め取る。後手は既に金損。これ以上の駒損《こまぞん》はそれだけで致命傷になってしまう。

しかし、あいの馬と創多の竜では、駒の配置に差がありすぎた。

──勝てる！

破れそうになるほど激しく鼓動する心臓に右手を当てて、あいは確かめる。

自分が震えていないことを。

この激しく身体を揺さぶる振動は、全身が勝利を求めているからだと。熱い熱い血が全身に滾《たぎ》っているからだと。

一般棋戦の決勝トーナメントでプロに勝てば大金星。

そのうえ相手が史上初の小学生棋士で、歴代一位タイの二八連勝を記録したばかりとあれば……もう誰も反対できない。

この一局こそが、実質的なプロ編入試験。

「わたしは―――」

その未来が、あいの口から初めて言葉となって漏《も》れた。

「プロに……なれる‼」

☗二度目の人生

「先手がはっきり優勢になった」

神鍋歩夢が断言すると私の心は複雑に揺れ動いた。あいに勝って欲しいという気持ちと、私を置いて強くなっていくことへの嫉妬で……。

「《竜王の雛》が用いた作戦は、坂梨澄人四段が連採している作戦の改良版だ。敵の武器を自らに取り込む器量の大きさが勝利への鍵となったな」

「このまま雛鶴女流名跡が椚四段に勝てば大金星です。けど……椚四段が逆転するとしたら、どんな手段が考えられますか？」

「ここからの逆転は相当に困難ではある。しかも相手が終盤力に優れる《竜王の雛》であれば尚更ではある、が………」

「？　どうなさいました？」

「椚創多は我ら常人の尺度では理解しがたい。彼はおそらく二度目の人生の途中なのだ」

「……………………………………………………はぁ？」

こいつ何を言い出すの？

二度目の人生？　転生ってこと？

ネット小説か深夜アニメでも見てからここに来たの？

「あ、あの………神鍋先生？　これは将棋の解説ですから、もう少し……わかりやすく教えていただけませんか？」

「現代将棋は時間を巡る戦いなのだ」

「時間……持ち時間のことですか？」

「否。人生の持ち時間のことだ」

「ッ……⁉」

人生？

いま、この男は……人生と言ったの？

「『思考』という作業を人間ではなく機械が肩代わりする時代になったことで、人類の仕事は『記憶』になった。コンピューターの性能が倍になれば局面の結論を得るために必要となる時間は半分になる。記憶力が良ければコンピューターの検討結果を暗記するための時間も半分になる。単純化した話ではあるが、そうなれば過去の棋士の四回分の人生を経験することができる」

「……なるほど」

――これは将棋の解説の域を超えている……。

私は躊躇《ためら》いを覚えた。

この若いA級棋士はもう、現局面の優劣を解説していない。

――棋士という生き物の本質が変化したと言ってる……！

プロデューサーとして、聞き手として、何より棋士として、私はこれ以上この話を続けるべきではないと考えていた。

けれど生放送。

神鍋歩夢の言葉を止めようと思ったら、私が強制的に遮《さえぎ》るしかない。けど……。

――聞きたい。この男の目に写る未来を……。

その欲求に私は身を委《ゆだ》ねた。

「椚創多が小学生にしてプロ棋士になったのは、彼の者が時間を効率的に使ってきたからに他ならない。それは雛鶴あいに於いても同じこと。その能力によって凡人が持ちうる生涯時間を超えて将棋の学習が可能となる。真の意味で天才が努力できる時代が訪れたのだ」

これまで人間は、人間の思考速度を超えて学習を行うことはできなかった。

けれどコンピューターに思考を委ねることで、人類はその壁を超えた。あとは機械の吐き出す結論を暗記すればいい。

　そうすれば……人生を何周もしたほどに棋力に差が出る。

「しかし、私たちは目に見えるあの幼い姿に惑わされて……積み重なった時間の差には気付かない……」

「然り」

「では……神鍋先生は、最終的に将棋の勝敗は何で決まるとお考えですか？」

「相手がそれまで積み重ねてきた時間を無にするよりほかない。相手の研究結果を上書きするような研究をぶつけるか、あるいは――」

「事前研究から外す？」

「それも有効な手段だ」

　対戦格闘ゲームの世界では『わからん殺し』と呼ばれるテクニックがある。

　相手の知らないコンボを組み立てることによって、実力を発揮させる間を与えず殺してしまうという戦法だ。

　プログラムの隙を突く『ハメ』とは異なる、あくまで勝負術の一つ。ま、やられた方としてはどっちもそう変わらないと思うんでしょうけど……。

「今後の将棋界は個人の生物的能力に加えて、次の三つが死命を決するだろう」

　神鍋は指を三本立てて、

「優秀な将棋ソフトと高性能のハードを用意できる財力。金では買えない研究中の技術に触れることができる人脈。それらの要素を最高レベルに維持し続ける、将棋に対するモチベーション。これらは同時に全て弱点ともなりうる。どれか一つを突き崩すだけでサプライチェーン《供給網》は破綻《はたん》し、棋力の維持が困難となるからだ」

「……その全てを兼ね備える棋士なんて存在するんでしょうか？」

「現時点で将棋界には一人しかいない。おそらく未来においても」

「どなたでしょう？　名人？　それとも竜王？」

「君だ」

「ッ……!?」

心の隙を真っ直ぐ射貫くその視線と言葉によって完全に痺《しび》れてしまった私に向かって、帝位の冠を戴く青年は言った。

この男は知っているのだ。

私がスーパーコンピューターを使って時計の針を百年分進めたことも、その研究成果を小出しにすることで将棋界を支配《コントロール》しようとしたことも。

私がパンドラの箱を開けたことで椚創多は間接的に《淡路》の学習成果に触れた。結果としてあの天才は際限なく強くなっていく。

つまり……あいがここから負けるのであれば、その原因を作ったのは私だ。

☖終戦

一直線に勝ちに向かって雛鶴あいは馬を走らせる。

「見えたっ!!」

居玉《いぎょく》のままの後手玉が遂に露出し、一マス分の空間を置いて、あいの馬と創多の玉が対面する。

形勢は明らかに先手良し。

持ち時間も尽きた創多に対して、あいはまだ時間を残している。

「こう――……」

その時間を読みに変えて、あいは勝利へと突き進む!

「こう、こう、こう――」

残りの持ち時間全てを注《つ》ぎ込んで、あいは読む。

霞《かす》んでいた脳内将棋盤は嘘《うそ》のようにクリアになり、全力を出せている感触があった。

一方、創多は攻めるしかない。

「……………………」

無言のまま手の中で駒をクルクルと回転させながら露骨なまでに強引《ごういん》な攻めで先手陣に迫っ

ていく。

通常の手で勝てる局面ではない。

あいに心理的なプレッシャーを与えつつ局面を複雑化させ、時間を削り、間違わせる。

そうするしかない状況に置かれた時――――椚創多は神域に足を踏み入れた。


「…………………………」


スッ、と何でもないかのように指一本で動かした駒は、銀。

その手を見て、あいは雷《かみなり》に打たれたかのように硬直する。

6四銀。

「ろ、ろくよん…………ぎん⁉」

全く考えていなかった。

――角で取れる……………………けど、取ると5九金から先手玉が詰む⁉

恐るべき毒饅頭《どくまんじゅう》。

創多は鏡洲《かがみず》と三段リーグで指した将棋でも、この毒饅頭で恩人を頓死《とんし》に追い込んでいる。

鏡洲飛馬《ひうま》を。

「けど！　これで回避したはず！」

あいは攻めを中断して自陣に手を戻す。６八銀を着手《ちゃくしゅ》！

創多の６四銀は後手にとって最後の防壁を自ら崩した非常手段に過ぎない。ならばあいは自陣を強化して勝つ。

いかにもプロっぽい勝ち方だ。

──銀を上がって５筋を守ると同時に玉の逃げ道も作る！

もはや後手には手段が残っていない。あいは勝利を確信した。自分が強くなっているという実感が、その確信を支えていた。

しかし。

「まだだけど？」

創多はノータイムで香を打ち込んで追撃をかける。

あいは盤にくっつきそうなほど顔を近づけた。

──銀はまだ取れない……けど、桂が使え…………………あっ⁉

７四桂と後手玉に詰めろを掛けるチャンス！

に、見えたが──

「５八金同歩同香成７九玉６八成香《なりきょう》同角７八銀同金同歩成同玉７七歩同桂同桂成同玉６八龍同玉５六桂７九玉６八角７八玉７七歩８八玉７九角成同玉７八金！　あぶなっ‼」

長手数《ちょうてすう》の詰みをコンマ五秒で読み切ると、あいは自玉に指を置いて横に滑らせる。

――……堪《こら》えた!!

二度目の罠《わな》を、あいはギリギリのところで潜《くぐ》り抜ける。全能感が全身を満たす。天衣との対局で死亡フラグをへし折った時のような感覚があった。ここ最近で感じたことのない絶好調。

自分の読みで運命を変えられると、あいは信じていた。

――今ならこの世の全て読み切れる自身がある!!

「まだって言ったよね？」

「えっ」

しかし次の一手が、あいの度肝を抜く。

創多は手の中でクルクルと駒を回転させてから、その駒を盤上にピシリと打ち付けた。

「金!?　ここで……？」

５九金から先手玉が詰む筋は、さっき回避したはず。

それでも金を突進させて来たのは……もうそれしか手が無いからだろうか？

――金が手に入れば後手玉を詰ますことができる。じゃあ……形作り？

あいは躊躇った。

創多の飄々《ひょうひょう》とした態度は既に勝負の終わりを感じさせる。だがプライドの高いこの少年が、女流棋士に自ら首を差し出すだろうか？

時間が無い。

取るか？

それとも別の手を指す？

——他にも勝てそうな手はいくらでもあるけど……。

押し売りされたこの金を堂々と取ってこそ自分の強さを全世界に知らしめることができる。

あいはそう考えた。

自分が摑むのはただの一勝じゃない。プロへの切符なんだ！

「わたしは………わたしは……わたしを信じる‼」

銀で金を取り払った、その瞬間。

全身が痙攣《けいれん》して、あいは取ったばかりの駒を落とす。

「うっ…………ぷ⁉」

こみあげる吐き気が盤上で起こった異常事態をあいに伝えていた。

慌てて両手で口元を覆《おお》う。

言葉よりも先に内臓が痙攣して吐き気が止められない。

——まさか…………ま、まさか…………っ⁉

「へぇ？　取っちゃうんだ？」

創多は意外そうに目を瞬かせてから、

「じゃあぼくの勝ちだね」

そう言って、ひょいと駒を摘まみ取る。

後手玉に詰めろを掛けていたあいの香車を外したのだ。

なぜそんな手が成立するのか？

――金を渡したら後手玉は詰むはずなのに……。

答えは一つしかない。

恐るべき事実が盤上で明かされる。

創多が指した５九金は――――二つ目の毒饅頭だったのだ！

「うげッ！　ごっ…………おぇぇぇぇ…………………ッッッ！」

あいは嘔吐《おうと》した。

全身に回った毒を吐き出そうとするかのように胃の中のものを全て吐き出す。地獄のような苦しみと恥辱の中で、あいは悟った。

これは罰だ。

汚い盤外戦術にまで手を出した自分への、将棋の神様からの罰。死亡フラグなどという禁じられた知恵の実を食べた棋士の背負う原罪。

この苦しみから逃れる手段はもう……一つしか残されていない。

雛鶴あいは最後の力を振り絞り、視聴者が詰みを理解できるところまで駒を動かす。

そして創多が５七に金を打ち込んだのを見てから…………その言葉を口にした。

「…………ま……け……ま……し…………」

今まで、最後に勝つのは自分だった。

序中盤で押し潰《つぶ》された負けはいくらでもある。

詰みを逃して負けたことも、研修生の頃はある。そういう詰みは相手も見えていなかったから、負けても心まで折られることはなかった。

けれど…………最終盤で全く見えない手を指されて頓死したことは、なかった。

「最終手の5七金が見えてなかったのは意外だね。詰将棋《つめしょうぎ》の名手じゃなかったの？」

創多は汗すらかいていない。

あいは怯えながらその白い顔を仰《あお》ぎ見る。

「…………………………」

初めて見る、生物として完全に上位の存在。

その中学生は苦しみ続けるあいの姿を見下ろしながら、無邪気な言葉を投げかける。

「ぼくが強くなったのかな？　それとも……」

――やめて……やめて……ッ！

あいが最も聞きたくなかった一言を。

「きみが弱くなったの？」

椚創多はそう囁くと、さっさと盤面を崩して駒を片付ける。

あいはそれを救いのように感じていた。

自分の見えなかった罪《詰み》を消してくれたのだから…………。


「あい！　大丈夫⁉　あい‼」

創多が立ち去った後も一人だけ起き上がることすらできずにいるあいのもとへ、天衣は駆け寄った。

盤側では記録係の馬莉愛が右往左往している。あいの心情を考えると安易に手を差し伸べることが憚《はばか》られたのだ。

胃液で汚れた口元を袖《そで》で拭《ぬぐ》うと、あいは天衣を見て、短く結論の口にする。

「終わったよ。天ちゃん」

「あい……」

天衣はその場に立ち尽くす。

今まで見たことのない雛鶴あいが、そこに蹲《うずくま》っていた。

——棋士総会はまだ先よ。今の将棋もチャンスはあった。諦《あきら》めるにはまだ早いわ！

そう声を掛けるつもりで駆けつけたはずなのに、言葉が出ない。

それほどに、あいは打ち拉がれていた。

慰めの言葉も希望的観測も何も意味を成さないことを天衣は一瞬にして理解する。今のあいに届く言葉を必死に探るが、その言葉は口の中で何度も消えていった。泡のように。

そしてようやく天衣の口から出た言葉は――

「八一が…………師匠《せんせい》が、研究会を始めるって言ってるわ」

「…………ししょう……？」

盤の前に蹲ったまま、あいはそれだけ返した。

「関西将棋会館の棋士室で。誰でも来られる研究会。事前に予定を合わせる必要もない。来た人間を全員受け容れるから」

「…………………」

あいは右手で身体を支えると、震える膝を叱咤《しった》して起き上がる。

あまりにも痛々しいその姿に思わず馬莉愛が手を貸そうとするが……敗者は血走った視線でそれを厳然と拒否した。

「ひっ……」

「不要だ。愚妹よ」

天衣に続いて颯爽《さっそう》とその場に現れた神鍋歩夢帝位は、涙目になっている妹の背中に優しく手を置くと、諭すようにこう語る。

「人の手を借りれば甘えが生まれる。誰かが助けてくれると期待する。自ら前に進むしかないのだ。勝てぬ時ほど、苦しい時ほど、そうするのだ……そうやって自分の身体と心に刻むのだ」

「な、なにを……じゃ？」

「苦痛を」

帝位の発した答えは短かったが、それは百万の言葉よりも重い。

「自分よりも強い者と戦うのがプロなのだ。自分よりも才能のある者と競い続けるのがプロなのだ。永遠に勝てない相手と盤を挟み、負かされ、その度に己《おのれ》の無力を噛み締める。プロ棋士になるというのはそういうことなのだ」

歩夢の言葉は馬莉愛とあいに向けられたものだったが……それが他の者の胸をも打つのは、彼自身がその言葉通りの人生を歩んでいるからに他ならなかった。

「それでもまだ、プロになりたいと願うか？《竜王の雛》よ」

女流棋士のままでいればきっと、勝ち続けられる。

けれどプロになればまた……椚創多と戦わなければならない。

「…………………」

辛《かろ》うじて立ち上がったあいは、ゆっくりと、よろけながら、歩き始めた。

嘔吐と涙でぐしゃぐしゃになった顔を晒《さら》したまま。

無惨に汚れた服を纏ったまま。

「…………………………………ない…………」

その口から微かに言葉が漏れる。それは歩夢の問いに対する答えだった。

わずかに残ったプライドだけを杖《つえ》にして、雛鶴あいは対局場を後にする。

どうやって勝てばいいのかは全然わからなくても……立たなければ、歩かなければ、絶対に強くなれないから……。

「…………こころが…………折れなければ…………負け、じゃ…………ない…………」

師匠がよく口にしていた言葉を繰り返しながら、あいは這《は》うように歩く。

スタジオに集まった人々はその痛々しい姿から目を逸らす。

誰がどう見ても強がりにしか見えないから……。

たまらなくなって天衣は叫んでいた。

「誰でもいいのよ！　あい!!　誰でも行っていいの!!」

その小さな背中に、天衣の声は確かに届いた。

――けれど……あの子の心には………。

夜叉神天衣は拳を握り締めて、己の無力さを呪《のろ》う。

そして同時に、あいが負けたことにどこか安堵している自分を嫌悪した。たとえそれが棋士に必要な感情だとしても。

◆私よりも

その光景を目にしたのは全くの偶然だった。

「うわ……相手の子、吐いてない？」

「たかがゲームであんなことが起こるの？」

施設の集会室に置いてあるテレビの前に人集りができていて、検査に行く途中だった私は少しだけ気になって画面を見て――――絶句した。

「っ………」

離れた場所からでもわかる。

盤面がチラッと見えただけでも……あんな悪魔みたいな手順で相手を陥れることができるのは、創多だけだって。

しかも。

投了した瞬間に右手しか見えなかったけれど、相手は――

「……師弟揃って頓死とか、そこまで似なくていいのよ……」

少しだけ痛む胸に手を当てたまま、私は診察室へと急いだ。

「このぶんなら外出しても問題ないわね」

担当医の先生は検査を終えると外出許可をくれた。

「ひとまず実家に二泊。徐々に慣らしていくとしましょ」

「わかりました。ありがとうございます」

「薬は欠かさず飲むこと」

そう念を押してから、先生はこう言った。

「焦らないでね空さん。復帰するにしても、ここから仕事に通うという選択肢もあるわ」

「………はい」

『復帰』。

初めて先生の口からその言葉を聞いて、自分の状態が客観的にも大丈夫なんだと安心する。

――来期の順位戦には間に合うかな。

もっと動揺するかと思った。

自分と関係のある相手や、自分と競い合った相手の活躍する姿を見たら。

だから将棋界の情報は桂香さんが気まぐれに教えてくれるものにしか触れてこなかったし、その桂香さんが来なくなってからはほとんど何も知らないまま。

けど……そろそろ準備してもいいのかもしれない。

自室に戻った私は、封印していたスマホの電源を入れて、棋譜閲覧アプリを立ち上げる。

「ふぅ――………」

深呼吸して覚悟を決めてから、さっき偶然目にした将棋の棋譜を再生した。

最初はスマホをタップする指が震えたけれど……。

途中からはただ局面に集中して、時間を忘れて読み耽っていた。

「…………はぁ……」

終わった後は少しだけ頭痛がしたけれど、それよりも心地よい疲労のほうが強い。

──将棋を指したい。

一年間も遅れてしまった焦りや不安よりも、今の自分を試してみたいと思えるのは……八一のおかげだろう。認めたくはないけど、あの小童に感じていた嫉妬からも解放された。たった一つの約束でここまで安心感を得る自分の単純さにびっくりする。

ただ。

あいつは…………私よりもきっと動揺しているだろうと思った。

☖孤独じゃないグルメ

あいと創多の星雲戦が神戸で行われていたその時間、俺は大阪で対局していた。

終局後、棋士室で結果を確認する。

「……………あい………………」

ショックだった。

事情がわかる俺には、あいがどんな葛藤に直面し、それを乗り越えて勝利を掴みかけていたかも理解できた。

それだけに……あの結末は堪えた。

一瞬、本気で神戸へ駆けつけようとも思った。

連盟を出て福島駅へ向かうものの、改札口の前で思いとどまる。

「………いま俺が顔を出したところで……余計あいが辛くなるだけだろ……」

天衣も、それに歩夢と馬莉愛ちゃんもいる。

そこに俺が出て行ったら…………いや、でも…………………。

一時間ほど駅を出たり入ったりしていただろうか。

「………どっか店にでも入って頭を冷やすか……」

だからその日のその時間、その場所でその人に出会ったのは、全くの偶然だった。

フラッと入ったガード下の定食屋。

あと半年で営業を終えると張り紙がしてあったその店に懐かしさと共に入店すると……よく知った背中があった。

「えっ⁉」

慌てて向かいの席に回った俺に「よぉ」と少し恥ずかしそうに頷くと、その人は焼き魚定食をパクつきながら、今日の俺の将棋を褒めてくれた。

ずっと昔……例会の後でよくそうしてくれたように。

「……お久しぶりです。いつ大阪に?」

「三ヶ月くらい前かな。玉将リーグ入りおめでとう。失冠してから負け知らずじゃないか」

「見てくれてるんですか?」

椅子を引いて向かいに腰を下ろす。

『椚創多四段が本日行われた星雲戦で勝利し、いよいよ名人と対局することになりました! 新旧天才の初対局に、地元奈良の人々もご覧のように盛り上がっています!』

定食屋に置かれた古いテレビは夕方のニュースを流していて、天才椚創多四段が女子小学生に勝った話を楽しそうに報じている。

『なお敗北した雛鶴さんは現在、プロ編入試験の実施を訴えています。将棋連盟は臨時棋士総会を開いて話し合う予定ですが、今日の結果がこの件にどのような影響を及ぼすかは――』

あいの件はニュースの最後に申し訳程度触れられていた。

俺が創多と当たるとしたら決勝戦だが……お互いここまで来れば意識はする。

戦う準備をしておく程度には。

「……お前にとっちゃ、弟子の敵討ちになるな」

「あいつも俺の姉弟子《あねでし》に負かされてますからおあいこですよ。しかも二回」

「銀子ちゃんか……具合はどうだ？」

「良くなってますよ」

俺は声を潜めると、この人にだけコッソリ教える。

「内緒だけど、今度二人で出かけるんです」

「そうか…………俺のせいでお前たちには随分と回り道をさせちまったな」

「……姉弟子に言ったんです。俺たちは人生で何度も大事な人たちの首を切ってきた。だからせめてお互いを一番大切なものにしたら……苦しさを半分にできるって」

「ふっ。何だか急に腹が膨れてきたよ」

その人の顔に浮かんだ微笑みに、俺は救われる思いがした。

銀子ちゃんも間違いなく喜ぶはずだ。

「しかし創多がそれ聞いたら怒るだろうな。あいつは何て言うか、まあ……お前のことが好きだから」

「知ってます。昔から妙に懐かれちゃって。俺もあれくらいの歳の弟がいるし、生意気だけどかわいがっちゃうんだよなぁ」

「…………」

「でもプロになったら話は別です。初対局でガツンとやっておかないと」

「調子に乗せると止められないからな。あいつは」

「もう会いました？　仲良かったですよね？」

「ん？　いや、まあ…………忙しいやつだし」

まだ会ってないのか？　意外だな。

そんなことより、この人が将棋界に復帰したと知ってピンときたことがある。

「ところで最近、あいがネットでよく指してるアカウントがあるんですけど」

「お前……弟子のアカウントに密着してるのか？　やめろよそういうの……」

「違いますよ！　俺は師匠として弟子に変なデジタルストーカーが付かないよう見守ってるだけで！　けどそのアカウントは俺のリストにない新しいやつだけど強さ的に絶対女流棋士じゃないし将棋の作りが奨励会経験者っぽいからそうなると男の可能性が極めて高い――」

「言い訳が特大の墓穴になってるんだよなぁ」

空になっていたグラスに水を注いでから、その人はこんな話をした。

「昭和の将棋指しはよく言ったらしい。『人生経験が将棋に生きる』って。だから将棋以外のことに手を出してた。賭け事《かごと》をやったり芸能活動をしたり」

「遊ぶための口実なんじゃないですか？」

「って、俺も思ってたよ」

コップに入った水を一口飲んでから、その人は続ける。

「けど奨励会を退会して、それなりに別の世界で人生経験ってやつを詰んでみて、ちょっとわかった気がするんだ。知らない世界に飛び込んでみることで、それまでの自分の弱さを克服できることもあるんだと」

「弱さ……ですか？」

「俺の場合『将棋界を追い出されたらどうなるんだろう？』っていう恐怖が消えたんだ。ダメになって別の道に進んだとしても、たぶん何とかなる。それなりに楽しい人生が待ってる。だったら恐れることなんて何も無い。だろ？」

「……」

「俺が経験した将棋以外の人生なんて、ほんの半年かそこらでしかない。けど、たったそれだけの経験が……俺をまた戦いの場に戻してくれた」

戦いの場。

地元に戻ってからどう過ごしていたのか。いったい何があって大阪に戻ったのか。それを詳しく聞こうとは思わなかった。

そんなことは関係なく、ただ……この人がまた将棋を指してくれるのが嬉しい。

「お前よく『心が折れなければ負けじゃない』って言うだろ？」

「ええ。師匠の受け売りですけど」

「俺はこう思うんだ。『心が折れても終わりじゃない』って」

奨励会員にとって終わりとは、退会。

将棋を一生の仕事にしようと思い定めて生きてきた若者にとって、命を絶たれるよりもつらいことのはず。

でもこの人はそこから再び立ち上がった。

「それをあいちゃんが教えてくれた。だから俺なりに恩返しをさせてもらった。坂梨君とは奨励会時代に交流もあったし、ＶＳで彼の居飛車を相手したこともあったしな……さっきの答えになってるか？」

「……十分です。ありがとうございます」

俺と銀子ちゃんは目の前の仲間の首を切り続けてきた。自分が生き残るために。自分が強くなるために。

けれど、あいは…………ただ将棋が強いだけじゃできないことをやってくれたんだ。

俺は自分と銀子ちゃんの心を守ることだけを考えたけど、あいは傷だらけになりながら、もっと多くの人々の心を救っているんだ。

——立派だよ。あい……。

あの子の師匠になってよかったと心から思う。

「少しは役に立てて安心したよ。あいちゃんは天才だけど、序盤はちょっと……雑だから」

「関西棋士は序盤がヘタですからねぇ」

「お前それで失冠してたもんなぁ」

「あれはそういうわけじゃ…………まあでもそうか。序盤がヘタだから、コンピューターの言うことを信じちゃったんだよなぁ……」

料理が運ばれてきたのはそんなタイミングだった。

看板メニューの『だし巻き定食』だ。

「うおっ！　…………これは、相変わらず……！」

弟子が負けたから食欲なんて無い……と思ってたけど、この匂いをかいだら一気に空腹感が襲いかかってきた！

関東の人間からは「信じられない」と驚かれるが、メインは巨大なだし巻き卵。

大皿に横たわる黄色い布団のような卵焼きには茶色い出汁がたっぷり染みている。ちなみに出汁は甘くなく、しょっぱい感じ。だからご飯がどんどん進む！

どれだけ負けて悔しくても……このだし巻き定食だけは喉を通った。

ぶつ切りのマグロが入った小鉢、漬物、味噌《みそ》汁が付いて七二〇円はお得だ。いつも金が無くて困ってた奨励会員が唯一できる贅沢だった。

この味が食べられなくなると思うと切ない……。

ご飯とだし巻きを交互に掻き込みながら、合間に息継ぎするみたいに俺は尋ねる。

「これからどうするんですか？　まだ喪中ですよね？」

「ああ。あと一ヶ月だけな」

将棋用語で『喪中』とは、アマチュア大会に出られない期間のことをいう。

奨励会級位者は半年。有段者は一年。

この人はもちろん一年だけど——

「あいちゃんが一人で頑張ってるんだ。俺も俺なりの方法で足掻《あが》いてみるさ」

俺が食い終わるのを待って席を立ちながら、その人は言った。

「関西棋士らしく、泥臭く粘り強く。だろ？」

☗二次

「ただいまー。桂香《けいか》さんいるー？」

偶然の出会いによって気持ちを回復させた俺は環状線で野田《のだ》まで移動した。今日は師匠の家に泊めてもらう予定なのだ。西宮のタワマンには帰宅禁止命令が出ている。銀子ちゃんから。

「桂香さん？」

返事が無いので勝手に上がって台所を見ると、そこにも姿がない。

となると二階の自室だろうか？

「桂香さーん？　上にいるのー？」

やはり返事がない。泊まることは伝えてあるので家にはいるはずだ。

階段に足をかけると、俺は二階に向かって大声で勝利の報告をする。

「桂香さーん！　俺、今日の二次――」

「きゃわああああああああああああっっっったァァァァァァァァァァァァァァァァァァァァァァァァァ―――――――ッッッッ!!」

「ど、どうしたの桂香さん⁉　不審者でもいたの⁉」

突然の悲鳴！

俺はドタドタと階段を駆け上ると、ノックもせずに桂香さんの部屋に入る！

そこで俺が見たものは――――パソコンの前で普通に座っている桂香さんの姿だった。

「桂香さんッ!!」

ノート型のパソコンは綺麗《きれい》に畳まれている。

「何でもないわ」

俺の顔を見て桂香さんは言った。めちゃめちゃ普通の声で……。

「え？　けど今、すごい悲鳴みたいな声を出してなかった？『ギャー！』と『ワー！』の中間みたいな……」

「そう？　聞き間違いじゃない？」

絶対違うと思うんですけど……。

「八一くんこそ、今日は王将戦の二次予選決勝だったわよね？　勝ったの？」

「う、うん……早く終わったからガード下の食堂に寄ったんだ。あそこ、もうすぐ廃業するらしくて。そこで誰に会ったと思う？　驚かないでよ？　実は──」

「………………（ぼー）」

途中まで言いかけて俺は言葉が出なくなる。

桂香さんは俺の話を全然聞いてないし、それどころかブツブツと何か全く関係のなさそうなことを呟《つぶや》いていたから。

「……………二次を通ったから次は遂に最終選考……そこまで行けば担当が付くっていうし……もし受賞したら賞金と出版確約…………」

「……聞いてる？　桂香さん」

「聞いてる聞いてる。地獄の玉将リーグ入りおめでとう！　イエーイ‼」

話したいのはそこじゃないんだけどな……。

どうも今日の桂香さんは別のことで頭がいっぱいみたいだ。

「いったいどうしたの桂香さん？　前から気になってたんだけど、もしかして………」

「ッ！　な、なにかしら？」

露骨にビクッとする桂香さん。

実はずっと……聞こうかどうか迷っていたことがある。

桂香さん。もしかして、あなたは――

「就職活動とかしてる⁉　もしくは試験勉強⁉　それで寝不足とか？」

「…………就活？」

「うん。そんな感じに見える」

「まあ……でも確かに似たようなことかも？　上手く行ったら説明するから」

「……辞めないよね？　将棋……」

「ないない！　それはないわ！」

驚いたように手を振る桂香さん。わざとらしい気もするけど……。

「八一くんは最近よく勝ってるわよね？　帝位戦以来ずっと勝ちっぱなしなんじゃない？」

「もう負けないって約束したからね」

「女の子と約束したくらいで連勝できるなら私も将棋一本でやっていく決心が付くわよ。努力すれば道が開けるならいくらでも努力する。でもそうじゃないってことくらい、この歳《とし》になればわかっちゃうから……」

「ちょっと待って。女の子と約束したとは一言も言ってないんだけど……」

「どうせそうでしょ？」

反論できない。女性との約束ではあるからな。

「私はデビューした年度にたった一勝。今年もまだ二勝しかしてなくて、勝率は一割台。しかも序盤で良くできた将棋は一局もないわ」

「それは…………けど女流順位戦が始まったら対局数も増えるでしょ?」

「そうね。そしてもっと負けて勝率は悪くなる。きっとメンタルもボロボロになるでしょうね」

「桂香さん……」

「励まそうとしてくれてるのはわかる。でもこれが現実で、たぶん私は遠からず引退に追い込まれるわ」

強制引退。

プロ棋士は順位戦だけ頑張れば死ぬまで引退せずに済むが、女流棋士はほぼ全ての棋戦における総合成績で降級点が付く。

そしてその降級点が三つで引退となるのだ。

「そうしたら将棋だけを仕事にして生きていくのは難しい。関西在住で対局以外の仕事も少ないし……」

「……」

「それでも私は将棋が好き。もともと女流棋士になれなくても将棋を仕事にして生きていくつもりだったから、たとえ引退しても振り出しに戻っただけよ!」

——諦めるのはまだ早いよ!

とは、俺は言えなかった。

桂香さんの言葉どおり、強制引退した女流棋士の未来は明るいものじゃない。関西の奨励会員は今でも記録係を有効な修行と捉《とら》えているから、関東みたいに引退した女流棋士が記録係でそこそこ稼げるような環境でもない。公式戦の数も半分以下だし。

今のうちから将棋以外で生計の足しになる何かを探すのは理解できる。

けど……やっぱりそれは、寂しかった。

「ま、見ててちょうだい。もちろん引退なんてしなくていいように最後の最後までみっともなく足掻いてみせるつもりだし。それに――」

「それに？」

よく見ると目の下に隈《くま》の目立つ顔を不敵な感じに歪《ゆが》ませて、桂香さんは言った。

「いつも私は遅咲きなの！」

☖再出発

「よし……っと」

五面ある将棋盤を全て磨き終えると、俺はその部屋を見回した。

細長い棋士室を。

関西将棋会館の三階にあるこの部屋にはかつて、多くのプロや奨励会員がぶつかり稽古《げいこ》をしていた。

真剣勝負の駒音《こまおと》と、関西独特の毒舌や軽口が、この狭い部屋に満ちていた。

けれど今はすっかり人足《ひとあし》が遠のいている。

原因はコンピューターだ。

そしてその傾向を加速させたのが……他ならぬ俺自身。

そんな部屋の中で俺は駒を磨く。

一箱磨き終えたら次の箱を開けて。それも終わればまた次の箱を開けて。

「っ⁉　…………し、失礼しました…………！」

そんな俺の様子を見て、部屋に入って来ようとする人たちは驚いてすぐいなくなってしまう
……こっちが声を掛けるまもなく。

盤駒を全て磨き終えると、俺は自分の目の前の盤に駒を並べる。

初形に置かれた四十枚の駒たち。

その前に座って、しばし瞑目《めいもく》する。

それから初手を指す。高い駒音で。

動かすのは最初の一手だけ。あとは目を閉じたまま、頭の中で将棋を展開していく。

終わればまた初手を指す。

指しては戻し。また初手を指し。

何度も何度も俺は初手を指し続けた。

「………おい、あれ………」

「………朝からずっと一人でいるって………」

ヒソヒソと部屋の外で交わされる声がいくつか聞こえてきたが、誰も部屋の中に入って来ようとはしない。

そうして夕方になった頃。

その子は来た。俺の待ち人が。

「八一」

「おっ！　マジで来てくれたのか！」

入口に立って妙に冷めた目でこっちを見ているのは、黒衣黒髪の少女。腕を組み、脚を踏ん張り、ものすごく何かを言いたそうな表情だ。

そんな弟子の夜叉神天衣を、俺は両手を広げて歓迎した。

「いやー助かったよ！　誰も入って来てくれなくてさ！」

「当たり前でしょ……」

ハァァ……っと大きな溜息を吐いてから、天衣は俺を指さして、

「失冠したばっかりの竜王が一人で朝から駒と盤を全部磨いて、それからずっと将棋盤に空打ちしてたら誰も怖がって入って来られないわよ！　頭おかしいんじゃないの⁉」

「む、昔はこういう怖い先生もいたんだよ……」

「だれ？」

「うちの師匠」

「…………………」

「自分が師匠の立場になってわかったんだけど、声掛けられ待ちだったんだよな。なーんか色々と変な感情がくっついちゃって、自分からは声を掛けづらいんだ」

立場とか。プライドとか。

そういった諸々《もろもろ》が邪魔をして、子供の頃は簡単に口にできた一言が出てこないのだ。

『一緒に将棋指そうぜ！』って言葉が。

俺の向かいに腰を下ろすと、目を閉じたまま天衣は早口に告げる。

「約束通り、対局場でこの研究会のことは言った。あいにも聞こえていたはずよ」

「……すまん」

「謝るくらいなら自分で……っ‼」

叫び声を飲み込むと、天衣は大きく息を吸ってから、

「星雲戦、見たんでしょ？　あの子がどんな状況かわかってるんでしょ？　だったら――」

「転んでも、手を差し伸べないようにする……それって難しいんだぜ？」

「時と場合による。私には、あんたたちが意地を張り合ってるようにしか見えない」

「……………そうかもな」

「本当にわかってる？　椚創多は『死亡フラグ』の存在にも気付いてる。あいを虐殺して挑発することで八一に本気を出させようとしてるのよ。そうすれば《淡路》の研究成果を引き出せるから！」

「そんなもんいくらでも教えてやるのにな。ここで」

「……………はぁぁぁ⁉　八一あんた、どっちの味方なわけ⁉」

ヤベ。言い方間違えたな。

とはいえ俺がやろうとしてることを一言で伝えるのも難しい。よし！　話題変えるか！

「そうそう。もう一つのお願いのほうもよろしく――――」

その時だった。

金色の小さくてふわふわした物体が室内に突撃してきたのは。

「てんしゃーん！」

「ぐふッ⁉」

ふわふわ金髪幼女のシャルロット・イゾアールちゃんに脇腹《わきばら》に抱きつかれてそのまま横に吹っ飛ぶ天衣。

うらやまし……………いや、痛そうだな……。

久しぶりに会う妹弟子に天衣は戸惑いを隠せない。

「ちょっ⁉　こ、このガキまとわり付くんじゃないわよ！」

「あははははは！　しゃう、てんしゃんにあえて、ちょーうれしーんだよーっ‼」

「私は嬉しくないっ‼」

とか言いつつも予定時間のピッタリ五分前に棋士室に来ちゃう天衣お嬢様かわいい。

その後ろからおっかなびっくり顔を出したのは、貞任綾乃《さだとうあやの》ちゃんだ。

「あ、あの……九頭竜先生？　本当に、うちたちも棋士室に入っていいんです……？」

長らくこの棋士室は聖域だった。

プロ棋士、女流棋士、そして奨励会員。アマチュアの大会に出ることを許されない立場の者だけが……俗世と縁を切って将棋の世界に入った者だけがここで将棋を指す資格があるという暗黙の了解があった。

しかし。

「もちろん！　強くなりたいという思いさえあれば、誰だってここに入る資格はあるさ」

俺は二人を招き入れると、ピカピカに磨いておいた盤駒を示して言った。

「さあ！　将棋を指そう！」

かくして関西将棋会館の棋士室に再び駒音が響き始める。

小学生との研究会が、俺の再出発の第一歩だ。

第四譜

●月夜見坂燎《つきよみざかりょう》の回想

今から半年くらい前のことだ。

女流タイトル保持者だけのトーナメントが開催された。

『公共放送杯女流棋士枠出場決定トーナメント』。

ご大層な名前が付いちゃいるが、要は日曜の朝に放送するテレビ棋戦に誰が出るかを決めるってだけ。

しかもトーナメントっつってもまだクズの弟子一号は女流名跡《じょりゅうみょうせき》を釈迦堂《しゃかんど》のババアから奪ってなかったし、弟子二号もダブルタイトル戦の真っ最中。女王と女流玉座《じょりゅうぎょくざ》は空位だ。

結果的にオレと万智《まち》とババアと祭神雷《さいのかみいか》の四人でトーナメントをすることになったんだが……

まあこれはいつものメンバーでもあった。

なんでかっつーとそもそも銀子は奨励会員だったから公共放送杯に出られない。だからここ四～五年くらいはこの四人でトーナメントをやってた。

勝つのはだいたい雷だ。

ムカつくが、早指しじゃあいつは別格だった。

放送でもプロをノータイム指し連発で何人もブッ飛ばしてた。対プロ勝率は六割超え。性格的にも棋風的にもムラがありすぎて奨励会は絶対無理だが、もしあいつが安定してたら女性プロ第一号は祭神雷だったろう。

ただその雷がこの一年で不安定さを増していた。

オレと当たった時はほぼ会話が成立しねーレベルで、指し手のほうも支離滅裂。結局最後は自滅みてーな形で終わった。

んで、万智に勝った釈迦堂のババアとオレとで決勝戦と相成ったわけだ。

ババアとオレの付き合いは長い。

そもそも小学生名人戦でクズとオレが決勝で当たった時の聞き手があのババアだ。オレが小五だったから……もう十年か。

とはいえ実は、対局したのは数回。

オレは途中で奨励会に入ってたし、女流棋士に復帰した頃にはさすがのババアもタイトル一冠を守るので精一杯って感じだった。

ちなみにババアの弟子の歩夢とは奨励会時代の後半に付き合ってた（フリをしてた）から、そういう気まずさもあってオレがババアを避けてたのもある。

そんなわけでスゲー久しぶりに会って将棋を指した。

ババアの将棋はねちっこい。オレの一番苦手なタイプだ。

……が、この日はなぜかそのねちっこさを捨てて、ガンガン攻め合ってきやがった。

そうなりゃオレの土俵だわな。

「オラッ!! これで決まりだろ!?」

駒音高くフィニッシュブローを叩き込む。

ババアの投了《とうりょう》を待つあいだ……オレの心は何故か晴れなかった。

収録は懐かしい渋谷のスタジオだ。

オレと、クズと、歩夢と万智とが出会った場所……あそこに女流棋士の立場で戻り、そしてプロ棋士と対局する。

——同世代のヤツだったら嫌だな……。

普段は当たることのない関東の若手プロと対局するのを思うと、今から気が重かった。自分だけ無職のまま同窓会に出るような気分だ。同窓会行ったことねーけど。

んなことを考えてたら……ババアの投了の言葉がこれだ。

「弱くなったな」

「……あぁ？」

最初はテメェの衰えのことを言ってるんだと思ったが——違った。

このババアは……オレが弱くなったとほざきやがった!!

「余《よ》が敗れたのは、其方《そなた》の力を見誤ったからだ。上のほうにな」

つまらなさそうに溜息なんぞ吐くと、ババアは負けた理由を語り始めた。

「ギリギリの勝負をせねば勝てぬと思い込み、針の穴を通すような細い攻めを繋ごうとした。

それで自滅したというわけさ」

「ババア……何が言いてぇ？　遺言として聞いてやるよ……」

「わからぬか？　余は記憶の中の月夜見坂燎と戦っていたのさ。あの時の強さのまま成長した月夜見坂燎と」

「っ……‼」

クズたちと出会った小学生名人戦。

あの時、ババアもそこにいた。

「あのまま普通に育っていれば今頃はプロ棋士になれたであろうに……どこで育ち方を間違えたのか。慢心？　師匠の教育が悪かった？　それとも元々この程度の才であったのか……」

怒りで目の前が真っ暗になった経験ってあるか？

オレはこのとき初めて経験したよ……。

「どのみち今の其方ではテレビに出ても女流棋士の恥を晒すだけ。余に代わって欲しければ早くお願いするのだぞ？『自信がありませんから代わりにプロと戦ってください』とな」

「バッ…………‼」

奨励会を6級で退会した過去をほじくられて煽られてると思った。

けど一番ムカつくのは……ババアの言葉が図星だったたから。

『今さらプロと戦っても意味ねーじゃん。負けるだけだし』

勝って出場が決まった瞬間、確かにオレはそう考えてた。

まあでもムカつくもんはムカつく。「早く死ねババア！」とか何とか言って感想戦を拒否して帰った。

あんまりにもムカついたから記憶からも消した。公共放送杯は組み合わせが決まったらテレビ放送で毎週トーナメント表も流れるが、頑なに見なかった。そもそもオレん家《ち》は公共放送なんてお上品なもん誰も見ねーし。

どうして今ごろになって思い出したかって？

そりゃお前…………対局通知が来たからだよ。

☖八王子《はちおうじ》将棋道場

「おふろいただきやしたー」

「おう」

万智が髪を拭《ぬぐ》いながら部屋に入って来たのを、オレはベッドに寝そべって迎えた。

「ジャンプ読んでるん？　対局前日に余裕どすなぁ」

「バトル漫画読んで戦闘意欲を高めてんだよ」

雑誌から万智へ視線を移すと……そこには濡《ぬ》れた黒髪と湿った薄着が肌に貼《は》り付いた、中華スマホゲームのキャラみたいに乳の長い美女の姿があった。

全身から沸き立つ湯気が、まるでフェロモンを視覚化したみたいに見える。

エロすぎるわ……何だこいつ……。

「？　どないしてんそんな目で見て。こなたの顔に何か付いてる？」

「い、いや………顔には付いてねーけど……」

肌に服が貼り付いてブラとショーツが透けてんだよなぁ……。

一瞬にして桃色になった室内の空気を、外から聞こえてくるガキどもの声と足音がリセットした。

「万智ねー来てるの⁉」「お小遣《こづか》い！」「京都のお土産！」

ドアに向かってオレは読み終えたジャンプを投げつける。

「早く寝ろクソ餓鬼ども！　万智もオレも明日対局だボケッ‼」

ギャーギャーワーワー騒ぎながら弟と妹たちは散った。

昔からここ八王子で酒屋をやってる月夜見坂家はご覧の通り大家族で、弟と妹の他に、両親と祖父母と家業を継いだ兄貴の夫婦とその子供も住んでる。

総勢十五人の大家族だから万智が一人泊まっても誤差みてーなもんだ。

オレは二十歳にもなって独立しない小姑《こじゅうと》のポジション。兄嫁と仲が悪いわけじゃねえけど。

あっちも地元のヤンキーだし。

「そないに乱暴にせんと……そのキレやすい性格を改善せんと、手数の長い将棋で勝ちきれんよ？」

「泊めてやってんのに偉そうだなオイ？」

「こなたが泊まってあげておるのどす」

床に落ちた雑誌を拾い上げながら万智は言う。しゃがんだ姿勢がエロすぎだろ。オレが童貞ならこの短時間で十回は死んでるぜぇ……。

「お燎のご両親からもずっと言われててん。娘が寝坊して不戦敗にならんよぉ、関東で対局がある時は必ず泊まってくれと。その約束を守ってるだけどすー」

「…………どーも」

奨励会でも何回か遅刻して幹事にブチ切れられた経験がある身としちゃあ、感謝するしかねえわな。

明日、オレも万智も千駄ケ谷《せんだがや》で対局が組まれてる。

タイトル保持者の万智が関東で対局するのは本人の希望で、こいつは記者として連盟の地下にある編集部に入り浸ってっから、こっち《関東》で対局することが多い。手合課にも喜ばれるらしい。

いっそ所属を変えちまえってけしかけたこともあんだけど……答えは決まって『八一《やいち》くんの側《そば》にいたいから関西に残る』だ。

どこがいいのかねぇ……。

「どないする？　寝る前に一局？」

「ノーセンキューだぜ。目が醒《さ》めちまうからな」

練習将棋のお誘いをオレは有難《ありがた》くお断りした。

明日の相手は万智と真逆の棋風だしな。

「それに最近は対局前日に身体《からだ》と頭を休めることにしてんだよ」

「なんやの？　緊張して寝れんくなったとか？」

「ぐっすりだバーカ」

寝るのは寝れるんだよ。

ただ………妙な夢を見るようになっちまった。

寝る直前まで漫画を読んでるのは、そうすれば読んだ漫画の夢を見るんじゃねーかと考えたからだ。残念ながら失敗続きだけどな。

「そんならこなたも仕事させてもらお」

万智は荷物の中から紙の束を取り出す。

「な、なんだそりゃ？　どういう仕事だ？」

「投稿作の下読みどす。バイトしてる出版社が女性向けライトノベルのレーベルを持ってるんやけど、そこの新人賞に送られてきた作品」

「要するに素人の書いたラノベってか？　金もらっても読みたくねーわ」

「これ、なかなか面白い作品どすよ？　内容もやけど、作者のプロフィールも……くふふ……」

ふーん。文字ばっかの本のどこが面白いのかねぇ？

しばらく二人でそれぞれ好きなことして過ごした。たまに万智が「ほほぅ。萌えるわぁ」とか「え!?　そないなことしてたん？」とか「本物や。このお人、やっぱり本物の……」とか一人で興奮する以外は静かな時間だった。

小説を読み終えたらしい万智が、ポツリと呟いた。

「……以前はお燎の家に泊まった時は、八王子将棋道場で練習将棋を指すのが定跡《じょうせき》どしたな」

「あれから一年か……早いもんだ」

関東の棋士は、関西の連中みてーに一門を重視しねぇ。師弟はもっとドライな関係だ。塾の講師と生徒みたいな。

その塾に当たるのが将棋道場だ。

新宿《しんじゅく》、御徒町《おかちまち》、蒲田《かまた》、荻窪《おぎくぼ》、それに千駄ケ谷《せんだがや》の子供スクール。そこに通って力を付け、仲間を見つけ、研修会や奨励会を受験する。師匠探しは受験の直前だ。だいたい道場の席主とか、常連のアマ強豪とかに紹介してもらう。

そこにいくとオレの通った八王子将棋道場は超名門だ。

出身プロも多いが……一番の理由はあの名人の出身道場だってことだろう。

『恐怖の赤帽』。

子供の頃《ころ》、名人はそう呼ばれて将棋大会で恐れられた。親が見つけやすいように赤い野球帽を被《かぶ》せられてたかららしい。

小学生時代、八王子将棋道場を根城にして女だてらに関東一円の将棋キッズを薙《な》ぎ倒してたオレは、そんな名人の再来と騒ぎ立てられてこんな異名を奉られた。

『恐怖の赤髪』。

オレはもう有頂天だ。

「あの頃のお燎は関西でも有名どした。八王子将棋道場自体が将棋の聖地みたいな扱いどしたから、そこで最強の小学生は世代最強。しかもそれが女子いうんどすから」

「《嬲《なぶ》り殺しの万智》の悪名も関東まで轟《とどろ》いてたけどな」

「くふ」

この女狐《めぎつね》は対局で相手を全駒して、そのあと感想戦でも怪しげな京都弁でネチネチネチネチと相手の間違いを指摘するからすぐ有名になった。もちろん悪い意味で。

その道場も、もう無い。

一年前に席主のオッチャンが死んじまって店仕舞いだ。

あまりの呆気《あっけ》なさに涙も出なかった。

「……もともとネット将棋の流行で道場に通う客も減った。経営は成り立ってなかったらしい。継ぐって人は出なかったよ……」

「それもあってこなたは秋葉原にコンカフェとしてお店を出すことにしてん。もう席料だけで経営が成り立つ時代やおざりませぬからなぁ」

「あそこに通う客がプロになったら……ゾッとしねぇな」

まあオレがあの店を手伝うのも、出身道場を潰《つぶ》しちまった負い目から。だとしたらプロが出てくれるほうが本望っつーか。

ただ……後悔が無いわけじゃねえ。

「……オレが継ぐべきだったのかな？　八王子在住だし……世話んなったし……」

「それはお燎が背負うことなん？　篠窪《しのくぼ》センセとかやないん？」

「確かにな……」

篠窪太志《たいし》七段は道場の先輩で、元タイトル保持者。関東若手イケメンの代名詞みてーな棋士だった。最近クズに破壊されたけど。

オレが通い始めた頃にはもう奨励会員だったから交流はほぼねーけど、プロになってからは名人と一緒に道場を訪れて無償で指導対局とかしてくれてた。

「あの人がタイトル獲《と》っても状況が変わらなかったんだから、オレごときがキャンキャン騒いでも意味ねーか。はは！」

「せやで。それよりも未来について話そ」

万智はベッドの上に正座してオレに向き合うと、マジな目で言った。

「あいちゃんが訴えてるプロ編入試験の件。臨時棋士総会の議題にもなって、こなたら女流タイトル保持者が意思表明する時期が来てると思う。少なくとも総会の場で意見は求められるやろね」

「チッ………面倒だな」

「特に奨励会を退会して女流棋士に戻ったお燎の意見は、ある意味で奨励会を抜けてプロになった銀子《ぎんこ》ちゃんよりも重視されるはずどす。今のうちに固めておかんと」

「オレがまだプロになりてーのか？　ってか？」

「現状、女流棋士の身分を保ったまま奨励会に入ることは不可能。となれば女流の身分は休会して、女流玉将《じょりゅうぎょくしょう》も放棄して、奨励会に入り直す。もしくは三段編入試験を受けるか。けど三段になったら結局、女流タイトルは放棄や。これは味が悪すぎるわなぁ」

女流の身分のまま出場できるタイトルが女王と女流玉座だけな以上、理屈でいやぁそうなる。

実際そうなった場合は特例とか出そうだけどな。

「けど、あいちゃんが訴えてるように、女流棋士として研鑽《けんさん》しながらプロになるためのルートがあってもええ。こなたは賛成の立場どす」

「受験資格はどーすんだよ？」

「三段編入試験がアマタイトル獲得やから、それより厳しくするなら……例えば女流タイトル獲得何期とか、公式戦でプロに何勝以上……みたいな感じになるんと違う？」

「女流のタイトルなんて何百期獲っても認められっかよ。対プロ一択だろ」

奨励会での昇段規定が、八連勝とか十二勝四敗とかだ。

少なくともプロ相手にそういう勝ち方をしなきゃお話にならねぇ。

「仮に条件を満たしたとして、そのときお僚はどないするん？」

「オメーこそどうすんだよ？　万智」

「仮にこなたがその資格を得るほど強くなれたら、受験する。一択問題どす」

「プロになりたかったのか？」

意外さと嘲《あざけ》りの両方を込めてオレは尋ねたが、万智がノータイムで返してきた答えに、逆に痺《しび》れた。

「こなたがなりたいのは銀子ちゃんの立場や。八一くんに近づけるなら」

「……ブレねぇなガキの頃から。どこがいいんだあのクズの？」

「ぜんぶ♡」

こいつ……小学生の頃に戻ったみたいな顔で言いやがる。

「こなたの手の内は晒《さら》したで。お僚はどないしはるん？」

「んなもん、なってみねーとわかんねぇよ！」

「はぁぁ？　未《いま》だにノープランなん？」

「電気切るぞー」

一つのベッドに身を寄せ合ってオレたちは目を閉じた。お互いの背中と背中をくっつけるように……いい加減、狭いからな……。

小学生の頃からの習慣で、万智が泊まる時はなぜか同じベッドで寝る。

当時は寝落ちするまで目隠し将棋をするためだったが、どういうわけかこいつが泊まった次の日は勝てることが多かった。だから今もそうしてる……寝過ごすこともねぇしな。

ジンクスみてーなもんさ。

「……モヤモヤしてるんなら――」

それに万智と一緒なら……変な夢も見ねーで済むかもしれないしな。

暗闇《くらやみ》の中で、背中越しに万智の声が聞こえた。

「明日、本人から直接聞いたらええんと違う?」

☗影踏み

翌日。

万智と二人で対局室の『銀沙《ぎんさ》』に足を踏み入れた瞬間、オレたちは思わずギョッと立ち止まっちまった。

「「っ……!!」」

雛鶴《ひなつる》あい……女流名跡が、めちゃめちゃ痩《や》せてたからだ。

その隣には今やすっかり姉貴分の鹿路庭珠代《ろくろばたまよ》が、人でも殺しそうな視線でこっちを睨《にら》んでやがる。

正確には、オレの隣の万智を。

「おおこわ」

扇子《せんす》で口元を隠しながら万智はボソッと言うと、さっさと鹿路庭の前に腰を下ろす。ブチ切れてるわ。

——問題は……オレがどこに座るかだな。

空いてるのは、万智の隣の盤の上座。けど本来オレが座るのは下座だ。手合いボードもそうなってた。

しかし『どけ』って言って小学生を下座から小学生を追い払うのも大人気ねぇ。せっかく早起きして空けてくれてんだから、その気持ちを尊重するのが大人ってもんだ。仮に空いてるのが下座だったとしても、オレは何も言わずに腰を下ろした。はずだ。多分。

そんなわけで上座に腰を下ろす。

待っていたかのように挨拶《あいさつ》が。

「おはようございます」

「…………………おう」

序列でいやぁオレの持つ女流玉将も、万智の持つ山城桜花《やましろおうか》も、女流名跡より下。

つまりこの空間で最上位の格を持つのは、下座で畏《かしこ》まってる痩せたガキってことになる。

――ムカつくぜ……。

先輩に上座を譲るのは別に普通のことだが……いざ譲られる立場になると妙に癪《しゃく》に障った。

「上座には座ってやる。駒箱はテメーで勝手に開けろ」

「………はい。失礼します」

ガキは丁寧な手つきで駒箱を開けると、今度は王将をオレの方に押し出してきた。んで、自分は玉将を取る。

「チッ」

舌打ちしてからオレは駒を自分のタイミングで並べた。ガキも一拍置いて並べていく……ますます腹が立った。介護されてる老人の気分だ。

「振り駒です。ええと…………」

記録係が気まずそうに口ごもる。

「序列通りや。当然」

隣の盤から万智が言った。オレも当然そうだと思ってるから何も言わねぇ。

「……雛鶴女流名跡の振り歩先です」

慌てた手つきで記録係が振った駒は、歩が五枚出た。

後手《ごて》を引いたオレは自分がどこかホッとしてるのに気付く。

——何でだ？　不利なんだぞ……。

対局が始まった。

このガキとオレの対局は今まで二局とも相掛《あいが》かり。オレは空中戦が得意だしガキは相掛かりしか指せねぇから当然の帰結だ。

ただ今回は、後手番《ごてばん》になったら別の戦法を選ぶと決めてた。

「っ……」

オレが角道を開けるのを見て、ガキが息を大きく吸い込む。

横歩《よこふど》取り。

「意味はわかるよな？」

「…………」

「選ばせてやる」

かつてタイトル戦でこんな盤外戦術があった。

横歩取りが得意なタイトル保持者は、勢いのある挑戦者を相手にどうしても勝ちたくて、新聞のインタビューでこんなことを言った。

『横歩も取れないやつに負けたらご先祖様に申し訳ない』

新聞記者にそう書かせて、タイトル戦の舞台で相手が横歩を取らざるを得なくなるよう脅迫したんだ。

結局、この対局で挑戦者は横歩取りを受けた。勝ったのはタイトル保持者だ。

ただこの瞬間、オレはこう思ってた。

――取っても取らなくてもいい……。

意識にあるのは当然、こいつが夜叉神天衣《やしゃじんあい》と指した、あの将棋だ。

後手の夜叉神がわけのわからねぇ序盤で、いつの間にか勝勢を築いていた……にもかかわらず終盤で詰将棋《つめしょうぎ》みてーな局面に誘導して大逆転勝ちしたのは、このガキだった。

――終盤でゴチャついたら負ける。

その点、横歩ならハマれば一気に勝てる。

つまりオレが横歩を採用するのは、自分より地力のある相手。それは中終盤で力負けする相手ってことだ。

本来ならこれは……銀子のために取っておいた作戦だった。

だから横歩取らずで相掛かりになってもいいと、そう思ってたが――

「…………………こう！」

雛鶴あいは横歩を取った。

オレの叩《たた》き付けた挑戦状を素直に受け取ったたってことだ。

これでオレが負けたら…………一瞬だけ過《よぎ》ったそんな思いのせいで下っ腹がシクシク痛み始

めやがった。

「テメェが乗ったのは止まらねぇ暴走列車さ。終着点は――――死だッ‼」

「こうこうこう………こうっ‼」

ガキは玉を前進させ、そして飛車を引かずに桂を跳ねてくる。

――ブルーノ流か。厄介な形だぜ……。

レドモンド九段が編み出した、手数がかからねぇ割にやたらと固い陣形だ。そういや隣で指してる鹿路庭の師匠だったな。

ただ当然こっちも研究済みなんだよ！

「オラオラオラオラ！　飛ばしてくぞオラァ‼」

序中盤はノータイム指しの連発で持ち時間を温存するのがセオリーだ。そして横歩は一気に終盤になるし、読み抜けがあれば即死。ちなみにオレは詰みまで研究してる。

対するガキは明らかに横歩の研究が足りてねぇ。

ブルーノ流の固さに頼りつつも、その場その場で考えながら指してるのが丸わかりだ。

「そんなんで横歩を指そうなんざ甘すぎるんだよ！」

終盤に入ってもオレの持ち時間はほぼ減ってない。対するガキはもう秒読みが始まってた。

それでもガキは焦《あせ》った様子も見せずただ盤上没我に最善を求め続ける。

右手で膝《ひざ》を握り締めて、前後に大きく揺れながら。

砂漠に落ちた宝石を探し求めるように。

「…………こう……こう……こう……こう、こう、こうこうこうこうこうこう――――」

性別も。年齢も。棋風も性格も。

姿形もまるで違う。

違う……はずなのに、なぜか終盤になると、目の前のガキの姿が子供の頃のクズ野郎に重なってきやがる。

吐き気がするぜ。

「こうこうこうこうこうこうこうこうこう――――」

『おもしろい将棋、見せてやるからさ！』

クズの将棋を観ると、オレはいつも悔しくて泣きそうになる。

ただそれは……才能や実力の差を見せつけられるからじゃない。

――オレ自身のダメさを見せつけられるから……。

小五で小学生名人戦準優勝。相手は九頭竜《くずりゅう》八一。準決勝じゃあ神鍋《かんなべ》歩夢《あゆむ》にも勝った。

あの瞬間がオレのキャリアハイだ。

その後の人生は、生き恥を晒してるようなもんだった。

次の年に出た小学生名人戦で四歳下の銀子に負けて《恐怖の赤髪》は《恐怖の銀髪》に取って代わられた。

中一になると、それまで八王子将棋道場で同学年最強を誇ってたオレは、思うように勝てなくなってきた。

男子はポツポツ奨励会に入り始めてたからだ。

早く金を稼ぎたかったオレは女流棋士になって公式戦で活躍してた。金を貰《もら》い、奨励会員から『先生』なんて呼ばれていい気になってるうちに、男子たちに勝てなくなってきた。

完全に格下だとバカにしてた歩夢に全く勝てなくなってきた頃、焦って奨励会に入っちゃみたが……現実は厳しかった。

強い相手と戦っても、オレだけは強くなれない。オレが強くなれないのは環境のせいじゃないと気付くまで、そう長くはかからなかった。

オレは他より才能があったわけじゃなかった。他より少しだけ成長期が早かっただけだったんだ。

小学校で全盛期が終わるってのは辛《つら》い。

八王子の道場で一度も負けなかったような男子にも奨励会じゃボコられた。

『もっと伸びてると思ったけどな』

感想戦でボソッと言われた言葉に心をごっそり抉《えぐ》り取られる日々。

——わかるかクソ餓鬼？　その辛さが……。

小学五年生での準優勝以来、オレの人生はずっと下り坂なんだ。

ゆるやかな下り坂だ。

だから――――

「消えろ……」

気がつけば、俯《うつむ》いたまま呟《つぶや》いていた。

「消えろ。消えろ。消えろ消えろ消えろ消えろ消えろ消えろ消えろ消えろ消えろ消えろ消えろ消えろ消えろ……………！」

コイツは存在するだけでオレのコンプレックスを刺激する。

クズの弟子。プロを目指す女。そして……最強の女子小学生。

小学生で成長が止まったオレの……月夜見坂燎の過ちを曝《あば》く存在。

「テメェで勝手に余計なこと始めやがって！　女流棋士の総意だぁ⁉　オレぁそんなみっともねぇことに同意したつもりはねぇ‼」

気がつけば、顔を上げて叫んでいた。

攻めて攻めて攻めまくる。受けに回って勝つ勇気はなかった。王手を掛けられたら詰まされるという恐怖がオレを駆り立てていた。

読んでる余裕なんて無い。

指先の感覚だけを……自分の才能だけを信じて、駒を動かし続けた。

「消えちまえッ‼　将棋界から……オレの前からッ‼」

だが。

いくら叫んでも。どれだけ駒を取り上げても。

目の前に座る小学生は消えることなく堂々と盤の前に座り続けていて。

「負けました」

そう頭を下げる小学生の髪の色が…………なぜか、赤色に見えたんだ。

幼い頃のクズじゃなくて、いつの間にかオレ自身の姿に重なっていた。

☖強さって

他の対局が続いてる時は、感想戦を別室でやることがある。

「あの…………どこから？」

「…………」

「月夜見坂先生？　感想戦は……こ、口頭でします？」

別室に移ってからもオレは駒箱を開けようとしなかった。今の将棋の感想戦をやる気はハナからねぇ。

ただ、どういうつもりか聞いとく必要があると思ったから誘ったまでだ。

プロ編入試験について。

「あのよ」

「はい……？」

そういや……初めてこいつと、他に誰《だれ》もいない空間で向かい合うな。

雛鶴あいと。

そう思うと、もっと別のことを聞きたくなってくる。

「オメーはプロに十四連勝した。けどオレには今日で三連敗だ。じゃあ強さって何だ？」

「………………」

「オレは奨励会で6級に落ちて退会した。けど銀子は三段リーグを抜けてプロになった。あいつは次点だった坂梨《さかなし》四段に直接対決でも勝ってる」

このガキは兄弟子《あにでし》にボロ負けした。オレも兄弟子には練習将棋も含めて一度も勝ててねぇし永久に勝てる気がしねぇ。

「その銀子にオレは一度も勝てねぇ。が、けど四段と6級ほど差が開いてるとは思えねぇ……なあ教えてくれよ。強さって何だ？」

「強さは…………」

ガキは少し考えてから、

「強さは一つじゃない、と思います」

はっきりした声でそう言った。

「将棋盤が受け止められる強さは、ある一瞬の、ほんの一面だけなんです。けれど強さはもっと大きなもので。だからもっともっと長い目で見る必要があるんじゃないでしょうか？」

「…………」

「わたしも以前は……いえ。たぶん今でもこう思ってます。『将棋が全《すべ》て』だって」

将棋が全て。

それはオレも同じだ。

物心つく前から将棋を指して。金も、交友関係も、全部将棋で手に入れてきた。将棋に強くなることだけが全てだと思ってた。

そして強さとは、勝つこと。全ての相手に勝つこと。

奨励会を退会になるまではオレもそれを目指してた。

そこでオレは終わった。もう強くなんてなれねぇし、なっても意味ねぇってなった。

だってそうだろ？

次なんて考えられねぇ。あれだけこっぴどく否定されたんだ。誰もが納得してる奨励会って制度にオレは弾《はじ》かれた。

なのに諦《あきら》めずに足掻《あが》くのは……無駄だろ？　ダセぇだろ？

「けど」

ガキの言葉は続いてた。

ハッとして顔を上げたオレの目を、ガキ特有の澄んだ目が受け止める。

「ある人に言われたんです。将棋は人生の一部に過ぎないって。だとしたら、将棋が受け止められる強さもきっと、その人の一部に過ぎないいんじゃないでしょうか?」

「……言いてぇことは何となくわかる」

だが具体性がねぇ。

将棋は技術だ。名人だってそう言ってる。

人生経験が強さに変わるなら老いぼれジジイがタイトル持ってるはずなのに、実際はクズや歩夢みてーなオレと同年代のやつが持ってる。

それをこのガキはどう説明すんだ?

「じゃあ聞くが、オレの強さはどんなだ?」

「月夜見坂先生は、まっすぐなんです」

「まっすぐ?」

「はい！　なんていうか……こう、ぎゅーん！　って！　翼《つばさ》が生えてるみたいに、ものすごく高いところを一気に飛んでいくみたいな！」

「ぎゅ……ぎゅーん?」

「はい！　ちょーかっこいいです！　師匠の相掛かりより、かっこよさは上だと思います！」

「クズより?」

九頭竜八一は竜王だ。プロの頂点だ。

それより上って……一気にムカついた。このガキはオレをおだてようとしてんのか？　棋士総会で味方してほしくて？

「てか、あいつの相掛かりはどんななんだよ？」

「師匠の相掛かりは………逆に、土のにおいがするっていうか」

「なんだそりゃ？　農民？」

「あははは！　でも関西棋士ってそれをかっこいいって感じちゃうんです。特に清滝《きよたき》一門はおじいちゃん先生の影響が強くて。スッキリしない泥臭さが勝負の醍醐味《だいごみ》っていうか」

「銀子の将棋はまんまソレだしな」

「空《そら》先生は駒の裏に『根性』って彫ってあるんですよね……」

ガキの声が一気に氷点下だ。

「師匠以上にダサくて、泥臭くて、執念深くて………キライです。わたし」

「ギャハハハハ！　確かになぁ！　それで負かされるとムカつくっつーか。自分が一番ダセぇって思ってる将棋をずっと見てるのが耐えられなくて『もういいや』って気分になっちまうんだよな。心が折れるってより萎《な》えるって感じで」

「あっ！　生石《おいし》先生がそういう感じのことをおっしゃってました！」

「振《ふ》り飛車《びしゃ》党と感性が一緒って言われてもな。まあ《捌《さば》きの巨匠《マエストロ》》はセンスヤベェって思うから、悪ぃ気はしねぇ…………が…………」

そこまで言ってハタと気付く。

オレは……どうしてガキと楽しくお喋《しゃべ》りしちゃってんだ？

「…………」

「月夜見坂先生？」

ガリガリと髪を掻《か》きむしってから、オレは手を振ってこう言った。犬コロでも追い払うみてーに。

「ま、いいや。もう行け」

「はいっ！」

肝心のプロ編入試験についてはお互いに一言も話さなかった。ガキが自分で話そうとしねぇならオレから聞くことでもねぇしな。

「ありがとうございました。次は勝てるようにがんばります！」

デコが膝にくっつきそうになるほど身体を曲げて礼をすると、そのガキは「失礼します！」と部屋を出て行った。

オレはすぐに立ち上がる気にはなれなかった。

「次は勝てるようにがんばります……か」

プロとはいえたった一歳年上の相手に負けて。全国放送でゲロ吐く姿が晒されて。

そこから女流棋士相手にも連敗して。カンニング疑惑まで受けて。

それでもあのガキは笑いながら次を目指す。

「強ぇな。あいつ」

自分でも思いもしなかった言葉が漏《も》れる。

次は……。

オレに次なんてあるのか？

「次って何だよ。次って……」

☗力になれなくて

「さすがにもう終わってるか」

感想戦……って言うのか？　まあいいや。ガキとのコミュニケーションを終えたオレはスマホを見て、万智と鹿路庭の対局の進行を確認する。

「うわ。エグ……」

久しぶりに《鵬り殺しの万智》の本領発揮みてーな勝ち方だ。

最近はクズの影響なのかバランス型の囲いを使ってた万智が今日はゴリゴリの穴熊《あなぐま》に組んで、
鹿路庭の三間飛車《さんげんびしゃ》を全駒級の完敗に追い込んでた。

投げ場すら与えられなかったのか、鹿路庭は必敗になってからも粘ってたようだ。手数は二百手くらいだが百手目以降はクソみてーな棋譜《きふ》だった。

終局時間は……たった今だな。

「まだ感想戦やってるだろうから合流して、終わってから万智とメシでも行くか。何なら鹿路庭も誘ってプロ編入試験の話を聞いてもいいしな」

鹿路庭のことは別に好きでも嫌いでもない。あっちは年上だが研修会に入ったのはこっちが先輩だからタメ口で話す間柄だ。

オレは部屋を出ると銀沙に戻る。

「おーう。お疲れーぃ」

片手を挙げて挨拶した瞬間、そういう状況じゃないことに気付く。

それでもオレはおどけたようにこう言った。

「うわ空気重《おも》！　てか酷《ひで》ぇ終局図だな？　クソ将棋オブザイヤーかよ」

「……こなたはもう少し早ぉ終わってもよかったんやけどな」

そう言う万智の声が嗄《か》れてた。

喉《のど》が渇いたっていうより、緊張で声帯がまだ動いてないって感じだ。

圧勝だった癖《くせ》に珍しい。何があった？

「勝ち目が無くなってもクソ粘りしたってか。棋譜汚しだな」

記録机の上の棋譜用紙をザッと見てオレはゲンナリした。自分がこれをやられてたらと思うと、それだけで血圧が上がる。

プロ棋士が相手なら説教されそうな粘り方だ。

そもそも粘るってのは、相手の間違えを期待してのこと。

つまり鹿路庭は、万智が穴熊のこの局面から間違えると期待して指し続けたってことになる。

格上を相手に礼を失してるといわれたって仕方ねぇよなぁ？

「ま、簡単に諦められねーのはわかるぜ。せっかく本戦まで来たんだもんな？　粘るには相手が悪過ぎたってだけだ」

「うっ…………」

次の瞬間、予想外のことが起きた。

鹿路庭は――――盤の前に座ったまま、泣き出したんだ。

「ぐっ……！　うぅ……！　ぁあああ…………っ‼」

畳にパタパタと音を立てて涙が零《こぼ》れる。ジャリジャリッて音もしたからよく見ると、鹿路庭は畳を爪《つめ》で掻きむしっていた。

女流棋士も人間だ。いい大人でも、負けてうっすら涙を浮かべるようなシーンは何度も見て来た。

けど、こんなにも悔しがるのは今まで一度だって見たことねえ。

さすがにビビってオレは言った。

「お、おいおい。いくら負けるのが悔しいからってマジで泣くかよ？　いい大人だろ？　そりゃ煽《あお》ったオレも悪かったけど小学生じゃねえんだから――」

「うるさいッ!!」

うお⁉

な、なんだよコイツ。今日は朝から雰囲気おかしかったが、遂にイカレちまったのか？

そう思ったオレだったが……次の言葉でハッとする。

「……ちからが…………力が、欲しいッ……！」

無惨な終局図を右手で崩しながら鹿路庭は吠《ほ》える。

「あたしじゃダメなんだ！　どれだけ努力しても女流タイトルの挑戦権すら得られないような才能じゃ、何の意味もないんだ……!!　それじゃあ……あの場に出られないから……!!」

「何に？　棋士総会か？」

「プロ棋戦に!!」

「ッ……！」

女流がプロ公式戦に出るにはタイトルが必要だ。

こいつは、もしかして……？

「あいつはボロボロになっても弱音も吐かずに戦い続けてるのに……もう将棋なんてまともに

指せる状態じゃないのに、それでも逃げずに戦って、あの小さな身体で批判も全部受けて！」

誰のことを言ってるのかは、さすがにわかった。

こいつが自分のために笑えるやつだってことは知ってる。

女流棋界のためにとびっきりの作り笑顔ができるってことも。

でも……他人のためにここまで泣けるやつだってことは、知らなかった。

「あなたたちはプロに挑めるでしょ⁉　そんなに強ければプロにだって勝てるでしょ⁉　お願いだから……あいつの力になってやってよ‼」

鹿路庭珠代は縋《すが》るようにオレの手を掴《つか》むと、

「お願いします！　プロに…………プロに勝ってください‼」

雛鶴あいのためにプロに勝ってほしい。鹿路庭はそう懇願していた。

そうすれば女流棋士の実力をプロに認めてもらえるから？　それでプロ編入試験に賛成してもらえるから？

万智は対局中から悟ってたんだろう。言葉を交わさなくてもこの気迫は伝わる。理由だって察するはずだ……あの状況なら。

鹿路庭の攻めは完全に切れてたし、万智の玉は穴熊でガチガチに囲われてた。王手すら掛からない絶対に安全な状態。

そんな状態なのに万智がここまで疲弊し、緊張を強いられたのは、理屈を超えた鹿路庭珠代の気迫だったんだろう……。

そして戦いが終わってからもなお万智は鹿路庭に圧倒されてた。声が出ないほど。

オレは今まで二回、本気で泣いたことがある。

一度目は奨励会で退会になった時。

二度目は、竜王戦でクズが名人相手にとんでもない将棋を指した時。

でもその涙は、冷たかった。

それは諦めの涙だった。感情を整理して、どうしようもない力の差を認めて、夢を諦め現実を受け容《い》れるための涙だった。

けど今、オレの手に伝う鹿路庭の涙は——

「……熱い」

鹿路庭の涙が触れた肌はまるで灼《や》けるような熱を持っていた。ヒリヒリと痛むのは、本当に肌が痛いのか……それとも心が痛むのか。

将棋は自分のためのものだと思ってた。

一匹狼《おおかみ》の自分は、他人のために戦うなんてできないし、それは勝負師として不純だと思ってた。

けど。

もしかしたらオレも………自分以外のもののために戦えたら、こんなにも熱い涙を流せるのか？

「…………お願いします…………どうか…………」

「「…………」」

オレも万智も、掛ける言葉がなかった。

銀沙に響く嗚咽《おえつ》は、しばらく止《や》まなかった。

☖あの日の約束

「…………どういう状況なのよ、これ……」

通された個室に足を踏み入れた瞬間、私は室内の状況に混乱した。

というか、ドン引きだわ。

「あ。天《てん》ちゃん」

「ひぐっ！　う、うぉぉぉ……！　ぐすっ!!　う、う、ううううう……!!」

ここは連盟近くの個室付きカフェ。

あいと私は対局の後でここに集合し、今後の対応を話し合う予定を立てていたんだけど……

何故《なぜ》かその場に鹿路庭珠代もいて、号泣してたってわけ。

アイドル売りしてる人気女流棋士の泣き方じゃないでしょこれ……。

「どうして鹿路庭《そっち》が泣いてるのよ？　そりゃ《嬲り殺しの万智》に散々にやられたら腹が立つのは仕方が無いとはいえ、負けたのは自分が弱いせいでしょ？　二十歳を過ぎた大人が泣くようなこと？」

「メンタルがコンクリートと同じくらい固くて乾いてる天ちゃんと一緒にしちゃかわいそうだよ」

「いまサラッと悪口を放り込まなかった？」

「ほめてるんだよー」

あいはふにゃふにゃと笑いながら私の追及をいなす。

月夜見坂燎との将棋は完敗に近かったからダメージが少ないのかしら？　とはいえ同じ相手に三戦三敗は印象が極めて悪い。

それが女流タイトル保持者であっても、プロ棋士たちは、あいへの評価を下げるだろう。月夜見坂は5級で入った奨励会を6級で退会している。

——正直、一番負けて欲しくなかった相手……。

そのことを私は率直に告げる。

「今回の敗戦で状況は更に悪くなったわ。《淡路》の予想では、臨時総会での得票数は四十票まで低下してる」

「スーパーコンピューターってそんなことまでわかるの⁉」

「選挙の予想はAIを使ったジャンルの中でも特に発達してるものの一つよ。欧米は選挙で巨額の資金が動くし、統計的な手法で予想しやすいし」

とはいえ将棋連盟の総会は有権者数が二百程度と小さな村レベル。統計的な手法がどこまで有効かは疑問の余地があるわ。

けど、状況が絶望的なのは《淡路》に聞かなくてもわかる。

「はっきり言って今回の総会で編入試験の制度化が可決される確率はかなり小さくなった。絶望的ね」

「…………そっかぁ」

臨時総会まで、もう公式戦であいが戦う機会もない。

アピールの場を失ってしまったのだ。

反撃の機会すら失っては、さすがに万事休すといえた。

「その割には明るいわね？　あい」

「自分のせいだもん。協力してくださった方々には申し訳ないと思うけど……現実を受け容れるしかないから」

あまりにも淡々としてるあいの反応を私は測りかねる。

精神的に強くなったから？

それとも……自暴自棄になってる？

自分が衰えていると訴えて怯《おび》えていた面影は無い。前向きになっていると捉《とら》えたいものだけれど……。

「あとは総会当日の話し合いで議論がどう転ぶかに賭《か》けることになる。どんなスピーチをするか、よく練っておきなさい」

「うん」

「九頭竜一門らしく最後の最後まで足掻きましょう。選挙と将棋の結果は下駄《げた》を履《は》くまでわからないものだし」

「そんな格言があるの？」

「私がいま作ったのよ」

そんな他愛《たわい》も無い会話をしていると、

「ぐぉぉぉぉぉ……!!　うぐぅッ!!　エッエッエぇぇぇぇ…………おおおおおッ……!!」

……泣き声がデカ過ぎてオットセイみたいになってるわね。これ、どうするの？

あいは慌てたように立ち上がると、

「じゃ、じゃあ……わたしは家の手伝いがあるから！　またねっ！」

「あっ!?　ちょ、ちょっと待ちなさいよ！　まだ他にも仕事の話が……」

どうして私が鹿路庭と二人きりにならないといけないよの!?

抗議する間もなく店を出て行ったあいを追おうとしかけて、私は思い至る。

——ダメージが無いわけないでしょ……。

家の手伝いは口実で、一人になりたかったんだと思う。

淡々としてたのはあの子なりに耐えてたんだろう。痛みを。

「……ったく！　あいつ、たった一度勝っただけで私に何でも要求できると勘違いしてるんじゃないの？」

気まずさを誤魔化《ごまか》すように私は独り言を口にすると、

「落ち着いたら出るわよ。私の車で家に送ってあげるくらいのことはするわ……姉妹弟子《しまいでし》が世話になってるみたいだから」

膝を抱えて泣き続けてる鹿路庭にそう告げた。

「うぐっ………うぐっ………」

「ハァ……どうぞごゆっくり」

溜《た》まってる仕事でも片付けようとタブレットを起動させたところで、ようやく鹿路庭が鳴き声以外の言葉を呟いた。

「………ねえ」

「ん？　やっと帰る気になった？」

「あんた女流棋士やめるつもりじゃないよね？」

っ……！

いきなり芯《しん》を食った言葉を放り込まれて感情が顔に出てしまったかもしれない。涙に濡れた鹿路庭の瞳《ひとみ》が、強い光を宿す。

賭けのことをあいが言ったんだろうか？　もしかしてあいつ、最初から私たちを二人きりにするつもりで？　だったら変に言い訳するよりも本当のことを言ったほうがいい……。

「約束。憶《おぼ》えてる？」

そんなことを考えていると、鹿路庭は私の目を真《ま》っ直《す》ぐ見たまま、

「初めて対局したあの日。私はあんたにこう言ったんだ――」

それはマイナビ女子オープンの一斉予選でのこと。

あの時の言葉を繰り返す鹿路庭の声と、心の中で唱える私の声が、重なった。

『いつかあんたが年を取って弱くなった時、今より強くなった私と戦うの。三十年後か、四十年後か……もっと後かもしれないけど、それまで将棋界《ここ》で踏ん張ってやるんだから』

憶えている。

というか……忘れるわけがない。

あの日に指した将棋の棋譜も全部憶えている。

それほど印象的な一局だった。

あの将棋で、鹿路庭珠代という棋士の評価が一変したのだから。

そういう将棋は人生でもそう出会うことがない。

そしてそれは、鹿路庭にとってもそうみたいだった。

「私はずっと忘れない。こういうの、負けた側はずっと憶えてるもんだから。あんたは勝ちっぱなしでそういう気持ちを知らないかもしれないけど……」

「知ってるわ」

タブレットに表示された企画書に目を落とす。

一枚目は、椚創多と名人が初めて盤を挟む星雲戦準決勝の生放送のためのもの。あいとの対局の視聴率は予想を遙かに超えるもので、続編の制作が決まった。

それからもう一枚は……まだ書きかけの、仮の企画書。

そこにはもし星雲戦決勝で九頭竜八一と椚創多が当たった場合の、解説者と聞き手の候補が記されていた。

「私もあいも、最初から負けていた側だったのだから」

いちばんつらい負けを心に刻んだまま、私たちは前に進む。

目的地は違うかもしれない。

けど……途中までは、一緒に行けるはずだから。

☗兄弟子

四階のエレベーター横にある長椅子《ながいす》で一時間くらい粘ってると目当ての人が現れたから、オレは立ち上がって声を掛けた。

「兄貴！」

「燎か。どうした？」

坂梨澄人《すみと》四段はロッカーからスマホを取り出し、メールをチェックしながら、意外そうにオレの次の言葉を促す。

うちの一門は師匠の方針で目上のことは「兄さん」とか「兄貴」と呼び、目下のことは名前で呼び捨て。そんな棋風がオレに合ってた。古き良き家族的な繋《つな》がりってやつさ。

ただ、師匠はこうも命じた。

『群れるな』。

ゆえにオレら風張《かざはり》一門は独立独歩。たとえ気の合う相手でも、集まって一緒にお勉強したり、誰かの真似《まね》をするようなこともない。

それぞれがプライドを持って将棋に向き合ってる。

自分が一番強い、ってな。

だから――

「兄貴……頼みがある」

オレがこれから兄弟子にお願いすることは異例中の異例だ。

「何も聞かずに将棋を教えてくれ」

「断る」

ノータイムだった。こっちを見すらしやがらねぇ……。

とはいえオレも恥を晒して頼んでんだ。簡単に引き下がれっかよ！

「自動車学校の教科書をタダでやったろ？　オレの紹介で入学金も安くなったし、その車校で彼女も出来たって聞いたぜ？　全部オレのおかげじゃん！」

「あの落書きだらけの教科書にはちゃんと金を払ったし、紹介料をお前も受け取ったはずだ。あと恋人ができたのは――」

そこまで言って兄貴はようやくオレの顔をまじまじと見る。

「って、おい。お前それ誰から聞いた？」

「師匠」

「お喋りジジイ……」

おいおい師匠をジジイ呼ばわりはやべーだろ。オレもたまにそう呼ぶけどさ。

「とにかく将棋を教えるのは断る。借りがあろうが無かろうが関係ない。理由はお前が一番よくわかってるだろ？」

「オレが……弱いからか？」

「そうじゃない」

エレベーターのボタンを押す直前で動きを止めると、兄貴はスマホをポケットに滑り込ませながら長椅子に座った。

「お前には既に一度将棋を教えた。奨励会時代、ぜんぜん勝てずにいたお前のことを心配した師匠が俺《おれ》に命じたからだ」

オレは立ったまま話を聞く。それが礼儀だ。人に物を頼む時の。

「……兄貴には申し訳ないと思ってる。せっかく時間を割いてくれたのに、一度教わったことを忘れたりしたから……」

「それも違う。まだわからないのか？」

兄貴はオレを下から睨み付けると、

「あの頃、お前は俺の教えを受け容れようとはしなかった。何故か？　それは自分に自信があったからだ。奨励会員に過ぎなかった俺の才能を見切り、自分のほうが才能では上だと考えたからだ」

「……」

「奨励会退会後もお前は棋風を変えようとはしなかった。それは別にいい。女流タイトルを保持し続けてる今のお前に教えられるようなことは、プロ棋士とはいえフリークラスからようやく這い上がったばかりの俺にはない。年収だってお前のほうが上だろう」

オレは……何も言えなかった。

兄貴が言ってるのは全部正しいからだ。ぐうの音も出ねぇほど……。

「つまりだ。あの時以上にお前が俺から何かを本気で教わるとは思えないし、俺自身もあの時みたいに自信家じゃなくなったのさ……人に将棋を教えられるほど」

兄貴は変わった。

奨励会時代は尖《とが》ってて近寄りがたかった。自信が鼻に付いたから、オレも敢《あ》えて教わったこと逆のことをしてやった。

ああ。わざと怒らせたのさ。ムカついたからな。

けどプロになってからの坂梨澄人はまるで別人だ。

いや……正確には最後の三段リーグの途中から変わった。オレに自動車学校のことを相談しに来た時の雰囲気は、何て言うか……謙虚。そう。謙虚になってたんだ。

それが将棋にどう影響してるかは正直わかんねぇ。

ただ一つだけわかるのは、坂梨澄人がそこから三段リーグで十四連勝したってこと。

そしてフリクラとはいえプロになって、おまけにプロを相手に勝ちまくってるってこと。誰も止められなかった雛鶴あいの連勝も止めたってこと。しかも居飛車を指して。

オレにとって一番大事なのはその事実だ。

「………最近さ」

「あ？」

「対局の前に必ず同じ夢を見るんだ」

「夢………だと？」

万智と一緒にいれば。寝る前にジャンプを読めば。そんな対策をすればもう見ずに済むかと思ったが。

けどやっぱりまた見ちまったんだ。

「奨励会最後の対局の夢。必ずオレが負ける夢」

「ッ⁉　……燎、お前………」

「負けてから、オレは幹事を探してこの将棋会館の中を歩き回るんだ。けど誰もいねぇし……どこにも辿り着けねぇ。誰もいねぇ将棋会館から永久に出られねぇ。そんな夢だよ」

「…………」

最初こそ兄貴は驚いた顔をしてたが……それが次第に疑わしそうな表情に変わる。

そりゃそうだろう。

フリクラを抜けた後のインタビューで兄貴はこれと全く同じ夢の話をしてた。つまりオレたちは同じ夢を見てたってことになる。

そんな偶然あるか？

オレがその夢を見るようになったのは……あのガキが女流名跡の就位式でプロ棋士全員を相手に喧嘩を売った日からだった。

そして兄貴も同じような夢を見たと知った時、オレはこう思った。

いいいいいいいいい。

オレと兄貴だけじゃない。

そうさ。これは偶然なんかじゃねぇんだ。

きっと、もっとたくさんの連中が、同じような夢で苦しんでる。

奨励会を退会した人間は今も苦しみ続けてる。

兄貴は奨励会を抜けられたが、最初はそのことを知らなかった。退会した人間の気持ちを味わった。

じゃあオレたちはずっと同じ夢を見続けなくちゃいけねぇのか？

何の罪があってこんな苦しみを味わい続けなくちゃなんねぇんだ？

弱かったから？

才能が無かったから？

もっと努力しなかったから？

奨励会に年齢制限があるのは早いうちに諦めて別の道を探せるようにっていう親心らしい。けど諦めて別の道を進んだところで、こんな夢に一生苦しむんだとしたら……それは果たして救いなのか？　別の救いが必要なんじゃねぇのか？

「……確かにあの頃のオレは傲慢《ごうまん》だった。その理由は、自分の力で奨励会を突破できないなら意味はねぇって思ってたからだ」

九頭竜八一や神鍋歩夢を追いかけて奨励会に入った。

プロになりたかったからじゃない。

あいつらより下になるのが嫌だったからだ。追い抜かれた自分を認めたくなかったからだ。

「けど今は違う」

「違う？　何が？」

「今度は………自分だけのためじゃねえから……」

「何だと？」

「お願いします！」

長椅子に座った兄貴の前に膝を突くと、オレは対局開始の時にもしないくらい深々と頭を下げる。

「オレはプロに勝ちたい！　勝たなきゃならねぇんだ！　奨励会で勝つには奨励会に適したやり方ってのがある。プロの舞台で勝つにもそのための方法ってのがあるんだろ？　それを教えてほしいんだよ！」

「…………」

「頼む！　この通りだ！」

雛鶴あいはもう、総会まで公式戦でプロに勝つチャンスはない。

けどオレにはその機会がある。

仮に今度の総会で編入試験が否決されても、次はオレが発起人になればいい。始めたのが雛鶴あいでも、それは同時に……月夜見坂燎《オレ》のためでもある。

十一歳で全盛期だ？　冗談じゃねぇ！

今のオレはもっと強ぇ！　これからもっともっと強くなれるんだ‼

「……自分だけのためじゃない、か………………」

歯を食いしばって頭を下げ続けるオレに、兄貴は言った。

「公共放送杯の収録はいつだ？」

「一週間後……」

「相手は？」

「東大」

「二ツ塚《ふたつづか》四段か……強敵だぞ」

「知ってるよ。同級生だしな」

だからこそやりにくい。オレを追い抜いていった相手だから………………ん？

「って、兄貴⁉　まさか――」

「時間の使い方から変えることになる」

教えてくれるのかと尋ねようとするオレより早く兄貴が言った。

「戦型《せんけい》の流行だって違う。女流棋戦で勝てなくなるかもしれんぞ?」

「覚悟の上だよ」

「正気か? タイトルを失うかもしれないんだぞ?」

「それでもいい! プロに勝てるなら!」

「三日間」

「え……?」

右手の指を三本立てて兄貴は言った。

「今から三日間、師匠の家で稽古《けいこ》を付けてやる。延長は無し。途中で一度でも気の抜けた手を指したらそこで終わりだ。それでもいいなら今から行くぞ」

「兄貴……!!」

「行くぞ。時間を無駄にするな」

改めて頭を下げようとしたオレを止めると、兄貴はさっさと立ち上がってエレベーターの前に立つ。

その隣に並んで立ちながらオレは言った。

「ところでさ。どうして急に教えてくれることにしたんだ?」

「俺よりもプロになるのにふさわしい人がいるからさ」

「はぁ？」

「雛鶴さんにも鏡洲さんにも……俺はいつも勝たなくてもいいところで勝って、正しい運命を歪《ゆが》めてきた。どうも俺は余計なところで勝つようになってるらしい」

本気なのか冗談なのか。

兄貴はどっちとも判断の付かない顔でこう言った。

「だからお前に勝ってもらって、運命を正しい方向に戻す」

☖野良犬

収録日はあっという間に来た。

放送するのは日曜だが、収録は水曜だ。当たり前か。小学生が将棋大会に出るんじゃねえんだから……。

「よう東大」

「ああ……久しぶり」

出演者控室に入ると、先に来てた二ツ塚未来四段に挨拶する。

お互い東京出身の同学年。将棋を始めた年齢も同じくらいだから、小学生の頃から将棋大会や道場で顔を合わせてた仲だ。

そもそもこいつとは関東研修会で一緒だった。

当時の対戦成績はオレの圧勝。はっきり言って眼中になかった。

オレが女流棋士になって一年後くらいに研修会でAクラスになり、編入で奨励会に入ったクチだ。

女流棋士として公式戦に出るオレの記録係をしたこともあった。

オレのことを「先生」と呼び、お茶を出し、対局が終われば棋譜用紙をコピーして盤駒を片付ける……奨励会員の修業としてやってるだけのことなのに、オレはこいつより遙かに強くなってた気になった。

そしてオレが調子に乗ってるあいだに……棋力は逆転した。

今ならわかる。

こいつがしてきた努力の濃さが。

こいつが小学校時代に目立たなかったのは、将棋以外にも山ほど習い事をしてたから。九頭竜八一や神鍋歩夢に昇段スピードで及ばなかったのは、将棋一本の連中より学校が忙しかったから。将棋以外の目標に対しても妥協を許さなかったから。もちろん将棋にも。

『天才』とか『地頭がいい』とかそんな言葉で片付けるのは失礼だぜ。

才能は錆《さ》びるが、積み上げた努力は決して色褪せない。

だからオレはクズや歩夢なんかより、この二ツ塚未来みたいなヤツと当たりたくなかった。

——……おいおい。対局前に相手を尊敬すんなよ。

坂梨の兄貴が五日間でオレに叩き込んでくれた、対プロ棋士の極意。

それを思い出して気持ちを奮い立たせる。

東大のことばっかに気を取られてたが……狭い控室の中にはもう一人、プロ棋士がいる。

解説の於鬼頭《おきと》玉将だ。

東大がこのパソコン博士と研究会をやってるのは有名な話だし、女流玉将のオレとも『玉将』繋がりってことなんだろう……実際のトコほぼ初対面なんだが。

「……………おい。東大……」

「……なんだ？」

「……あの話はマジなのかよ？　そこのパソコン博士が…………雷の父親だってのは……」

「事実だ」

「「ッ……!!」」

聞こえねーように声を潜めてたのに、パソコン博士はバッチリ聞いてやがった。

おまけに立ち上がってこっちに寄って来る。

——怒られるか!?

さすがにビビッてたオレに蜘蛛みたいに細長い右手を差し出すと、雷のパパはこう言った。

「娘から月夜見坂君のことはよく聞いている。女流棋士の中でも特に仲良くしてもらっていたと。親友だそうだね？」

「アッハイ」

どうしてそんなことになってんだ⁉

雷とは罵り合いこそすれ仲良くしたことなんて一秒もねーんだけど⁉

「おかげさまで治療の効果もあり、最近は娘も元気になってきている。とても素直ないい子になったので今度ぜひ他の女流棋士のお友達も連れて家に遊びに来てくれ」

雷にお友達なんているわけねーだろ。

……ヤベェ。思わず本当のこと口走りそうになったわ……。

しっかし………あの雷が、いい子になっただぁ？　マジで言ってんのか？　東大に視線で尋ねようとすると急に『今日はどんな戦型にしよう……』みたいな話しかけづらい雰囲気を出してずっと下向いてやがる。オイ逃げんなよ！

気になったから質問したのに……もっと気になるじゃねーか！

「ご歓談中失礼します」

やたらガタイのいい強面のディレクターが入って来て、こう言った。

「皆さん。そろそろ収録室へどうぞ」

フランケンシュタインみたいな面構えのディレクターは収録室に入る前からずっと、無言でプレッシャーを掛けてきてた。

『千日手《せんにちて》にはするなよ？　わかってるよな？』

実は公共放送杯は一日に二本収録する。オレの対局は一本目なので、収録が長引けば……あとは言わなくてもわかるよな？

そもそもテレビ業界ってのは時間にうるさい。

こっちのことはさんざん待たせるくせに、少しでも自分たちの立てた予定通りに進まなかったらガチ切れする。だから苦手なんだよな……。

そんなことを考えてると、またディレクターと目が合った。

『時間は守れよ？　な？』

実際に言われてるわけじゃねーし、遅刻常習犯の被害妄想かもしれねぇ。

でもオレのことを一番警戒してんのは間違いない。

だってずっとオレのこと見てるし！

「最初にコメント撮りを行います。それぞれ一分程度でお答えください」

でた。

公共放送杯の目玉、対局前コメントだ。

ある意味、将棋の内容より注目される。だからネタに走るプロ棋士もいて、それで人気に火がつくような場合もあった。

まずは東大から。

「先手となりました二ツ塚未来《みらい》四段です」

聞き手をやってる将棋アイドルとやらが定型文の質問をして、東大がカメラの前でそれに答える。

「月夜見坂女流玉将の印象はいかがですか？」

「はい。月夜見坂さんとは研修会時代に対局したことがあって――」

事前に考えてきたんだろう。

東大はスラスラと喋り始めた。

「その時は全く歯が立ちませんでした。彼女の指す華麗な空中戦に憧れて、真似をしたこともありましたけど……自分には全く指しこなせませんでした。とても才能のある人だと思います。翼を持って生まれたような人だと」

「本局への意気込みをお願いします」

「奨励会に入ってからは自分に合った戦法を見つけてコツコツやってきました。努力が才能に勝ることを、この将棋で証明してみたいと思います。尊敬する於鬼頭先生にご解説いただける貴重な機会でもあります。いい将棋を指したいです」

さすが優等生。まるでお手本みてーな意気込みだ。

思わず拍手しちまったよ。立派になりやがって。泣けてくるぜ……。

「オーケーです！　時間ピッタリです！」

ディレクターも笑ってやがる。でもあの顔は爆弾岩にしか見えねぇな。

さて。

次はオレの出番だ。

「ふぅ――――……………………」

さすがに緊張するわ。

全国放送だからってわけじゃない。

「後手の月夜見坂燎女流玉将です。二ツ塚四段の印象はいかがですか？」

「…………」

一瞬、言葉に詰まった。

さっきの東大のコメントを聞いて、今から自分がやろうとしてることが……本当に正しいことなのか、揺れていた。

その時。

耳の奥で坂梨の兄貴の言葉が甦る。

『お前はそのままでいい』

兄貴は五日間、それだけを繰り返し繰り返し言い続けた。

細かなテクニックを聞きたがるオレをこっぴどく負かしながら、ただひたすらこう言い続けた。

『フラフラするな。流行を追おうとするな。他人を羨むな。お前の才能はズバ抜けてる。空中戦で勝負しろ。ようやく環境《じだい》がお前に追い付いたんだ。そのままの自分を貫けよ！』

——さんざん負かしながら言うことかね？

勝たせてくれて自信を持たせようとするならわかるけど……そのうち奨励会を退会した他の兄弟子たちも押しかけて来て代わる代わるオレの相手をした。こっちは一人だから寝る暇もねぇ。『群れるな』とか言ってた師匠まで一緒になってオレに指導対局を始めたのは参ったぜ。ジジイ張り切りすぎだろ。引退したのに何であんな強ェんだよクソ！

ようやく勝てたのは五日目の夕方になってからだった。

「努力だぁ？」

犬のように牙を剝き出しにして嗤うと、オレは吠えた。

「ハッ！　努力すりゃ勝てるならみんな一等賞だろ。大事なのは才能だよ、さ・い・の・う。東大に通ってんのにそんなことも知らねーのかバアアアアアアアアアアアアアアアカッッ‼」

「ひっ……」

近くにいた将棋アイドルは怯えきってる。半泣きだ。

「で、では……あの、本局への意気込み——」

「優勝してやるよ」

「へ……？」

「おい聞け。プロ棋士ども」

ギリギリまでカメラに詰め寄って睨み付ける。

「女子小学生相手に随分と負けてるそうじゃねーか。何連敗だっけ？　十三？　十四？　しかも自分たちじゃ勝てねーとなったら、プロになりたての中坊に止めてもらって、それでホッとしてるのか？　ふざけんじゃねーよテメェら揃いも揃って中坊以下ってことだぞ？　わかってんのかァァん？」

今はただ、吠えるだけの野良犬だ。

けど負け犬よりはいい。

飼い慣らされ、小さな檻の中でボスみたいに振る舞う。今までのオレはそんなペットに成り下がってた。

「雛鶴あいが負けたからって安心してんじゃねーぞ？　あのガキを潰したところで今度は奨励会を6級で退会したこのオレが！　勝って、勝って、勝ちまくって認めさせてやるよ！　優勝したときテメェらがどんなツラすんのか楽しみだぜ!!」

首輪を外し。

鎖を引き千切り。

オレは一匹狼へと戻っていく。絶滅した狼を目指す野良犬でもいい。これは群れから離れる決別の儀式だ。

吠えながら、なぜか雷の顔が浮かんだ。

――ああ……そっか。

於鬼頭のオッサンがオレと雷を仲良しだと勘違いした理由がわかった。

雷は別に、相手を罵ったり煽ったりしてるわけじゃなかったんだ。単にアイツは自分に正直なだけで…………同じ匂いを感じてたんだろう。

この収録が終わったら万智を誘って会いに行ってやるぜ！

「それがイヤなら死ぬ気で潰しに来るんだなぁ‼　この月夜見坂燎サマが全員返り討ちにしてやんよッッ‼」

おっ立てた親指を逆さにすると、そのまま首を掻ッ切るポーズ。

舌を出し、牙を剝き出しにして、オレはカメラの前に立ち続けた。

編集点が必要だからな。

「前代未聞すぎる…………それでこそ《恐怖の赤髪》。最高だな」

東大がニヤニヤしながらこっちを見てやがる。チッ……だから幼馴染みってのはイヤなんだよ。煽られてんだから怒れよバーカ。

スタジオ内には沈黙が流れていた。

みんなが待っているのは、責任者であるディレクターの判断だ。

「……………………………………」

そのディレクターは目を閉じて、腕組みをして、考え込んでる。東大の時とは明らかに違う反応だった。ま、普通に考えたらあんなもん放送できるわけがねーわな。

リテイクか？

もしそう言われても応じる気はなかった。

あれがオレだ。

やがて目を開くと、ディレクターはこう言った。

「……いい意気込みでした。最高です！」

ハァ？

あれで…………オーケーってか？

「ただちょっと時間オーバーですけどね」

「どーせ編集するんだろ？　カットしても尺が足りるように撮れ高をくれてやったんだよ」

「編集？　まさか！」

ディレクターはオレの言葉を笑い飛ばすと、

「対局の部分を削っても、今の意気込みは絶対に削りません。一秒たりともね」

「っ………‼」

時間オーバーしてでも全部流す。公共放送で。つまり……その価値があると言っていた。

世に問う価値があるんだと。

『お前こそ、その覚悟はあるんだろうな？』

そう……言われてる気がした。

「しかもこの対局が放送されるのは臨時棋士総会の前日です。反響が実に楽しみですよ！　総会の結果がどっちに転ぼうとコメントをいただくことは可能ですか？」

「…………………まあ、いいけど…………」

ちょっと複雑な気持ちだった。

こっちは煽ってやろうとしてんのに、みんな妙に理解ある風な態度取りやがって……こっちはせいぜい悪ぶってんだからもっと怒れってんだ。クソッ……。

「……変わってんな。アンタ」

「婚約者にいつも聞かされてますから。『燎ちんは何するかわかんないし』って」

婚約者だぁ？

てか、オレのことを燎ちんなんてフザけた呼び方するヤツは一人しかいねぇ。

「まさか、そいつは――」

「恋地綸ですよ」

だからオレが何かしでかすだろうと楽しみにしてた。

ディレクターはそう言って笑った。爆弾岩にしか見えなかった。

「そうそう。綸はこうも言ってました……『あの子ほど仲間想いの子はいないし。バレバレなんだからもっと素直になればいいのにね？　だし』とね」

「…………………」

「さて！　時間が押してるんで対局に行っちゃいましょうか！」

止まっていたスタッフたちが動き始める。

「最高の将棋をお願いします！　さっきみたいに熱い一局を‼」

……ああ。やってやる。

放送時間を延長したくなっちまうくらい、ハチャメチャな将棋を見せてやる。東大の背中をバチンと叩くと、オレたちは光に照らされた盤に向かって歩き始めた。

肝心の対局はどうなったかって？

……悪ぃな。

テレビ棋戦の対局結果は、放送日まで秘密だからよ！

外出許可

「八一……声がガラガラじゃない」

指輪を直しに行くその日。

早朝から銀子ちゃんを家まで迎えに行くと、俺のほうが逆に心配されてしまった。

「風邪？　お医者さんに診てもらう？」

「大丈夫だよ。単に喉が枯れただけだと思うから」

銀子ちゃんは珍しくソワソワした様子だ。無理もない。一年近くも療養施設で暮らしていたんだから、街に出ることに不安もあるだろう。

けれど同時に俺と出かけることを楽しみにしていてくれたようで……こうして着飾った姿を見るのは幸せだった。

どうしても顔がニヤける俺の喉に、銀子ちゃんは心配そうに手を添えた。

「なんで急に声が枯れたの？」

「いっぱい喋ったからじゃないかな」

のど飴《あめ》を口に放り込みながら俺は答える。

「しばらくコンピューターとばっか将棋を指してたからほとんど声を出さない日もあったんだけど、最近は人間との研究会も再開したし」

「ふーん…………………………誰と？」

確実に何かを疑っている目だった。

……喉に当てた指に、いつのまにか力が入っている。

感じる……命の危険を……！

──まさかJS研も復活させたとは言えないよな……。

綾乃《あやの》ちゃんとシャルちゃんは休日には欠かさず通ってくれている。

さすがに平日まで京都から関西将棋会館に来るのは大変だから止めたけど、俺が止めなきゃ毎日通って来そうな勢いだ。

「あ、相手を限定しない研究会なんだよ。誰でもウェルカム！」

「そんな時代に逆行したような研究会をわざわざ開いてるの？」

「時代に逆行……ってわけでもないと思ってるんだ。俺は」

「……？」

「とにかく喉のことは心配しなくていいよ。病気とかじゃないから」

本当は他にも理由がある。

けどそれは銀子ちゃんに言う必要のないことだ……いずれわかるだろうし。

「私なら別にいいから、今日は病院に行くのでもいいのよ？　どうせ暇だし……」

と、家の中に引っ込もうとする銀子ちゃん。

俺のことを心配してくれてるのは本当だろう。

けど一方で、街に出ることを怖がってもいる。そんな様子だ。

「痛みも無いし本当に大丈夫だって」

「でも来週は星雲戦の決勝があるし……相手は名人か創多《そうた》なんでしょ？　万全の体調でも勝てるかわからない相手なのに……」

「むしろそっちを見てくれてたことが嬉《うれ》しいよ！　やりがいがあるなぁ！」

「あ………それは……」

「私がチェックしてるのよ」

口ごもる銀子ちゃんに代わって答えたのは、玄関まで出て来たお母さんだった。

「決勝進出おめでとう。私は将棋はわからないけど、準決勝も圧勝だったんでしょ？　ネットで評判になってたわよ。ほら」

「や……やりがいがあります……！」

婚約者の親に仕事のこと褒められるのって何だか緊張するしネットの評判とか見られるのも正直困る！　お母さんがスマホで見せてくれてるネットニュースのタイトル『世界で一番将棋の強いロリコン、棋戦初優勝に王手。冴え渡る変態将棋』だし！　それフェイクニュースですからね⁉

前回お母さんに会ったときの約束……銀子ちゃんにプロポーズした時の約束を、俺はまだ守っていた。

公式戦で誰にも負けていないのだ。

何の自慢にもならないが、これまで俺は連敗記録はけっこう出してる。

一方で連勝はあまりしたことがない。

それというのもデビュー後すぐタイトルを獲ったことで予選が免除されるようになり、弱いまま強豪と当たって負かされていたからだ。

けどようやく連続して勝てるようになってきた。

タイトルに見合った実力を備えたことに加えて……勝つための理由を手に入れたから。

「好調のようね？」

「はい！　約束通り、強いところをお見せしますよ」

「頼もしいわ」

銀子ちゃんのお母さんは俺の耳元に顔を寄せると、

「………今回の外出が上手《うま》くいったら次は外泊の許可もあげる。上手くやりなさい」

「っ⁉」

が、がいはくっ……‼

外出の許可が出ただけでも嬉しいのに、外泊についても親御さんの許可を早くもいただいてしまった……だと……⁉

やべぇ……非モテだから外泊と言われても具体的なプランが全く浮かばねぇ……。

「ちょっと。八一」

「ふぉ⁉」

「顔がデレデレしてるわよ」

ちょっとムスッとした顔で銀子ちゃんが俺の服を引っ張った。

「何を話してたの？」

「え⁉　いや、えっとぉ………」

「私に言えないこと？　お母さんには言えるのに？　もう浮気《うわき》？」

「う、浮気って……」

あなたのお母さんですよ……⁉

「くれぐれも門限に気を付けなさいと言ったのよ」

実の母親にすら嫉妬《しっと》する娘に対して、銀子ちゃんのお母さんはいつもの無気力な表情のままこう言った。

「外の世界には楽しいことがいっぱいあるんだから。将棋以外にも」

第五譜

〇神童対神童

遂にこの人と戦う日が来たと知った時、師匠は泣いた。

両親は異常にソワソワして落ち着きがなくなり、同居してるおじいちゃんは吉野山《よしのやま》で葛《くず》を掘ってきたし、おばあちゃんはそれを臼《うす》で挽《ひ》いて粉にして葛餅を作った。

ぼくのためにじゃなく、名人に渡してほしいって……。

『対局相手にプレゼントなんてできるわけないでしょ?』

やんわり諭しても、おじいちゃんたちは納得しなかった。

それどころかおじいちゃんは『実はな、創多《そうた》……』と、こんな告白までしてきた。

『名人が不調の時、米と味噌を贈ったことがある』って……。

どこまでファンなんだよ!

二八連勝で日本中を騒がせていた時よりも、ぼくの周辺はザワついている。これがスーパースターと戦うっていうことなんだと実感した。

そんなスーパースターとこれから盤を挟む。

さすがのぼくも緊張して、駒を並べるあいだずっと俯《うつむ》いていた。

「それでは名人の先手番《せんてばん》で対局を開始してください」

記録係の合図で星雲戦準決勝の幕が開く。

「……よろしくおねがいします」

礼を交わしてから、ぼくはようやく顔を上げて、その人の姿を見た。

独特の、上体を捻《ひね》るようなフォームで駒を盤に打ち付ける名人の姿は確かに美しくて、圧倒される思いがした。

ただそれも、最初の数手だけ。

すぐにぼくは盤上に集中する。

「矢倉《やぐら》……」

初手《しょて》に角道を開けた名人はその狙《ねら》いを隠さない。

予想していた戦型《せんけい》の一つではあった。

八一《やいち》さんと神鍋《かんなべ》さんのタイトル戦でも矢倉はテーマになったし、名人は神鍋さんの研究パートナーとして封じ手の練習にまで付き合ったらしい。

その意図を、ぼくなりに解釈すれば――

「……あなたの強さの正体、ぼくは知ってるつもりです」

相手に聞こえるか聞こえないかくらい小さな声でぼくは囁《ささや》く。

べつに聞こえなくてもいい。

何かずっとブツブツ呟《つぶや》いてる変な子供だなくらいに思われてもいい。そういう人この業界に多いから、別に疑問も持たれないだろうし。

「どんな戦型にも対応できる真のオールラウンダー。居飛車《いびしゃ》しか指さないソフトが最強だと証明された後もまだ、その姿勢を貫いてる。そしてそのスタイルは、あなたの後に生まれたプロ棋士たちに今なお大きな影響を与え続けている……」

全冠制覇を果たした姿を見た子供たちが今、中堅プロとして将棋界を支えている。

その人たちにとって名人こそが最強で理想なのは何があっても変わらない。何歳になっても子供が母親を慕うように。

「わかりますか？　あなたが人類の将棋を歪めていいんです」

人類がソフトに完膚なきまでに敗北しても、この名人が人類最強と思われている限り、人間はこの人のスタイルを目指し続けてしまう。

伝説という名の呪縛《じゅばく》だ。

「あなたがいる限り将棋界は古いままだし、八一さんは足を引っ張られてしまう。せっかく人類を超越しかけたのに……」

だから――――と、ぼくは引き角にした大駒《おおごま》に指を掛ける。

「今日でそれを終わらせます」

角を飛び出して牽制すると、名人の角も同じように飛び出して来た。前例通りの展開だ。

――この人は『死亡フラグ』をまだ知らない。

それさえ確認できれば怖いものはない。

ぼくは当然、角交換に応じる。

ようやくワクワクしてきた。

角交換したことでお互いの駒組みに制約が加わる。

双方が5筋の歩を突き合ってるため、まずそれで生じる隙をケアする必要があった。開戦はさらに先延ばしにされ、互いに自陣を整備する……。

必然的に局面は膠着《こうちゃく》した。

「ま、こうなりますよね。ぼくとしてはこのまま千日手《せんにちて》でも大歓迎なんですけど……テレビ棋戦だと味が悪い。でしょ？」

名人は1筋に角を打ったり、中央にスライドさせた飛車をいきなりドカンとぶつけてきたりと大駒を駆使して揺さぶりを掛けてきた。

けどせっかく手持ちにした角を手放しただけの戦果は生み出せない。

「お得意の魔術《マジック》は不発ですか？」

今度は聞こえるように顔を上げてぼくは言う。

そして盤上に手を伸ばすと、

「じゃあ、代わりにぼくが出してあげます！」

名人の手つきを真似《まね》して、その駒を動かした。

「こんなにあっさり終わるものなのか……」

指輪を買ったジュエリーショップに銀子《ぎんこ》ちゃんと一緒に行った俺《おれ》は、サイズを直す手続きがものの十五分で終わってしまったことに愕然《がくぜん》としていた。

一方、銀子ちゃんは「こんなもんでしょ」と落ち着いた様子。

「その場で指のサイズを測って、後日引き取りに行くだけだもん」

「うーむ……かなり時間が余っちゃうなぁ」

別の指輪を選ぶかどうかも聞いてみたけど、銀子ちゃんはノータイムで「これでいい」とのお答え。

八一が自分で選んでくれた指輪が一番好き——とまで言われてしまえば、こっちとしてはもう何も言えない。好き！

って、ノロケてる場合じゃない。

この後のプランをどうするか考えなくちゃ……本当ならホテルのレストランとかで豪華なランチを楽しむ予定だったけど、開店まで一時間以上ある。

当てもなく街を歩きながら俺は傍《かたわ》らの婚約者に尋ねた。

「どう？　体調は？」

「ふつう」

ほぼ一年ぶりに街を歩く銀子ちゃんの声は、少し弾《はず》んでいる。

家からの移動は大事を取ってタクシーを使ったけど、足下がフラつくとか息切れがするとかも全くない。

帽子とマスクをしてるせいで表情はわからないけど、声の調子から判断するに……本当に普通って感じだ。

——よかった。元気そうで。

このぶんなら遠からず普通の生活に戻ることができるかもしれない。

過度な期待は禁物と自分を戒めつつも……未来への期待は膨らんでいく。

とはいえ今は次の予定を立てるのが先だ。

「と、とにかくどこか個室のある店に入ろう！《浪速《なにわ》の白雪姫》がこんなとこ歩いてたらネットでニュースになっちゃう……！」

店を出たはいいものの、ここは梅田のド真ん中。

なんてったって人目があるのだ。

「最近は派手な髪の人も多いから私なんて目立たないわよ」

「目立つのは髪だけじゃないんだよなぁ……」

自分の顔や知名度には全く関心の無い子なのだ。そういうところも好きなんだけど。

「じゃあ、あそこに入ろ」

「……カラオケ？」

梅田界隈《かいわい》で個室を探そうとすれば必然的にカラオケボックスが一番確実で時間を気にせず居られる。

いられる……けど、一年ぶりのデートでカラオケボックスはどうなのよ？

渋る俺を銀子ちゃんは店に引っ張って行き、適当に部屋を選んで入った。よくカラオケボッ
クスで将棋を指してたから慣れたもんだ。俺は銀子ちゃんの好物であるたこ焼き（ソース増
量）を注文したり、銀子ちゃんの分のソフトドリンクも取ってきたりと、なるべく役に立つと
ころをアピールする。失点を取り返すんだ……！

そんな俺を見て、銀子ちゃんは全く嬉《うれ》しくなさそうにこう言った。

「気になるんでしょ？」

「ん？　何が？」

「下手クソよね感情を隠すのが」

それはお互い様だと思うんですが……。

銀子ちゃんは俺の向かい側ではなく隣に座ると、自分のスマホを横向きにしてテーブルの上
に置く。一つのスマホを二人で見る態勢だ。え⁉　カップルっぽい！　何が始まるんですか⁉

と、感動したのも束《つか》の間。

「八一もスマホ出して。棋譜《きふ》をそっちで見たいから」

もちろん銀子ちゃんは最初から歌なんて歌うつもりはないし、俺もだいたいその意図はわかっていた。将棋を見るのである……。

「こんなデートでいいのかなぁ……」

「どうせいずれこのスタイルに落ち着くんだから最初からこれでいいわよ」

そう言いながら銀子ちゃんは動画サイトを立ち上げた。

画面の中では見慣れた二人の棋士が対局している。

そう。

名人と創多の星雲戦準決勝がまさに今、行われているのだ。

勝ったほうが俺と当たるわけで、そりゃ気になる。

「時間を確認するフリとか店を探すフリをしつつこっそり棋譜を確認してたでしょ？　そういうの隠れてされるほうが目立つしムカつくわよ」

「バレバレでしたか……」

「もう戦いが始まってるわね」

自分が将棋を指すかのように前傾して銀子ちゃんが呟く。

そして器用に俺のスマホも操作して棋譜を初手から並べ始めた。

奇しくもその戦型は——

「先手《せんて》の名人が矢倉を指向して、創多も急戦矢倉でそれを迎え撃ったわけね……」

「そう。俺と銀子ちゃんが指した将棋と同じ。気になってデート中にこっそり見ちゃうのも仕方ないでしょ？」

「それはない」

ですよね。

「……あれ？　でも現局面は名人が攻めて、創多が受ける展開だったわよね？」

中継動画と見比べて首を傾《かし》げる銀子ちゃん。

棋譜を進めていくとその理由が判明する。

「ご、後手《ごて》から２四の歩を突いて戦いを起こしたの⁉」

六〇手目。

膠着した局面で創多が選択したその手を見て、銀子ちゃんは絶句した。

「……なんで？　千日手にすれば先手番を奪えるのに……テレビ棋戦だからって遠慮するような子じゃないでしょ？」

同じような将棋を指した人が俺の目の前にもいると思うんですが……。

とはいえ創多の構想は、銀子ちゃんの指した矢倉ともまた違う。

「なるほど……２四歩で後手玉の守備力が下がったと見た名人は創多の玉を目標に攻める。が、逆にそれで後手玉の周辺にスペースができるから防御力が上がったと評価することもできるってわけか。やるな創多……」

「八一はこういう裸みたいな玉形でも大丈夫かもしれないけど、普通は嫌よ。玉頭に金まで打ち込まれてるのよ？」

「いや！　確かに際《きわ》どく見えるけど、守りの銀を餌《えさ》にしてこの金の位置をズラせば意外と耐久力のある構えをしてるよ。むしろ先手玉のほうが危険だと――」

そこまで言って俺は自分が創多を擁護してることに気付く。

かわいい後輩であることは確かだけど……。

「……俺は創多と公式戦で対局したことがまだ無いんだ。銀子ちゃんは奨励会で二局指しただろ？　あいつの棋風をどう見る？」

「最新の戦型に明るくて読みの速度と精度が桁違《けたちが》い。おまけに気分次第で未知の作戦を試してくるから事前に作戦を立てづらい。つまり強い」

「でも勝ったのは銀子ちゃんだろ？」

「一局目は指運《ゆびうん》」

即座に断言してから、銀子ちゃんは躊躇《ためら》いつつこう付け加える。

「二局目は…………不思議とそこまで差があったとは感じなかった。向こうの油断はもちろんあったんだけ――――」

スマホ画面に映る創多を見詰めながらそう語る銀子ちゃんの言葉が不意に途切れた。

次に創多が指した手を見た瞬間、俺と一緒に叫んだからだ。

「「ど⁉」」

9四桂。

創多が盤の端に打ち込んだ桂馬を見て、俺も銀子ちゃんも度肝を抜かれた。

「そ、そこに桂を打つの⁉　8五桂の間違いじゃない⁉」

「このド切迫した局面で先手玉をすぐ攻めるんじゃなく、一手溜《た》める………」

大半の棋士なら隣の8五に桂を打つ。

人間だけじゃない。コンピューターも8五桂打を最善手に示すだろう。

だが……《淡路》なら9四桂を打つという確信が俺にはあった。

『椚創多は死亡フラグに気付いてる。あいを虐殺することで八一に本気を出させようとしてるのよ』

天衣から告げられたその言葉が真実であれば…………この対局でも見せつけてくるはず。

その時、俺の腕をギュッと摑《つか》んで銀子ちゃんが叫ぶ。

「っ‼　名人が決めに行った……！」

残り時間を全《すべ》て投入して読みに読んだ名人は、歩を打って王手を掛ける。

この局面はもうどちらかが倒れている！

そして倒れていたのは――――名人だった。

「……こんなにあっさり終わるものなのね」

それまでずっと息を止めていたかのように大きく呼吸すると、銀子ちゃんはぐったりとした様子で俺の肩に頭を預けた。

俺はといえば婚約者のそんな行為に身体《からだ》は喜びつつも……心の中じゃ、冷や汗をかきっぱなしだ。

「名人は、多分……最後の最後まで自分が勝ちだと思ってたんじゃないかな……」

そうでなければ説明が付かない。

創多の桂打ちを見た名人は、後手玉目がけて歩を連打した。

そして『玉は下段に落とすべし』の格言通り、創多の玉を最下段まで追い詰めることに成功する。

ずっと目指していた局面を実現させたのだ。

しかしその瞬間――詰んでいたのは名人の玉だった。

「つまり創多は……相手の理想としていた最終形を、地獄に変えた……？」

「地獄を理想郷と思い込まされた……と表現するほうが正しいかも。２四歩と仕掛けた瞬間から最後まで、徹底して創多は自玉を囮《おとり》にし続けたからね」

「理想に誘導して……勝つ。まさに究極の毒饅頭ね……」

名人の理想とする局面を回避するのではなく、創多はそれを乗り越えた。

これほど象徴的な勝ち方も珍しいだろう。

将棋観の完全否定。

古い天才を、新しい天才が乗り越えた。世間はそう見做《みな》すだろう。

画面の中で、名人はしばらく言葉を発せずにいた。

対する創多は静かに俯いて、敗者が何か言うのを待っている。

俺はスマホの画面を落とした。その光景を見るに堪《た》えなくて。

古傷を抉《えぐ》られたからだ。

「……俺も名人に得意の一手損角換《いってぞんかくが》わりを指されてコテンパンに負かされて将棋観を否定されたけど、この否定のしかたも酷《ひど》い。終盤で自分を信じられなくなるから……」

こういう勝ち方をする存在を二つ知っている。

一つはコンピューター。

そして、もう一つは…………頭に浮かんだその存在を、俺は慌てて掻《か》き消した。

嫉妬《しっと》深い婚約者の前では口にしづらいから。

他の女の子の名前は。

〈剝がれる瘡蓋《かさぶた》〉

カラオケボックスを出ると、八一はボヤいた。

「一年ぶりのデートだったのに結局ほとんどネットで将棋を観てただけだったなぁ……」

「私はそれでも楽しかったよ」

八一が事前に決めてくれていたデートプランがあったっぽいけど、たぶんそのプランより楽しかったと思う。そこまで言うともっと落ち込んじゃうから言わないけど。

「年上の男として情けないよ……」

「仕方がないわよ。お互い将棋ばっかりしてて恋愛経験が乏しいもん」

「……女性経験の乏しさを喜ばれるのも男としてどうかと……」

「他に女がいることがわかったら別れるから」

一撃で愚痴を黙らせる。もちろん本気で別れるつもりなんて無い。

それどころか──

「創多の将棋を観て、何か感じるかと思ったけど…………私はずっと、八一の心配をしてた。今も八一に勝ってほしいと思えてる。全棋士参加棋戦で初優勝してほしいって」

「銀子ちゃん……」

「だからもう大丈夫」

後輩の創多に追い抜かれて、目標としていた八一との対局を実現された。そのことに対する焦《あせ》りや嫉妬は無い。不甲斐《ふがい》ない自分への怒りも今は前向きな気持ちに昇華できている。

だから……大丈夫。

「私は、八一のお嫁さんになれるよ」

指輪が入る予定の左手の薬指を太陽に翳《かざ》しながら、私は微笑《ほほえ》んだ。

そして八一は――

「優勝するよ」

そう言って私を優しく抱き締めた。

「勝って、銀子ちゃんを迎えに行く。一緒に指輪を受け取りに来よう」

「ん……」

幸せな数秒間を味わってから、私たちは身体を離す。

街中で抱き合うなんてメチャメチャ恥ずかしいことをしてしまった……。

「ら、ランチには遅いけど夕食にはまだ早いって感じの時間だなぁ！」

わざとらしくスマホで時間を確認しながら八一が言った。

「予定より少し早いけど……今日はもう帰る？　それとも、どこかでお茶でも飲んでから帰ろうか？」

「そうね……」

昔と同じように、私はこの大阪《おおさか》で息ができている。将棋のことを考えられる。

だから私は……もう少しだけ、欲張ってみた。

「『トゥエルブ』でダイナマイトが食べたい」

「っ……!!」

八一が大きく目を見開く。

心配そうに私の状態を確認してから、ニヤリと笑ってこう言った。

「………Cセットで?」

「うん。Cセットで」

それは、私があのお店でいつも食べる定跡《じょうせき》メニューだった。

馬蹄《ばてい》型のカウンターに八一と並んで、黙々と食事を掻き込む時間。次に指す将棋のことを考えながらのエネルギー補給はいつも、そんなに味がしなかった。

けど今……あの味が、とても恋しい。

八一と一緒に食べるならトゥエルブだと決めていた。

すぐにタクシーを拾うと、

「近くですみません。環状線の福島《ふくしま》駅までお願いします」

後部座席に滑り込んで八一が運転手さんにそう言うのを、私は両手をギュッと握り締めて聞いていた。

ここから連盟まで車ならすぐだ。

窓の外に見える景色は、私の記憶をどんどん鮮明にしていく。

トゥエルブのドアを押したときに鳴るカウベルの音が甦《よみがえ》る。無口なマスターは私を見てどんな顔をするだろう？　小さい頃《ころ》からずっと見守ってくれた守衛さんにも会えるだろうか？　職員さんたちにも迷惑を掛けたお詫《わ》びを言えたらいいなと思った。

そして。


茶色いレンガ風の外観が見えた瞬間――――私の心臓が大きく爆《は》ぜて、止まった。


「かっ…………⁉」

それまで正常にできていたはずの呼吸ができなくなって、私は両手で喉《のど》を掻きむしる。

む、むねが…………痛い…………‼

いきが、でき…………な…………⁉

「銀子ちゃん⁉　大丈夫⁉　銀子ちゃんッッ‼」

八一が叫ぶ。

私はブルブル震えていた。喉が裏返ったように引きつって声が出せない。呼吸もできない。

苦しい。

苦しい――

「運転手さん！　梅田に引き返してくださいっ!!」

タクシーはガード下でUターンする。

それでも私は怖くて怖くて後部座席で頭を下げたまま、ブルブルと震え続けていた。

「…………はぁ…………はぁ…………はぁ…………」

ようやく息ができるようになった頃。

タクシーはとっくに私の家の前に到着していた。

おそるおそる顔を上げた私に、八一が申し訳なさそうに言う。

「ごめん。俺がもっと気を付けるべきだった」

ちがう。

そう言いたいのに声が出ない。

八一は私の背中を優しく抱きかかえたまま、安心させようと必死に声を掛け続けてくれた。

「焦らず、ゆっくり慣れていけばいいよ。そんなに一度に欲張らなくたっていいんだよ」

「……」

大丈夫だと思ったのに。

将棋が指せるようになったのに。現実を受け容《い》れられたのに。

私には、まだ…………何かが足りないっていうの…………？

けど。

何よりもショックだったのは……自分の身体じゃなくて、心に問題があったとはっきりしたことだった。

──心だけは誰よりも強いと思っていたのに!!

幼い頃からこう思っていた。

弱い身体を、強い心で支えているんだと。弱虫な弟弟子を、私が引っ張っていくんだと。

「ゆっくりでいいんだよ」

八一の温かい右手が、冷え切った私の左手を包み込んだ。

「だからまた一緒に……………指輪を受け取りに行こ？　ね？　銀子ちゃん……」

うん、と言うかわりに私は八一の手を握り返した。

私が支えてあげるはずの手を。

☗聞き手のおしごと

「よっ！　あいちゃん今日は頼むで！」

「は、はいっ！　こちらこそよろしくおねがいしましゅ!!」

久しぶりに会ったおじいちゃん先生に向かって、わたしは深々と頭を下げる。

その反動で髪飾りと前髪が大きく揺れた。わわわ！

すかさず天《てん》ちゃんの注意が入る。

「……落ち着きなさい。ほら、頭を動かしすぎると髪のセットが崩れるから、礼は深すぎずって教えたでしょ？　晶《あきら》！　ヘアメイクを入れて！」

「あぅぅ……ごめん天ちゃん……」

星雲戦の決勝戦を控えた神戸サンサンテレビのスタジオは、わたしが出場した時よりも遙《はる》かにすごい緊張感が漂っていた。

呼吸をするのも憚《はばか》られるようなその空間で、解説役のおじいちゃ……清滝鋼介《きよたきこうすけ》九段はベテランのオーラを放っている。ように見える。

今も髪を直してもらってるわたしの緊張をほぐそうと扇子《せんす》で大袈裟《おおげさ》に煽ぎながら、ガハハと大きな声で笑っていた。

「メイクさん、次はわしのセットも頼むで！　これ、全国に流れるんやろ？　男前にしてもらったら再婚希望の女性が押し寄せるでぇ！」

「大師匠は顔の構造が乱れてるから、髪の乱れはそれほど気にならないわ」

「天衣《あい》ちゃんは相変わらず、わしに厳しいねぇ……」

「そう？　解説の仕事を振ってあげたじゃない」

「そこで恩を売るか？　弟子の大一番で駆り出されるのはだいたい師匠やないか」

「今日の対局は序盤は最新型の勝負になるし、終盤は間違いなく超絶技巧の応酬になるわ。あいがいれば終盤の解説は大丈夫だと思うけど、序盤は…………やっぱり私が自分で出ようかしら？」

「ちょいまちぃ！　わし、名人戦にも出てるんやで⁉　十年前やけど」

「じゃあ大師匠は何を話せるの？」

「りょ、両対局者の……幼少時のおもひでとか…………」

おじいちゃん先生……。

「本当に任せて大丈夫でしょうね？」

「もちろんや」

念を押す天ちゃんに、おじいちゃん先生はチラッとわたしのほうを見てから頷《うなず》いた。

「自分の役割は、よぉぉぉくわかっておるよ」

「…………」

天ちゃんも不安そうな表情のままチラッとわたしを見ると、リハーサルの開始を指示した。

二人とも……どうしてわたしを見たんだろう？

リハーサル……といっても、事前にやれることはそう多くない。対局開始時のセリフや段取り、それから終局後の流れの確認くらいで、すぐに終わってしまった。

将棋の解説は完全にアドリブだけど、そこはもうどうしようもない。あの二人の対局がどんな序盤になるかなんて予想もできないし……とにかく黙ってしまわないようにすることだけを意識しよう……。

「あいちゃん。さすがに緊張しとるようやね」

おじいちゃん先生は優しい目でわたしを見詰めながら、

「いよいよ来週やもんな。準備はええか？」

「え？　星雲戦は今からじゃ……？」

「ちゃうちゃう。棋士総会や」

「あ……！」

そうだった……。

プロ編入試験について話し合う臨時棋士総会は、遂に来週に迫っていて……。

でも、それはもう結果がわかってしまっている。

「す、すみません！　あの……テレビ棋戦で聞き手をやるなんて初めてで、こっちのことで頭がいっぱいで……」

「はっはっは！　自分のことより師匠の将棋が気になるか。ホンマ、あいちゃんは優しいというか、大物というか」

おじいちゃん先生は対局室のある第二スタジオのほうを見て、

「八一とは話したか？」

「………いえ。師匠も集中なさりたいでしょうし……」

本当は、わたしが勇気を持てないだけだった。

両対局者は控室から直接、対局室のある第二スタジオへ行く。だから解説をするこの第一スタジオにいる限り……顔を合わせることはない。

事前にそのことを天ちゃんから聞いて、正直……ホッとした。

──ごめいわく、かけっぱなしだから……。

この聞き手のお仕事も最初は断ろうと思った。

天ちゃんに押し切られて受けちゃったけど……実はまだ迷っていた。天ちゃんが代わってくれるなら、そうしてもらっても……そのほうが師匠だって……。

うじうじと悩むわたしに、おじいちゃん先生が言った。

「確かに八一もあいちゃんとは喋《しゃべ》りたくないかもしれんな」

「えっ……？」

おじいちゃん先生はニヤリとしながら自分の喉を扇子で叩《たた》くと、

「声がガラガラやった。格好が付かんやろ」

「……ふぇぇ？」

どういう意味だろう？　べつに師匠の声が枯れてても、わたしは何とも思わないけど……むしろ渋くてかっこいいかも？

ハスキーボイスの師匠を想像して、緊張していた心が少し和んだ。

「九頭竜《くずりゅう》竜王と椚《くぬぎ》四段が対局室に入ります！」

その時、ディレクター役の晶さんが鋭い声で叫ぶ。

「清滝先生と雛鶴《ひなつる》さん。お二人も大盤前で待機を」

「は、はいっ！」

立ち上がったわたしは、自分の両手が汗でぐっしょり濡《ぬ》れていることに気付く。まるで自分の対局前のように、無意識のうちに右膝《ひざ》をしっかりと握り締めていた。

いよいよ始まるんだ……！

☖序盤

「九頭竜先生の振り歩先です」

星雲戦は両対局者が揃《そろ》った控室で振り駒が行われる。

記録係の奨励会員は関係者が見守る中で、五枚の歩を宙に放り投げた。

「と金が四枚です。椚……先生の先手でお願いします」

スーツ姿の奨励会員は関東所属の三段で、俺は面識が無い。三段リーグでも被ってなかったが、たぶん二十代で年上だろう。

妙に声と表情が固いのでテレビに映るから緊張してるのかと思ったが、違った。

創多を意識してるのだ。

『もうこれ以上勝たないでくれ！』

それが態度から滲《にじ》み出ている。

――俺もこんな風に見られてたんだろうな……。

年下のプロ棋士を素直に応援できる奨励会員なんていないだろう。

創多はまだタイトルを獲《と》っちゃいないが歴代記録を次々と塗り替えてる。そして予選決勝で歩夢《あゆむ》に勝ち、準決勝で名人にも勝った。

残るタイトル保持者は於鬼頭先生と俺だけ。

ここで将棋界最高位タイトルである竜王にも勝って棋戦優勝となれば……事実上の最強だ。

将棋界は中学一年生に完全攻略されたことになる。

二十代の奨励会員にとっては悩ましい状況だろう。ましてや明日の棋士総会の結果次第では、奨励会を経ないプロ棋士も現れかねない。

小学生の女の子が、自分と競い合うことすらなくプロになったら……。

　そういえばこれがプロになって初めて年下とやる公式戦だと思い至ったその時、部屋の外から呼ばれた。

「皆さん、対局室へお願いします！」

　俺、創多、奨励会員の順に控室を出て対局室へと歩いて行く。さすがに会話は無い。早指しの前の、独特の緊張感が全身に満ちていく……。

　対局場の置かれた第二スタジオに入ると、不意に小学生名人戦のことを思い出した。

　倉庫のような無機質な空間に、まるで浮島のように存在する和室。

　靴を脱いでその上に上がると、

「……初めて将棋を指してもらった日のこと、ぼくはよく憶《おぼ》えています」

　不意に、創多が俺を見て言った。

「あの日はいいところなく負けちゃったけど……今日はぼくが八一さんを驚かせる番ですから！　覚悟しててくださいね？」

「……ああ。楽しみにしてるよ」

　駒を並べながらそう応じる。

　創多とは、こいつが奨励会に入ってすぐに研究会をやるようになった。

　俺がプロになったばかりの頃はよくアパートにも泊まりに来て、他の奨励会員と雑魚寝《ざこね》してたのを思い出す。

――それがいつの間にか家に来なくなって……何でだっけ？

そうそう。俺のベッドに潜《もぐ》り込んで寝てたことがあって、それを目撃した姉弟子《あねでし》が立ち入り禁止を命じたのだ。俺の家なのに。

さすがに創多が気の毒になって何度か許しを求めたのだが、姉弟子は妙に頑固だった。

『あいつはダメ』

理由を聞いても『ダメ』の一点張り。

まあその後の二人の展開を見れば、奨励会の大事なところでことごとく当たってるから、親しくするのは味が悪かったんだろうなと思う。

あいを内弟子《うちでし》に取ってからは家に男を上げないようにしていたし、タイトルを獲って対局以外でも忙しくなってきたから、創多と将棋を指す機会は自然と消えた。

――二年ぶりくらいに指すな。

もはや別人だろう。

昔の残像を引きずらないよう、盤上に意識を集中させていく…………。

「ところで八一さん」

「何だ？」

「お弟子さんたちが『死亡フラグ』と呼んでる局面集は、八一さんもご覧になったんですか？」

「ッ……!!」

思わず顔を上げて創多を見る。

「八一さんがそれを使って勝ってる形跡は無い。けど、それを踏んでる形跡も無いんです。どこまでご存知なんですか？」

「……角換わりのものだけはチラ見した。あと、相掛《あいが》かりも検討で使ったかな」

「あは！　全部見ないところが八一さんらしいですね！」

「お前はどうして気付いたんだ？」

「何となく？　自分が最強のコンピューターを持ってたらどうやって使うかなと想像してたら自然とその発想に行き着いた感じです。本当にやる人がいたのには驚きましたけど！　夜叉神さんって本物の天才ですね？」

「…………」

――俺は《淡路》に触れてたのに気付きすらしなかったよ……。

天衣が密《ひそ》かに掘り進めていた将棋の最小解。

雷《いか》との対局でそれが披露されるまで、俺は無邪気に《淡路》の自己対局の結果だけ見て将棋の結論を得たような気分になっていた。千日手や相入玉《あいにゅうぎょく》が将棋の結論だと……。

――これが……ソフトネイティブ世代の発想力ってやつか。

「事前の振り駒で椚四段の先手と決まっております。それでは対局を開始してください」

様々な感慨を振り返り終わるよりも早く、対局が始まる。

「よろしくお願いしまーす！　さぁて……」

椚創多はネクタイの結び目に軽く触れると、その指をすぐさま盤上に伸ばす。

盤の中央に。

「ッ!!　……真ん中の歩を突いた？」

「初手に玉を上がってた人に驚かれてもなぁ」

創多はケロリとしてるが……公式戦でも研究会でも、この手を指してるところは一度も見たことが無い。

これまで創多の初手は、先手ならほぼ２六歩でたまに７六歩。戦型は全て居飛車だ。

俺も初手はすぐ指すつもりだったが……さすがにこれは手が止まる。

「…………」

相掛かりは消えた。角換わりもおそらくない。

まだ矢倉の可能性は残っているし、死亡フラグをかわすために手順に変化を加えているだけと見ることもできる。対局前の会話からは、そこを警戒しているのが伝わってきた……。

──咎めに行くか？　それとも……何かの罠か？

警戒しつつも予定通り角道を開けた俺だったが、答えはすぐに目の前に現れた。

創多は飛車を持つと、それをあっさり盤の中央に置いたのだ。

「「っ!!」」

あまりの事態に、記録係が棋譜を書く手を止めて、呆然《ぼうぜん》と呟く。

「飛車を………振っ、た？」

「予想してなかったんですか？」

軽く首を傾げながら創多は逆に尋ねてくる。

俺以上に驚いてるのは記録の奨励会員だ。

まるで幽霊でも見るような目で創多を凝視してる……そりゃそうだろう。居飛車で名人を倒した中学生が、棋戦初優勝のかかる対局でわざわざ評価値の下がる戦法を先手番で採用したのだ。

普通は、相手の予想を外すよりリスクの方が大きいと判断する。

「だって死亡フラグを回避するいちばん確実で簡単な方法でしょ？　それに振《ふ》り飛車《びしゃ》ってそんなに悪い戦法じゃないんですよ？」

言い訳するように創多は言った。

「ぼくの直近の負けは《捌《さば》きの巨匠《マエストロ》》との対局で、あれは序盤からはっきり悪くしてましたから。完敗でした！」

「……それで今度は自分が振り飛車にしたって？」

「いえいえ！　そこまで単純な理由ではないです」

心外だとばかりに手を振ると、

「八一さんは知ってますよね？　振り飛車が最善手ではないということを」

「ああ。序盤はな」

「さすがですね」

俺の短い発言の意図を創多は正確に読み取っている。

「ソフトが最も評価する戦法である相掛かりは手数が短いという特徴があります。だいたい七〇手前後で勝負が付きますから」

「角換わりや矢倉も一〇〇手あれば終わる」

おまけにソフトが指す矢倉は先手の囲いの形だけ矢倉に似たものが出現するというだけで、おそらくコンピューター自体は相掛かりの亜種として認識している。

角換わりに関しては変化手順が少なく、実質的に四〇手近辺で終わっている可能性が高い。つまり相居飛車は手数が短いから終局まで読みやすいという性質がある。

一方で――

「圧倒的に手数が長くなるのが振り飛車だ」

「だから《淡路》をもってしても読み切れていない可能性がある。そうですよね？」

世界最速のスーパーコンピューター。

ディープラーニングを用いて作られた独創性のあるソフト。

この二つを組み合わせた結果、従来のソフトよりも振り飛車を評価しなくなった。ゆえに俺は、振り飛車という戦法は問題外だと思っていた。ソフトが全てを明らかにしてしまったと。

しかし一つだけ……謎《なぞ》が残ったのだ。

「振り飛車をソフトで検討すると、序盤だと急激に落ちていた評価が中盤にかけて回復していく現象がある」

「手数が終局に向けて少なくなっていく過程で、ようやく正確な評価を下せるようになったということでしょうか？」

「その可能性は捨てきれないと思う」

もちろん全くダウトな可能性もある。むしろそっちの可能性のほうが高い。

なぜなら振り飛車だけを指すソフトを作っても結局は居飛車党のソフトに勝てず、駆逐されていったという歴史があるからだ。

従来型ソフトの決定版である『LOLI《ロリ》評価関数』を開発した俺の兄貴は自分が振り飛車党だったこともあり、本気で飛車を振るソフトを作ろうとしたことがあったが――

『こいつに振り飛車の魂を吹き込んでやろうと思ったが、無駄だったよ』

そう言って匙《さじ》を投げたくらいだ。

「十分です！　それだけ伺えれば」

ニッコリ笑うと、創多は角道を開けた。

先手中飛車《なかびしゃ》……まさかこうなるとは、対局前は一秒も考えていなかった戦型だ。

俺は数秒だけ考えてから、自分から角交換を挑む。

「序盤の知識で八一さんを倒してもつまらないですよ！　逆にぼくも死亡フラグで殺されるのはご免ですし。何より——」

成り込んだ俺の馬を銀で取りながら、創多は言う。

わずか七手目で前例は消えた。

「八一さんとの初めては、長く長く楽しみたいと思っていましたから‼　だから振り飛車を選んだんです‼」

「奇遇だな」

「え？」

「俺も——振ろうと思ってたんだよ！」

飛車の上に置いた指を豪快にスライドさせると、そのまま一気に盤上を横断させる。

今度は創多が驚く番だった。

「む、向かい飛車……⁉」

「本当はお前の飛車にぶつけてやる予定だったんだがな？」

この時点で前例は消えた。

互いに居飛車党である俺たちの公式戦初対局。

その戦型は────相振り飛車。

☗中盤

大盤解説の第一声はこれだった。

「いやぁ…………サッパリわからん」

椚創多が飛車を振った瞬間、清滝鋼介九段は愕然とし、既に手に持っていた飛車先の歩を床に落とした。

それでもベテランのプロ棋士として矜持《きょうじ》を保とうと、胸を反らして大盤を操作しようと試みる。

清滝は居飛車党。だが相居飛車の将棋ばかり指すわけではなく、振り飛車の相手をすることもある。だから対抗形の将棋は解説できないこともない。

せっかく勉強してきた相居飛車の最新型の知識は無駄になったが……。

──三十年以上プロ棋士をやってきた経験で乗り切る！

しかし弟子も飛車を振った瞬間、その決意は脆《もろ》くも崩れ去った。

「正直なところ相振り飛車になるとは一秒も考えてこなんだ。しかもこれは完全に力戦型やね……あかん。全然手が見えん」

助けを求めてチラッと聞き手を見る。

「…………こうこうこうこうこうこうこうこう………」

雛鶴あいは虚空を見上げたまま局面を読み耽《ふけ》っていた。

話しかけても応《こた》えてくれそうな雰囲気ではない……。

ならばここは解説者の切り札――――『昔の思い出』で尺を稼ぐ!!

「えー……わしが九頭竜竜王に将棋を教えてた頃は『こういう手は絶対に指すな!』とか『そんな手を指したら破門や!』と言うてたんやけど、この将棋はそんな手のオンパレードやね。アマチュアの皆さんは真似したらあきません!」

解説のストックが無くなった清滝は「ところで」と聞き手に話を振る。

ベテランの呼吸だった。

「雛鶴さんは竜王からどんなふうに将棋を教わったんや?」

「こうこうこうこ………え⁉ わ、わたし……ですか?」

あいは開き続けていた目をパチパチさせてから、

「ししょ……九頭竜先生は、あまり直接……教えるっていう感じじゃなかったです」

「ほう」

「わたしが同世代の女の子たちと研究会をしていたりすると、別の子には手取り足取り教えてあげるんですけど、わたしには何も言ってくれなくて………シャルちゃんなんて抱っこしてあげながら文字通り手取り足取り教えてあげてたのに……だらぶち……ロリコン……」

「ひ、雛鶴さん？　生放送やで？」

「はぅ⁉」

真《ま》っ赤《か》になって俯くあい。

清滝は髭《ひげ》を触りながら、

「なるほどなぁ。弟子に対しては『自分で強くなれ』と。確かにわしも八一や銀子には同じように教えたが、それが孫弟子のあいちゃんにも伝わっているんやね」

「あ、いえ。それとも少し違っていて……」

「ほう？」

「師匠は、どんなことでも一緒にしてくれるんです！」

「一緒に？」

「はい！　一緒に将棋を指したり、一緒に他の人の対局を見たり。それから毎朝一緒に詰将棋《つめしょうぎ》を解いたり」

「毎朝詰将棋を解くんか⁉　それは強くなりそうやねぇ」

「わたしが師匠をお誘いしたんです！　詰将棋の早解きをしましょうって！」

あいは嬉しそうに語る。

人生で最も幸せだった日々を。

朝、和室で目を覚ます。枕元《まくらもと》の七寸盤には昨夜検討していた局面がそのまま残っていて、次の一手を考えながら朝食を作る。

ご飯ができたら八一を起こしに行く。

『プロ棋士は夜型の方が強い』が持論の八一は朝がサッパリで、弟子に手を引かれるように食卓へ。

そしてご飯を食べたら、あいが小学校へ行く時間まで、一緒に詰将棋を解く。

短手数《たんてすう》の実戦型から始まって、中編詰将棋、そして長編……早解き競争の勝率は最初こそ八一が圧倒的だったが、次第に拮抗《きっこう》していった。

そんな夢のような日々のことを、あいは語り続けた。

「師匠はわたしの話をずっと聞いてくださるんです。決してご自分の考えを押しつけたりしません。一つだけ禁止されたことがあるんですけど……それもご自分できちんと勉強してから判断するから、それまで待ってくれって。優しいですよね？」

「ん？　お、おう……？　禁止って、何を禁止されたんや？」

清滝は気になって尋ねたが、あいは喋るのに夢中だ。

「将棋を指すときも、師匠はわたしの考えを掬《すく》い取るような手を指してくださいます。一緒に楽しい棋譜を作ってくれるんです！　だから――」

今の局面を見て、次にどんな手が来るか予測するのは難しい。

けれど一つだけ確かなことがあった。

「この将棋もきっと、椚先生と楽しい棋譜を作ることだけを考えてるんだと思います！」

あいの言葉は止まることがない。

溢れ出る言葉の洪水は、師から受けた愛情の量だった。

盤面を映す足下のモニターを気にしつつも、清滝はあいの言葉を遮《さえぎ》ろうとは思わなかった。

「やれやれ……これでは将棋の解説か八一の解説か、よぉわからんな」

ボヤくその表情は慈しみに溢《あふ》れていた。


その将棋を空銀子《そらぎんこ》は実家のリビングで観戦していた。

「先手が玉を左に囲った？　もう何でもありね……」

テレビ画面を見ながら溜息《ためいき》を吐く娘に対して、母親の笙子《しょうこ》は画面上部に表示された評価値のバーを示しながら尋ねる。

「変わった戦い方なの？　コンピューターは互角と表示してるけど」

「振り飛車は普通、王様を右側に囲うのよ。おまけに守りの金がこんなにバラバラ……なのに形勢は互角って。お互い優勝するつもりが無いんじゃない？」

「そうなの？」

　笙子は画面に映る娘の恋人の横顔に非難するような視線を向ける。

「八一くんは『優勝してみせる』って私に豪語してたけど？」

「………駆け引きの結果としてこういう変な将棋になることはある。でも、相手が振ったからって自分も飛車を振るっていうのは………」

　ただ『勝ちたい』だけとは、銀子には思えなかった。

　八一はプロになってから《捌きの巨匠》の教えを受けて振り飛車も公式戦で何度か採用しているが、相振り飛車は初のはず。銀子が居飛車党だったこともあり、修行時代も本気で相振りの勉強をした記憶はなかった。

　一方、創多の将棋はもう自分と対局した頃の面影すらない。

「相手の椚四段は、将棋を知らない私ですらよく名前を聞く有名人よね？　銀子《あなた》から見て、八一くんとどっちが強いの？」

「頂上が雲の上にある山を指さして『どっちが高い？』って聞くようなものよ。私には比べられない」

「でも八一くんを相手に今までやらなかった戦法を使ったなら、そういう奇策を使わないと勝てない相手と見ているということなんじゃない？」

「どうかしら？　後先考えずにやりたいことをやる子ではあったけど……」

　それは盤上で自由に振る舞うことを許された天才だという意味でもある。銀子が得られなかった自由……。

盤面を見ていると色々な意味で頭がクラクラするので、テレビ画面から視線を逸らして部屋を眺める。

あまり自分の家という実感のわかない家を。

──師匠の家のほうが遙かに長く暮らしてたし……。

中学に入ってから戻ったこの家は、銀子にとって安心できる場所だ。

何より落ち着けるのは……将棋にまつわるものが一切置いてないからだった。

もともと両親が将棋をしないこともあって、銀子の部屋にだけ最低限の棋具が置いてあったが、それも母親がどこかに隠してくれていた。

「お茶でも淹れるわ」

局面が煮詰まって退屈になったんだろう。笙子はそう言って台所へ消えた。

今後のことについて銀子はぼんやりと考える。

神戸で行われているこの星雲戦決勝が終わったら、八一は大阪に戻って来る。

取材や打ち上げがあるだろうから明日になるかもしれないけれど、二人で指輪を取りに行く約束をしていた。

──体調に変化が無ければ、いつ退院しても大丈夫って……。

外の世界で日常生活を送りながら復帰のタイミングを見計らう。

親や師匠が許してくれるなら、高校卒業を待って八一と一緒に暮らすこともできる。

そのための家を今から二人で準備しようとすら八一は言っていた。

「……高槻《たかつき》に家を建てるって。バカ……十代で一軒家なんて重すぎるでしょ……」

けれど一番バカなのは、その言葉に嬉しくなってしまい、こうして前日から大阪に出て来てしまっている自分だと、銀子は思った。

「おまけに母親と一緒にテレビの前で見守るって……」

本気で検討するなら一人で観戦する。『テレビでやってるみたいだけど、観る？』などとさも興味なさそうにわざわざ対局の途中から母親を誘った自分の行動が恥ずかし過ぎて、銀子はクッションを顔に押し当てるが――

『局面が複雑になればなるほど師匠は楽しくなっちゃうんです！』

「ッ……！」

懐かしい声が聞こえた。

『きっと今も、初めて見る局面にワクワクしてると思います。勝ちたい気持ちより、この将棋をもっと楽しみたいっていう気持ちのほうが強い……そんな表情をしてらっしゃいます！』

テレビ画面に現れた二つの顔に、息が止まる。

『あと、師匠は振り飛車でも他の人が思い付かないような戦法をするんです！　ゴキゲン三間飛車《さんげんびしゃ》みたいな――』

『あいちゃんはホンマに八一のことが大好きなんやねぇ』

清滝の髭面《ひげづら》は少し前に見たから動揺することはない。

が……もう一人の少女は違った。

声を聞かなかったら見違えてしまうほどに。

「…………髪を切ったのね…………」

雛鶴あいは一年前よりも大人びていて。

長かった髪は、かつての銀子よりも短い。

初めて出会った時、銀子はあいのことを明確に敵視していた。

何の覚悟もせず八一の元に飛び込んで行き、苦しみも努力もせず神様から与えられただけの才能で強くなっていく少女を。

その長すぎる髪も、甘える姿も、全てを否定したかった。

それなのに今は…………自分が髪を伸ばし、八一と一緒に住もうとしている。

「………………」

終盤限定とはいえ、盤上で自由に振る舞える天才。

そして苦しみつつもなお屈託《くったく》無く八一への憧《あこが》れを語るその様子を直視できず、銀子はテレビの電源を切ろうとリモコンに手を伸ばす。

だが。

「あっ……！」

慌てていたから上手く摑めない。

焦れば焦るほどリモコンは手から遠ざかっていく。

戦いの空気が、画面越しに伝わってくる……。

——呼吸が……⁉

「ハッ……⁉　が…………あっ…………‼　はぁ……はぁ…………」

息が苦しい。

酸欠で視界が暗くなりかけた、その時。

「落ち着いて。ゆっくり呼吸しなさい」

母親が背中をさすりながらそう言ってくれた声でようやくパニックが収まる。

床に落ちたリモコンを取って冷静にテレビを消しながら、

「薬と水を取ってくるわ」

笙子は娘をソファに座らせると、何事もなかったかのように台所へ。自身も身体が弱い母は昔からこういう状況で取り乱すということがない。

一人になると、銀子はぐったりしたままこう呟いた。

「………八一が勝って優勝すれば一緒に喜べばいい。負けたら……慰めてあげればいい。私は八一を支えるんだから……」

言い聞かせるように銀子は声に出してそう繰り返す。

暗くなったテレビ画面に向かって。

「私はもう…………………戦う必要なんて無いんだから……」

空銀子は、脈打つ血潮を宥《なだ》めるようにその言葉を唱える。

応える声など聞こえてくるはずもないのに。


「……枘が飛車を振り戻した」

練習将棋の合間にスマホを確認した坂梨澄人《さかなしすみと》は、盤の向こうに座る妹弟子に口頭で棋譜を読み上げてからこう言った。

「出だしこそ相振り飛車だったが、先手は居飛車のような形に戻ったな」

「あ？　ナンでこいつらそんなわけわかんねーことしてんだ？」

「俺が知るか……」

五日間という約束で始まった二人の研究会は、公共放送杯の収録が終わってからも続いている。

場所を貸している師匠の風張《かざはり》九段は『気が済むまでやれ』と言って三度の食事まで用意してくれていた。

おかげで月夜見坂《つきよみざか》は実家には寝に帰るだけで、幼い兄弟や姪《めい》っ子たちに煩《わずら》わされることなく将棋に集中することができている。

「兄貴は振り飛車党だろ？　どっちが優勢だと思う？」

「わからん」

盤の上に現局面を並べながら坂梨は首を傾げる。

「これが振り飛車とは認めたくないな。後手はともかく、先手の椚はハチャメチャ過ぎる。まるで子犬が戯《じゃ》れ付いてるような将棋だ」

相振り飛車は現代将棋において最も定跡化が立ち後れているジャンルと言える。振り飛車党でも相振りを選択しない棋士は多い。

坂梨もそんな棋士の一人だった。

「だが椚も九頭竜も、よくもまあ早指しでこんな超が付く力戦型をやる……こいつらにとっては棋戦優勝なんて通過点でノープレッシャーなのかもしれんが。俺なら自分の一番得意な戦法しか指せん」

「素人のガキみてーな将棋だよなぁ」

ケラケラ笑いながら月夜見坂は先手を持って盤と対峙《たいじ》する。

その瞳《ひとみ》には、練習将棋の時には無かった輝きが宿っていた。

「相変わらず……おもしれー将棋を指しやがるぜ。あのクズはよ」

「燎《りょう》。お前……」

そんな妹弟子《いもうとでし》の姿を見て、坂梨は唐突に理解した。

——こいつ自分じゃ気付いてないのか？

坂梨は三段リーグで関西将棋会館に遠征した際、八一と銀子の関係を目撃している。妹弟子の報われない想《おも》いをどう扱ってやればいいのか……。

「……やっぱり諦《あきら》めたほうがいいんじゃないのか？」

「あん？」

「いや……女流棋士のままでいたほうが幸せだと思うぞ？　こんな……化け物どもと競い合わなきゃいけないプロと違って、名誉《タイトル》も富《かね》も手に入るんだからな」

「ハッ！」

月夜見坂燎は兄弟子《あにでし》の忠告を笑い飛ばすと、盤上の駒を勢いよく動かした。

一拍置いてスマホの棋譜が更新される。

その手は直前に月夜見坂が指した手と一致していた。

「上等じゃねえか。二人ともぶっ潰《つぶ》してオレが竜王になってやるよ」

もう涙を流すことはない。

その背中をしっかりと見て、追いかけると誓ったから。

☖終盤

「九頭竜先生、五回目の考慮時間です」

記録係が時を告げる。

俺は無言で盤面を見詰めていた。

「…………………………………………」

局面はまだ中盤といったところ。

──だが……手詰まり感が強い。

力戦型ゆえの長い長い駒組みが続き、囲いも大駒の配置もどんどん変わっていった。

中央に振った創多の飛車は結局2筋に戻り、向かい飛車にした俺の飛車が今は中央にいる。

しかもお互い下段飛車だ。

互いの玉は9筋で離れて向かい合い、その周辺に駒が密集していた。盤の半分で将棋を指してるみたいだな……。

──……千日手もあるか？

俺は後手だから大歓迎。しかし残り時間の少なさも気になる。

もともと早指しは得意じゃない──

「九頭竜先生、六回目の考慮時間です」

「…………はい」

応えると、俺は前後に揺れて局面をもう一度眺める。

自分でもどうしてこうなったかよくわからない。

ここからどう進めればいいのかも、わからない。

――まるで俺の人生だな。

自嘲気味にそう思うと顔がニヤけそうになり、慌てて扇子で口元を隠した。

あいが出て行ってからの俺は調子を崩しっぱなしだ。

《西の魔王》なんて呼ばれて勘違いして、一時期は将棋界の未来を自分の力でどうこうしようとしてた……中二病すぎて恥ずかしい……。

そんな過ちを正そうとして銀子ちゃんに想いを伝え、外の世界へと引っ張り出した。

それについては久しぶりにいい手を指せたと思ったし、今後も自分にできる最善を尽くすだけだ。銀子ちゃんに寄り添い、常にあの子の幸せを考えていく。

それが俺の幸せでもあるから。

けど……それはあくまで個人の話だ。

プロ棋士として、竜王として、自分が何をするべきなのか。

歩夢との対局で答えを得て、それを実践しはじめてはいるものの……確信は無い。

強くなったとは思う。

安定して勝てるようになったし、苦手な早指し戦でも決勝まで勝ち上がれた。

プロになったばかりの頃ならそれだけで天にも昇るような気持ちになれただろう。

そして今は、俺の活躍を喜んでくれる人がいる。

銀子ちゃんや、銀子ちゃんのお母さん……絶対的な味方を手に入れた俺には勝つための動機があるし、勝つことへの恐怖も消えた。

——じゃあ俺は……他人のためだけに将棋を指すのか？

そんな想いが俺の指先を重くしていた。

まるで鉛のように。

「……何を長考していらしたんですか？」

「人生について考えてた」

「早指し戦で余裕ですね？」

ちょんちょんと駒に触れながら創多はクスリと笑う。

「って言いたいところですけど、ぼくもたまにそういうこと考えます。手詰まり感のある時は局面を考えるより、別のことを考えちゃうことってありますよね」

「お前は何を考えるんだ？」

「八一さんに勝った後、どうするか……とか？」

挑発という雰囲気じゃない。

もともとこいつは正直なだけで、相手を軽んじたりはしないから。

それに……。

それに……それは微《かす》かな絶望を感じさせる口調だった。

「名人も大したことなかったですし。神鍋さんも往生際が悪いだけですよね。《捌きの巨匠》には負かされましたけど、あれはぼくが振り飛車に慣れてなかっただけなので」

それは微かな絶望を感じさせる口調だった。

扇子で口元を隠したまま、俺は創多に問う。

「自分で振って経験値を上げればすぐに差が埋まると？」

「でも無駄手《むだて》かもしれませんね！　指してみて思うんですけど、振り飛車ってあんまり楽しくないし。何でこの戦法に執着するんだろう？　ね？」

盤側《ばんそく》の記録係に同意を求めるという型破りな行動に出た創多だが当然返事は得られない。その記録の人が振り飛車党だったら可哀想《かわいそう》だろ……。

「名人にも申し上げましたけど、オールラウンダーって無意味だと思うんです」

「…………そうか。お前は名人から何も感じなかったのか……」

その瞬間、朧気《おぼろげ》ながら見えた気がした。

俺は名人と戦ったことで自分を引き上げてもらえた気がした。

それは俺だけじゃない。

全ての棋士がそう言ったのだ。

居飛車党も振り飛車党も、師匠たちみたいな力戦派の関西棋士ですら、名人に憧れ、戦い、追い付きたいと願うことで強くなってきた。

けど創多ほど年齢や価値観が離れてしまうと、そうもいかないらしい。

だとしたら……将棋界をつまらないと感じるのも仕方が無いだろう。

名人《あのひと》がいなければ俺だってきっとプロ棋士を目指さなかっただろうから。

目の前の生意気な少年《ガキ》が幼い頃の自分と重なる。

まだ本当の将棋の奥深さを知る前の……清滝鋼介というプロ棋士と出会う前の、幼い九頭竜八一と。

そして、もう一人。

この将棋を解説してくれている少女の顔が浮かんだ時、俺の心は定まった。

「…………わかった」

バシッ！　と大きく音を立てて扇子を閉じる。

熱い。どうしようもなく。

指先の鉛が溶けていく。まるでチョコレートのように。

かじかんだ指を温めたときのように、指先の感覚が戻ってくる。

遠ざかっていた熱さが今、この指に集まっていた。

俺の二本の指に。

「ちゃんと座れ。見せてやる」

「何をですか？」

不思議そうにしつつも姿勢を正す創多に向かって、俺は自陣の角を持ち上げながらこう言った。

「とびっきりの奇跡を見せてやるからさ‼」

その宣言通り、ズバリと角を突入させて俺は局面を打開した。

形勢が大きく動くその一手に、創多もさすがに驚いた表情で叫ぶ。

「後手から動いた⁉　駒損《こまぞん》になりますよ⁉」

「言われなくても百も承知！」

「暴発されて勝っても嬉しくないんですけど……ねっ！」

ダムが決壊するように一気に手が進んでいく。

凝り固まっていた駒と駒が一斉にぶつかり、連鎖し、消滅していく。

相居飛車の重くて固い将棋では得られない快感が、棋士にしか見えない煌《きら》めきとなって盤上を彩った。

そんな煌めきを表現する言葉が将棋にはある。

「これが捌きだ。憶えとけ」

「巨匠のほうが上手だったですけどね！」

乱戦になった。

もともと前例の無い将棋だが、一手一手を深く考えてる余裕は無い。剝《む》き出しの本能と才能を互いが盤上で見せつけるような戦いが繰り広げられる！

一つだけ他の早指しと違うところがあるとすれば——

「……《淡路》に匹敵《ひってき》する大局観だな。人間に見えない手を的確に拾ってくる……！」

「光栄ですね」

平然と創多は言った。

読んでる感じじゃないのがまた怖い。見えてしまうんだろう。

視野の広さが人間離れしている創多が相手とあって、攻防は盤上全てに広がっていた。

捌いた駒が盤上から駒台《こまだい》へと移り、そこからまた盤上へと移ることで、本来なら出現しない場所に駒が再配置される。

「え⁉　そっち……⁉」

記録係が思わず悲鳴を上げ、すぐに口を手で覆《おお》った。

早指し戦で棋譜を書くには対局者が着手《ちゃくしゅ》する前に次の手を予想して準備しないと追い付かないが、予想手が全く当たらないので何度も書き損じてるようだった。

プロに限りなく近い存在である奨励会三段ですら見えない手。

それを俺たちは、相手に考える時間を与えないようほぼノータイムで続けてるんだ。手書きで棋譜を書くのは不可能だった。

手数はあっという間に二〇〇手を超え、三〇〇に迫る。

「すっごいですね！　さすが八一さんだぁ!!」

幼さの残る顔を紅潮させながら創多は嬌声《きょうせい》を上げた。

「人間相手にここまで自分を解放できたのは初めてですよ！　機械じゃなくて肉と本気で殴り合うのがこんなに楽しいなんて！」

――楽しい？　だと!?

瞬間的に頭に血が上り俺は吐き捨てる。

「こんな将棋がかッ!!」

複雑怪奇に互いの駒が入り乱れた目の前の局面はそれでもバランスが保たれている。

しかし同時にそれは、ただ手数を伸ばしているだけともいえた。

無機質な最善手の応酬によって紡《つむ》がれる不死の棋譜。

まるでゾンビだ。

『死亡フラグ』の存在を知った者同士の、これが帰結だった。

――情けない……機械如《ごと》きに縛られて!!

歩夢とのタイトル戦で五〇〇手まで逃げ切ろうとした自分の浅ましさ。それを将棋の結論だと信じた己のいかに薄っぺらいことか！

――俺もあの人のように指すと決めたのに……いざとなると指が竦むのか……！

不甲斐ない自分に怒りを覚える。

名人ならば躊躇わず死地へ踏み込み、そして魔術《マジック》を繰り出すだろう。

その一手を見るために将棋を続けてきたんだと思わせるような、奇跡のような手を。

そして確信させてくれるはずだ。

将棋のために一生を捧げても悔いは無いと！

「く、九頭竜先生、七回目の考慮時間です！」

「ふぅぅ――――………」

手を止めて、首を回す。

「………決心したからってその通りになるわけじゃない」

自分に言い聞かせるために俺は呟いた。

馬鹿《ばか》には言って聞かせないと直らないからな。

「最初は漠然とした……図々《ずうずう》しい決心だ。その決心を可能にするのは自信だ。じゃあその自信をもたらすものは？」

「？　何を言って――」

俺が問い掛けていると思ったのか、創多は顔を上げて首を傾げた。

「全ては自分の中にある」

戦いの動機を他者に求めようとも、盤の前に座れるのは一人だけ。

ならば答えは一つ！

「俺は自分を信じて将棋を指す！　プロである限り……竜王である限り、ずっと‼」

読む…………いや、違うな。

「…………こう…………」

い、
創る。

この作業はそう表現したほうが近い。

「こう……こう…………こう…………」

漠然とした終局図《みらい》を最初に思い描き——

そして現局面《いま》へと逆算していく。

「ここを……こうして…………こうすると…………」

ああ……そうか。

だからあいは終盤でこう呟いていたのか…………。

初めて、本当の意味で、雛鶴あいの才能《たましい》に触れた気がした。

「こう…………こう……こう、　こう、　こう――――」

プラモデルのように、粗く組み立てたパーツ同士を強引《ごういん》にくっつけていく……。

俺自身の美意識と、それに抗《あらが》う将棋のルールと……。

そして…………桝創多という棋士の個性を組み込んでいく……！

「こうおお!!」

「九頭竜先生最後の考慮時間です！　残りはありません！」

「はいッ!!」

できた!?　本当にできたのか!?

――仕掛けは施した！　あとは実戦でどう指し手を誘導するか……!?

息継ぎをするように顔を上げると、創多もこっちを見ていた。

警戒してるのか？　最後の長考を入れるタイミングとしては不自然だったからな……。

「話の続きです。何を決心なさったんですか？」

「将棋を――」

駒を動かしながら大真面目《まじめ》に俺は叫んだ。

「将棋を機械から人間の手に取り戻す!!」

「ガラガラの声で言っても格好が付かないんですよ！」

創多は玉に手を掛ける。

——来たか……！

俺は予想していた手だったが、記録係は天地が逆さまになったかのように愕然と叫ぶ。

「入玉⁉　こ、この状態で……？」

「点数が足りてないのはわかってますよ」

その言葉通り、創多はかなりの駒を犠牲にしている。持将棋《じしょうぎ》にするには点数が足りない。駒損のまま入玉しても選択肢は限られるが……。

「この状況ならぼくは絶対に負けません」

そう。

創多は限りなく勝ちから遠ざかりはしたが、同時に負けからも遠ざかった。

ここから互いに最善手を指せば————五〇〇手を超える。持将棋だ。

そのことを俺は誰《だれ》よりもよく知っている。

なぜならそれは俺が将棋の結論だと思い込み、現実世界に出現させかけたものだからだ。

歩夢とのタイトル戦で。

「ぼくは八一さんと将棋が指せるなら千手でも一万手でも大歓迎です！　けど将棋のルールは五〇〇手まで。残念だなぁ！」

「ッ!!　……俺が歩夢を相手にやれなかったことを、自分ならできるって？　最初からそれが狙いか⁉　俺を超えることが……!!」

「その前に八一さんが詰んじゃうかもしれませんよ？」

入玉を果たした創多は高みから俺を見下ろすように言う。

確かに俺は点数じゃ勝ってるが、ここから自玉を入玉させるのはかなり苦しい。

「入玉できなければ宣言はできません。そして五〇〇手になれば引き分けです。つまり八一さんがぼくに勝つには――」

「お前を殺《つま》すしかない……ってわけか」

不可能だ。

プロ棋士なら百人中百人がそう言うだろう。コンピューターなら最初から詰みを検討すらしない。

ましてや相手は史上初の小学生棋士。才能なら俺以上だ。

「詰将棋ならぼくも勉強してきました。お弟子さんの将棋からヒントをもらって、機械《かみさま》を殺せる手を身に付けたんです」

両手を広げて創多は叫んだ。

「けどこの状態では神様でもぼくを殺せません！　さあ！　どうやって勝つか見せてください！」

選べる道は二つ。

俺の竜の先には二つの駒がある。

大駒を取りに行って点数勝負に望みを託すか？

それとも…………この荒唐無稽《こうとうむけい》な決心を、盤上へと解き放つか⁉

答えは０秒で出た。

「カアアッッッ‼」

竜の上に指を置き、自らのタイトルを象徴するその駒を盤上に滑らせる。

成功すれば名局と讃《たた》えられ。

失敗すれば泥仕合を嘲笑《わら》われる。

それでも……機械の真似事ではなく、誰かの心に火を点《つ》けることができたら。将棋を指したいと心から思って貰《もら》えたら。

そんな将棋を指すのが竜王《おれ》の使命《おしごと》だ。

消える駒

「おい⁉　龍を引きよったで⁉」

八一の手を見た清滝は眼鏡《めがね》がズリ落ちそうになるほど驚いた。

「や、八一のやつ……まさか詰ますつもりか⁉」

「師匠……！」

あいも悲鳴を上げかける。

ただそれは、清滝の驚きとは異質なものだった。

その違いに気付く余裕もない清滝はスタッフにカンペで『解説して！』と促され、ようやく解説者としての仕事を思い出す。

「し、失礼。ええー……どうやら竜王は先手玉を寄せに出たようです。点数勝負に出る選択肢も十分にあったとは思うのですが、自分が入玉できんと思ったのか、王手を続けんと五〇〇手ルールで持将棋に逃げられると思ったのか、はたまた秒に追われて焦ってもうたのか…………お？　おん？？？」

具体的な手の解説に移ろうと思っていた矢先。

清滝は予想外の展開に驚愕《きょうがく》した。

「おおお⁉　く、椚四段の玉が……自陣に戻りよるんか⁉　大丈夫なんか、これは…………」

「師匠は椚先生の玉を押し戻すことに成功したように見えます。けど――」

池の鯉《こい》のようにパクパクと口を開けたり閉じたりするだけの存在に成り果てた清滝に代わって、あいは大盤を瞬時に操作する。

「この瞬間は駒を渡しすぎているから、王手を続けないと逆に師匠が詰んでしまいます。その手段は持ち駒の歩を打つしかありません。ですからこう進みます」

「ま、また先手玉が入玉するんか⁉」

まるで屈伸するかのように、最下段まで押し戻された創多の玉は再び八一の打った歩をパクパクと食べながら上昇していく。

清滝は「さすがにそれは……」と否定しかけたが、その言葉は口の中で萎《しぼ》んでいく。

実戦もそう進んでいるからだ。

椚創多の動かす前代未聞の玉の駆動に、清滝は呆気《あっけ》にとられる。

それどころか気がつけば、盤の右半分からは綺麗《きれい》さっぱり駒が消えていて……。

「ば、盤上から……次々と駒が消えとります！　あり得るんか⁉　こないな玉の駆動が⁉」

「これ以外はどちらかが詰んでしまうから必然の手順です」

驚き続ける清滝とは対照的に、あいは淡々と解説を続ける。

「こ、これしかないと言うたかて……」

両対局者の指し手の早さは、どちらもここまでの進行を予定しているという感じを抱かせるものだった。

　創多の狙いはわかる。玉を逃がしつつ点数を確保するのだ。

「そんなら八一は何を狙って王手を続けとるんや？　単にすっぽ抜けただけなんか？」

「…………」

　一度も瞬《まばた》きすることなく局面を眺め続けていたあいは、唐突に言った。

「盤上に配置された駒を次々に消していって最後は三枚だけになる『煙詰《けむりづめ》』という種類の詰将棋があります」

「あ、あいちゃん？　急に何を――」

「たとえば、将棋図巧九九番『煙詰』」

「ッ……!?」

　あいが口にした詰将棋集『将棋図巧』は、『将棋無双』と共に超難解な古典詰将棋として知られる。

　清滝は修行時代よく先輩棋士からこう言われたものだった。

『無双図巧を全て解《と》ければ四段《プロ》になれる』

　真面目な清滝はその言葉を信じて必死に取り組んだが……全て解き終えることができたのは、プロになってからだった。

　しかし雛鶴あいは、九頭竜八一に弟子入りする前にもう、頭の中だけで無双図巧を解き終えていたのだ。

わずか九歳で。

将棋をおぼえてたった半年で！

生放送中にもかかわらず、清滝はブルッと大きく震えた……。

「そして通常、詰将棋は詰まされるほうの玉だけが配置されます。けど双玉といって、より実戦に近い形で玉が二枚配置される作品もあって。さらに持ち駒ありの煙詰は『ミニ煙』と呼ぶんですけど――」

八一が詰ましに行った瞬間から、あいは変貌していた。

初めて間近で見る孫弟子の別の顔に、清滝は戦慄《せんりつ》した。

――こ、この子は…………いや、そうやな…………。

清滝は知っている。

将棋界には時として、名人に挑み九段にまで上った自分ですら全く問題にならないほどの才能が生まれうることを。

「煙詰は逆算で創られます」

詰将棋の神の子は、語り続ける。

「わたしは幾つかの煙詰作品を逆算して、その創作過程をトレースしたことがあります。一番難しいのは持ち駒の調整で、駒を渡しすぎても持ちすぎても反動が大きすぎてどちらかの玉がすぐに詰んでしまうんです。でも初形で持ち駒ありの状態なら――」

「……反動の調整が容易やと言うんか……？　狙った終局図まで辿り着けると……？」

相槌《あいづち》を打ちながら、清滝は心の中で冷や汗を掻いていた。

自分たちは今、全く見当違いの解説をしている可能性もある。その可能性のほうが遙かに大きいだろう。もし清滝が視聴者だったら『将棋を舐《な》めるな』とテレビ局に抗議の電話を入れている。

それでも清滝は、あいに自由に喋らせることにした。

そしてそれを誰も止めようとしないのが答えだ。

――わかっとるよ。天衣ちゃん。

立ったまま腕組みをしてこっちを見詰めているもう一人の孫弟子の視線を感じながら、清滝は心の中で頷いた。

自分はそのためにここに呼ばれたのだから。

「煙詰の収束にはパターンがあります。特に双玉の場合は、盤上の駒が限定されるので、考えられる収束のパターンはそれほど多くなくて――」

「じゃ、じゃあ八一はその収束を見せようとしとるんか⁉　実戦で⁉　どうしてわざわざそんな無茶をしようとするんや⁉　他にもっと楽な勝ち方がありそうやったのに‼」

「それは…………」

「それは⁉」

「……宿題だから……」

「…………は？」

今度は本当に清滝の眼鏡がズレて床に落ちた。


「お嬢様！　天衣お嬢様‼」

あいの解説に聴き入っていた夜叉神《やしゃじん》天衣は、池田《いけだ》晶が上げる悲鳴で我に返った。

「画面に表示している評価値がブレッブレになってます！　これ、詰んでるんですか⁉　それとも詰んでないんですか⁉　詰んでないならどっちが有利なんですか⁉」

「…………………」

天衣は自分でも読み進めようとするが、あまりにも複雑な局面に判断が全く付かない。

──機械に頼り続けた弊害が出たわね……。

だから最後の手段に出る。

左腕の時計を口元に寄せて、呼んだのだ。

この地球上で最も将棋が強いはずの存在を。

「《淡路》‼」

スマートウォッチにはリモートで《淡路》の評価が示されるようになっている。

一秒もかからず答えが得られた。

『後手勝勢』

「ッ……!!」

見た瞬間、天衣の心臓が大きく跳ねる。

《淡路》は現局面でまだ八一の勝利を予測している。ざっと読み筋を確認すると、どうやらまだここから入玉して点数勝負にできる可能性があると見ているらしかった。

ただ、肝心の八一が目指しているのは、別の勝ち方だ。

「まだ詰み《メイト》は出ていない…………いえ、読み切れていないの……？」

スーパーコンピューターをもってしても短時間では読み切ることができないほど複雑な詰みがあるのか？

それとも単に八一の暴発か？

天衣が判断を付けかねているあいだにも局面は進む。スタジオの誰もが、盤上で繰り広げられる異様な手の応酬をポカンと眺めている。

その様子は将棋の中継というよりも、まるで花火大会のようだった。

しかし。

八一が金を打ち込んで十三回目の王手を決めた瞬間、評価値が大きく動く。

後手勝勢から一気に互角まで戻ったのだ。

「逆転した⁉　……駒を与えすぎたからっ！」

天衣は床を蹴《け》って唇を噛《か》む。

《淡路》はこのまま創多が再入玉すれば持将棋になると読んでいるようだった。

「晶……指し直しの準備を進めなさい」

「は？　あ……はいっ‼」

後ろ髪引かれるような思いで晶は盤面から目を逸《そ》らし、ディレクターとして務めを果たす。

再びスマートウォッチに目を戻した天衣は小さく呟いた。

「……無駄に終わるかもしれないわね」

互角になってから数手進んだ局面では、はっきりと評価値が先手優勢に変わっていた。

先手玉は詰まないと《淡路》は判断したのだ。

そして創多の駒台は、八一から奪った駒で溢れつつある。

物量の差は圧倒的であり……そこに立ち向かうには、八一の玉はあまりにも心細い姿をしていた。

「いかがですか八一さん！　ぼくの構想は‼」

対局室では創多が喝采《かっさい》を求めるかのように両手を広げていた。

「点数勝負に来るなら入玉を阻止して五〇〇手まで戦い続けようと思っていましたが……八一さんなら詰ましに来ると思っていました！」

実質的に勝負は終わったという安堵《あんど》が、創多を饒舌《じょうぜつ》にさせていた。

全ては自分の掌の上にある。

「そこで敢《あ》えて自陣に押し戻されることで駒を補充したんです！　少し前までは八一さんにもまだ勝ち目がありましたが、もうその目は消えました。ぼくの勝ちです！　それでもみっともなく入玉を目指すなら――」

「入玉なんてしない」

八一は盤上だけを見て、言い放つ。

「逃げ切ってみろ。詰ましてやるから」

「ッ……!!」

八一の声からは震えも虚勢も感じない。

そもそもこの際どい最終盤で、八一の指し手は落ち着きを感じる。諦めているのとは違うような雰囲気を、創多は不気味に思い始めていた。

しかし。

――詰みは、ない！

八一の駒台には歩が一枚しか載っていない。

王手は暫《しばら》く続くだろうが竜で追うだけの王手など怖くはない。逃げながらさらに駒を補充すれば、もっとハッキリするだろう。

――ぼくは読み勝ったんだ！　九頭竜八一に‼

勝利と信じる局面に向かって創多は玉を動かし続ける。

未練がましく追いすがる八一の竜から逃げる。途中で襲いかかってきた二枚の香車も、まるで詰将棋のような成銀の移動合いで回避する。自分の読みの深さに創多は満足した。

それでも八一は細い細い攻めに望みを託し続けている。

すぐに途切れそうに見える王手は、まだいくらか続きそうだ。

それを創多がギリギリの手で受けて、けどなぜか都合良く落ちていた駒を使って八一がまた王手を続ける。

その繰り返しだ。

――けど！　そんなに都合良く駒が落ちてることなん…………………て？

そこまで読んで、創多はようやく……その可能性に思い至る。

自分が大きな過ちを犯していた可能性に。

九頭竜八一という棋士の実力と、何より将棋というゲームの持つ可能性を過小評価していた可能性に……。

落ちているのではなく――――

「置いてあるのだとしたら？」

ハッとして創多は顔を上げる。

竜の化身が、そこに座っていた。


「これは…………もうアカンのやないか？」

創多の玉を再び下段へ追い込むために八一が角を犠牲にしたのを見て、清滝は思わずそう言っていた。

「桝くんの玉をまたまた下段に押し戻せたとはいえ……八一の持ち駒は銀が一枚に歩が三枚しかない。対する桝くんの駒台には、ぎょうさん駒が溢れとる。まだ多少、王手は続くかもしれんが…………」

弟子の敗北を予想する清滝の表情は暗く、さすがに落ち込んでいる。気の毒で、あいのことが見られず、対局室を映したモニターを見続けていた……。

その時、対局室に異変が起こる。

「ん？」

モニターに映った創多の顔が、驚きに歪んでいるのだ。

駒を摑もうとしていた手が空中で止まった。

そのまま口元を手で押さえ、頭を抱えると…………ガックリと肩が落ちる。

「な、何や？　椚くんには何が見えたんや？」

「気付いたんだと思います」

あいは静かに言った。

この複雑怪奇な終盤戦を前に落ち着き払っている少女を見て、清滝は恐怖にも似た感情を抱く。

「気付いた？　……何にや？」

「自玉の詰みに」

「……………………………………は？」

しかし、真の驚きはその後に待っていた。

俯いていた創多が慌てたように顔を上げ、雷にでも打たれたかのように固まる。そして全身がぶるぶると震え始め……八一を見て、何かを呟いた。

その様子を冷静な目で眺めていたあいが、再び解説する。

「また……気付いたんだと思います」

「何や⁉　ま、まだ何かあるのか⁉　これ以上、何に気付くというんや⁉」

「終局図の美しさに。ご自分がどれほどの奇跡を起こそうとしているかに」

あいの言葉どおり、創多の手は激しく震えていた。

それまでどんな激しい戦いでも、どれほどの記録が掛かった終盤戦でも震えなかった美しいその手が、今は駒をまっすぐ打てないほど震えていた。

悔しさではなく……自分が挑んだ相手の大きさに気付いた感動で。

「師匠は勝ちます」

あいは断言した。

「宿題を、してくれていたから………」

今日、このスタジオに来てからも八一は声を掛けてくれなかった。二人で暮らしたあの家を出てからずっと、ただの一度も言葉を交わしていない。視線すら合わせていない。

けれどこの将棋に八一はメッセージを込めてくれていた。


――ずっと君のことを考えていた。


「し……しょ、う…………!!」

あいの目に涙が溢れる。

たぶん……集中してそのことだけを考えていたわけではないだろう。

たとえば、対局後の眠れない夜とかに。

たとえば、移動中の新幹線の中で、窓の外を眺めながら。

たとえば、対局中に局面を考えることに疲れて、ふと別のことを考えるときに。

あいが八一のことを考えていたように、八一もあいのことを考えてくれていた。この将棋がその証拠だ。離れていても二人は将棋で繋《つな》がり、そしてまだ繋がっている。

──わたしが弟子になったことは……師匠を強くしましたか？

ずっと自分にのしかかっていた不安や後悔や罪悪感が溶けるように消えていくのを、あいは感じていた。

そんな力が将棋にあるなんて暫く忘れていたけれど……今日のこの将棋を見て、思い出していた。

手数はもうすぐ五〇〇手に至ろうとしている。

一手伸びるごとに分岐は爆発《ばくはつ》的に増えていく。

けれど雛鶴あいは疑ってはいなかった。それは椚創多もそうだった。八一が頭の中で描いたであろう荒唐無稽な終局図が実現することを。たとえそれが天文学的な確率でしかなかったとしても、関係ない。

それが九頭竜八一という棋士だから。

震えて駒を持てずにいた創多の手が再び動き出す。

ペースアップした指し手は、終わりが近いことを物語っていた。両対局者がそれを読み切っていることも。

「っ⁉　……こ、駒が………⁉」

清滝は擦《す》れた声で、目の前の現象を率直に表現する。

「駒が……消えて、いく…………？」

それは明らかに異様な光景だった。

まだ盤上に残っていた十九枚の駒が、まるで手品のように消えていく。

普通の対局でも終盤に盤上の駒が少なくなることはあるが、この消え方は異常だ。もうたった七枚しか残っていない……。

ここまで来れば清滝も、この将棋がどんな終わりを迎えるのか読み切ることができた。

しかしプロ棋士としての経験と常識が、その読みを頑《かたく》なに否定する。

「ま、まさか…………これは、いや…………ホンマにか………？」

そんな清滝に見せつけるかのように、盤上では奇妙な手筋が出現していた。

「ぎ……銀歩送り………？」

「江戸時代からたくさん使われてきた詰将棋の手筋です」

清滝だけではない。数多《あまた》のプロ棋士の常識を否定するかのように、八一と創多は流れるように局面を進めていく。

何かを目指すかのように。

「きっと、才能だけなら椚先生のほうが凄《すご》いんだと思います」

局面は史上初の五〇〇手超えを達成していた。王手が途切れれば持将棋だ。

「最年少記録とか、連勝とか、獲得するタイトルの数とか、勝率とか……歴史に残るのは椚先生のほうなんだと思います」

けど――――と、あいは語る。

「九頭竜八一《みらい》は不可能を可能にしてしまうんです。誰もが『できない』と最初から目指そうとすらしない終局に挑んでいくんです。だから失敗もするし、負けちゃうし、せっかく記録を残せそうなのにダメにしちゃって、そのことを後悔して落ち込んで、泣いたり八つ当たりしたりもするけれど…………」

あいは語る。

生身の人間である、九頭竜八一のことを。

「でもやっぱりまた……不可能に挑んじゃうんです」

それは、勝利だけを目指すプログラムには不可能なことなのだ。

「だから、わたしも…………」

もう一人、あいの脳裏には、別の棋士の姿が浮かんでいた。

神様の定めた運命に対して『どけ』と言い放つ棋士が。

あの人たちを目指したい。あの人たちのようになりたい。あんな強さがほしい。あいは心からそう願った。最初からその想いだけでただ、突っ走って来た……。

「あいちゃん……」

孫弟子が何を考えているのか、誰を想ってこの場に立っているのか、清滝は理解していた。

けれど今は果たさなければならない務めがある。

今はまだそれを告げる時ではない。

だから優しく背中を押して促した。

「……………すまんが、あいちゃんが見たものを教えてくれんか？　この将棋の結末を……」

「はい」

もう盤上に残っている駒は五枚になっていて、あいはそれを四枚にし、三枚にし、二枚にする。

玉と玉だけの、確実に実戦では出現したことのない局面。

手番を握った後手《やいち》の駒台には角が一枚だけ。先手《そうた》の駒台にはそれ以外の全ての駒が揃っている。

そして八一の駒台に唯一残った角を持つと、あいはそれを盤上の一点に打つ。

「引いたときに馬が作れればいいので、もっと離れたとこから打ってもいいんですけど。『以遠打《いえんだ》』といって、詰将棋の解答だと最も近い場所に打つのが一般的です」

最後の王手を掛けると、創多の玉にはもう残された逃げ場は一つしかない。

八一の玉から一マス置いた隣に、あいは創多の玉を配置する。

「これで詰みです」

そしてその真ん中に、角を引いて馬を作る。

横一直線に、八一の玉と、馬と、創多の玉が並ぶその形が、この激戦の終わりだった。

広い盤上に三枚の駒だけが、オリオン座の三連星のように並んでいる……。

「き、奇跡や………」

清滝は震える声で言った。

「実戦でこんな終局図は………見たことも聞いたこともない………」

「はい。将棋を知らない人が見ても美しいと感じていただけると思います」

対局室はあいの解説通りに進んでいる。

もはや創多も自分の負けを悟っており、二人は協力して盤上に奇跡を示そうとしていた。

形作りと呼ぶにはあまりにも美しい奇跡を。

「あれだけ複雑に絡《から》まり合った駒たちが、花火みたいに次々と弾《はじ》けて、最後は煙のように消えてしまって………美しい詰上《つめあ》がりが残るんです」

眩《まぶ》しいほど煌めきを放っていた盤上からはもう火は消えて、煙が晴れた後にはオリオンの輝く美しい夜空が広がっていた。

戦いの火花は散ってしまった。だが……。

その火はきっと、まだどこかに残っている。

対局者から盤上へと伝わり、そして電波を通じて全世界へと拡散し、そこでまた新しい火を点けたはずだ。

盤上から、鑑賞する者の心へと。

「熱い……」

雛鶴あいがそう呟くのとほぼ同時に、モニターの中で創多が何かを呟いて駒台に手を翳す。

投了《とうりょう》したのだ。

台本に書かれたセリフは『ここで先手の投了となりました』。

リハーサルでも、あいはそのセリフを練習した。

将棋番組では定番の、終局時のセリフ。

しかしあいは別の言葉で解説を締め括《くく》った。

「お二人で創り上げた美しい作品が、この手で完成しました」

そして、あいの頬《ほお》を涙が一粒、流れ落ちていく。

花火の後の流れ星のように。

〇夜明け

「参りました」

俺が角を引いて馬を作ると、創多はすぐに頭を下げた。

盤上にある駒は、互いの玉と馬が一枚のみ。

駒台に乗り切らなかった駒が創多の近くに、星のように散らばっている……。

詰みに気付いた時点で投了を選ぶこともできたはずだ。

けど創多は最後まで指してくれた。

「本当に参りましたよ。こんな、煙詰みたいな終局図が実戦で出るなんて……」

言葉に悔しさは感じない。銀歩送りの手筋を見た段階で詰みに気付いたんだろう。創多はもう気持ちの整理を終えていた。

「……まさか狙ってたなんて言いませんよね？」

「さすがにな……」

俺自身まだ、目の前に顕《あらわ》れた奇跡に呆然としている。

この……美しい終局図は、俺一人の力ごときでできるものじゃない。創多との合作という意味もあるが、それだけでもなかった。

「ただ、弟子に宿題を出されたことがあってさ」

「宿題？」

「詰将棋創作が実戦の役に立つか、それとも立たないのか……俺自身が検証してみるっていう宿題だよ」

「なんでそんな無駄な……」

「そう露骨に呆れるなよ……あいに詰将棋創作を止めさせるためだったんだ。お前もああいう弟子を持てばわかるさ」

「ぼくは女の子に将棋を教える趣味なんて無いんで」

ツンツンしながら創多は言った。負けた悔しさがぶり返してきたのか？

「とはいえ創作なんて本気で取り組んだことなかったから……最初はあの子が書いてた煙詰の創作ノートを読むところから始めた。で、双玉煙詰の収束パターンだったら実戦でも応用が利《き》くんじゃないかなって……」

「やられたほうは屈辱でしかありませんよ！」

そうは言いつつも創多はどこか嬉しそうだ。

「よくこんなこと思い付きますね？　いや普通は思い付いたってやりませんよ！　やっぱり八一さんは普通じゃありません！」

「あいを弟子に取らなかったら俺だって一生こんなこと考えたりしなかったさ」

苦笑してから、俺はこう続ける。

「でも、それが人間と将棋を指す意味なんじゃないか?」

「……?」

《淡路》とだけひたすら将棋を指していたことがあるんだ。一ヶ月くらいホテルの一室にこもって、ひたすら」

それはある意味、プロ棋士としての究極の姿だ。

「人間と将棋を指さないどころじゃない。人間と会話することも、外に出て社会に交わることもしない。今の将棋界を突き詰めていくと、いずれプロはみんなそういう生活をしないと勝てなくなってくると思う」

その結果生まれる棋譜は……たぶん、みんな手詰まりの退屈な将棋。

同じコンピューターが計算した結果を暗記するから当然だ。

プロの将棋は閉塞感で息が詰まりそうなものになり、衰退するだろう。

「名人が七冠制覇に一回失敗してるって話は知ってるよな?」

「へ? あ……はい」

急に話が変わったから創多は目をパチパチさせる。

「でも翌年、六つのタイトルを全て守って再び七冠に挑戦したんですよね?」

「ああ。その一年で名人が何をしたと思う?」

「山ごもりとか?」

「結婚したんだ」

「けっ…………こ…………？」

「そして七冠になった」

将棋を知らない女性《ひと》と、名人は結婚した。

それは人生において多くの場面で将棋から離れることを意味する。

けれどあの人は最強のまま伝説を残した。

それまでよりももっと強くなったんだ。

「機械の吐き出す最善手を暗記することで強くなる者もいるだろう。でも俺は人と関《かか》わることで生まれる偶然にも価値があると思う」

弟子を取ること。

恋愛すること。

家庭を持つこと。

将棋を捨てて進学すること、就職すること。失敗も成功も。全ての経験に意味があるし、それらを活かせるほどには将棋というゲームは奥深いと示したい。

「そんな全てが将棋に繋がっているし……そうやって強くなっていけることを示すのが、俺のお仕事さ」

「……それが、世界最速のスーパーコンピューターに触れた八一さんの結論なんですね？」

「ああ。コンピューターの真似をする段階は終わった。俺は先に行くよ」

「…………」

創多は俯いた。その指がしきりにネクタイに触れている。

今は感想戦の最中だが、互いに盤面には触れようとしない。将棋の内容云々《うんぬん》をついたところで、この勝負の結論は出ない。

顔を上げると、創多はこう言った。

「ぼくは機械に将棋を教わって人間と戦ってきました。だから八一さんが言ってること、正直よくわからないんです」

「っ……」

「そして機械から将棋を教わっていなかったら……たぶんぼくは将棋を続けていなかったし、こうして外に出て人と関わることはしていなかったと思います」

今度は俺が息を飲む番だった。

人間の棋譜に触れて育ってきた俺と、機械の生み出す棋譜に触れて育ってきた創多。

お互いの生き方、感じ方、目指すものや感動するもの、幸福の価値観が違うのは当然なのかもしれない……。

――ここまで離れちまってるのか……。

自分の力不足を痛感するが、創多の言葉には続きがあった。

「でも、機械に将棋を教わったぼくが……初めて惹《ひ》かれたのが、八一さんの将棋でした」

「っ！　創多……」

「だから八一さんのおっしゃってること、何となくわかります。もっといろんな人と将棋を指してみたいなぁ！」

「できるさ。そのためにプロ棋士になったんだろ？」

「ですね！」

　思えば、創多を奨励会に誘ったのは俺だった。

　関西将棋会館の指導対局に偶然訪れた創多は、偶然その日当番だった奨励会員の俺と将棋を指した。

「もう一つ教えていただいてもいいですか？」

「ああ」

「今のぼくに足りないものって何ですか？　コンピューターや八一さんの将棋以外の何から学べばいいんでしょう？」

「それはお前もわかってるんだろ？」

「生石《おいし》先生との将棋……ですか？」

「いや。姉弟子との将棋だ」

「銀子さんとの………」

「お前が奨励会有段者になってから唯一連敗した相手だろ?」

門外不出の奨励会の棋譜だが、俺は銀子ちゃんから内容を聞いていた。

最先端の将棋ってわけじゃない。

当時の銀子ちゃんはどちらかといえば古臭い受け将棋。本来なら、創多が負けるような相手だとは思えないが――

「それどころか才能はもちろん棋力も体力も遙かに劣る空銀子という存在にお前は一度も勝てていない。それが結論だよ。それ以外の部分も勝敗に繫がるくらいには大事ってことだ」

「………」

「みんなあの子の見た目の綺麗さにばかり気を取られるけど、銀子ちゃんの最も強くて美しいものは別にある。将棋界やコンピューターから離れたことで、あの子の中の純粋なものは、さらに純粋になっていた」

将棋には人柄や人生経験といったものが出ると、ある人が言った。

その時代の一局の将棋だけを切り出すのでは、その差は小さい。ましてやコンピューターに支配された今の将棋界では。

けれど長く現役を続けるプロ棋士にとっては、千局、二千局と年月を重ねていくうちにどう将棋が変化していくかこそが重要で。

そして結局のところ、そんなに長く続かないのだ。金や名誉だけでは。

「何ですかその、純粋なものって？」

「『将棋が好き！』っていう気持ちだよ」

不自由な身体と過酷な運命を背負ったことで、銀子ちゃんは誰よりも純粋に将棋を求めるようになった。

他の何かでは満たされることがない。

将棋じゃなきゃダメなんだと。

「その純粋な心に俺は……どうしようもなく惹かれたんだと思う」

「はいはいわかりました」

「自分から聞いといて投げやりだな⁉」

「だってアドバイスをもらおうと思ったら、いきなりノロケを聞かせられたんですよ⁉　デリカシーに欠けると思うんですけど⁉」

「す、すまん……？」

確かに将棋にも勝ったうえに『人生でも勝ち組ですイエーイ』みたいな話をするのは指し過ぎだったかもしれん。

感想戦で勝ち誇るのはマナー違反。

謝罪の意味を込めて、俺は創多に提案する。

「お前も俺の研究会に来いよ」

もともとあの研究会は創多のために準備したものだった。

放っておけば創多は孤立する。こいつはもう棋士というより芸能人の域で……そうなると気軽に声を掛けられづらくなってしまうから。《浪速の白雪姫》のように。

椚創多は天才ゆえの孤独を癒やすために将棋を始めた。

その将棋が理由でもっと孤独になってしまうとしたら……そんなの悲しすぎるから。

「最近あんまり人間と将棋を指してないんだろ？　まあ、忙しいだろうから無理に誘いはしない──」

「行きますっ!!」

ノータイムで創多は盤を飛び越えると、俺を押し倒して馬乗りになってくる。うおおいどういう反応だこれは!?

「いつですか!?　明日!?　それとも今日このままここでしちゃいますぅ!?」

「んなわけねーだろ常識で考えろ！」

「じゃあ来週ですね!?　待たせたぶん一週間ずっとやり続けましょう！」

「来週は棋士総会があるだろうが！」

「総会なんて委任状を出せばいいじゃないですか！　清滝先生に代わりに出てもらって、ぼくらは二人でセッ……研究会をしましょう！」

「アホか！　俺の弟子が主役なんだぞ！」

しかも今ちょっと何か怖いこと言いかけてなかったか？　大丈夫か？

「うわぁぁぁ!?」

棋譜用紙をコピーしに行っていた記録係がスタジオに戻ってきて悲鳴を上げる。

「た、大変です！　椚四段が竜王に殴りかかってます！」

そりゃそう思うよな……大声に反応して報道陣も押しかけて来た。

「にゅ、ニュースだ！　将棋の結果どころじゃないぞ！」

「いつも笑顔の創多くんがあんなに怒るなんて、クズ竜王が煽ったに違いない！」

「あんな無茶苦茶な終盤を指されたら殴っても仕方ないからな！」

うわー……めちゃめちゃ騒ぎになってるな。

多分ネットニュースでは、今日の終局図よりも、俺が創多に星雲戦で勝って優勝したという話題よりも、馬乗りになった創多の写真が大バズりするんだろう……。

そんな外野の声など意に介さず、創多は呑気《のんき》に質問してくる。

「最後にもう一つだけ聞いてもいいですか？　対局中ずっと気になってたんですけど」

「な、なんだ……？」

「どうして声がガラガラなんです？」

「あー………それはな……」

もう対局も終わったし言ってもいいだろう。

「棋士名簿の上から順に電話を掛けたんだ。『星雲戦決勝の放送を観てください』って」

「ええ⁉」

「『絶対に最後まで観てください』ってな。女流棋士も含めたら三五〇人くらいいたから声が枯れた」

西宮《にしのみや》のマンションで、俺は天衣にお願いをしていた。

『もし俺が星雲戦の決勝まで勝ち上がったら大盤解説に師匠とあいを起用してくれ』と。

あの子の言葉を聞いてもらうために。俺の将棋で熱くなったあの子の言葉を。

清滝師匠には何も伝えてないが……きっとこの後、自分の仕事をしてくれるはず。そのくらいの信頼はある。

「ぼく八一さんから電話もらってないですけど⁉　ズルい‼」

「対局者なのにどうやって生放送を観るんだ⁉　……お前には対局が終わったら直接伝えようと思ってたんだよ」

俺は創多を押しのけると、姿勢を正して座り直す。

それから頭を下げてこう言った。

「弟子を……雛鶴あいをよろしく。きっとお前の人生を豊かにしてくれるプロ棋士になると思うから」

あなたと戦いたい

「煙詰として見たらこの作品はそんなに大したことないです」

終局後もカメラは大盤を映したままで、わたしは急遽《きゅうきょ》、最終盤を詳しく解説することになった。

なぜなら対局室がちょっと放送できない状態になっていたから……師匠、男の子ともイチャイチャしてる……かわいくて幼ければ誰にでも手を出す……だらぶち……………。

「ここも……それにこの手筋も、どこかで見たことのあるものばかりで新規性はないです。途中の角打ち以外は手順もわかりやすいですし。最後の以遠打だって厳密には余詰だし……」

「なるほどなぁ。あいちゃん怒ってへん？」

「怒ってませんよ？　作品自体は未熟ですけど、重要なのは入玉宣言法や五〇〇手ルールにおける『王手が掛かっていない』という条件との兼ね合いで――」

将棋のルール上、連続王手で必ず詰まさなければ勝利を摑めない場合がある。

これまでは荒唐無稽だと思われていたけど、コンピューターの指し方を参考にすることで人類はその域にまで到達した。

けれど機械はその先でどう戦うかまでは教えてくれなくて。

そこに一つの答えを出したのが――九頭竜八一竜王。わたしの師匠。

「つまり極限まで手数が伸びた状態において、詰将棋創作的な手法が実戦へ応用できる可能性をこの将棋は示してるんです！　すごくないですか⁉」

「うんうん。いやぁホンマええもんが見れた！　あいちゃんと解説を交替したのは大正解やったね！　…………ところで、あいちゃん」

解説の最後でおじいちゃん先生がわたしに話を振る。台本には無い展開だった。

「わしからも一つ、聞いてええか？」

「なんですか？」

「視聴者の方々が最も聞きたいことを、わしが代わりに聞こうと思ってな。プロ編入試験についてや」

「っ……！」

不意打ちのように繰り出された質問に完全に固まってしまう。

どうして、今……？

「あいちゃんが……雛鶴あい女流名跡が初めてわしの家に来た時のことは、まだほんの昨日のことのように思える」

おじいちゃん先生は喋り続ける。

「八一に連れられてやって来たこの子は、その時からもう九頭竜八一の弟子になることしか考えておらんかった。かわいく見えても本当に頑固でなぁ。こうと決めたら絶対にやり遂げるんや。銀子に負けて親御さんに連れ戻されそうになった時も、土下座までして」

「…………」

「その意思の強さは、明確な目標があるからや」

全てを見通すような目でわたしを見ながら、清滝鋼介九段は言った。

「せやからあいちゃん。本当のことを教えてくれんか？」

「ほんとうの…………こと…………」

「あいちゃんはなぜ今すぐプロになりたいんや？　プロになって何をしたい？」

「わ、わたし…………わたしは…………」

どうしよう？

答えはある。わたしはずっとそれを秘密にしてきた。

自分の短い全盛期を自覚した瞬間から、この力が消えてしまう前に、どうしても……やっておきたいことがある。

一度でも口にしてしまえば後戻りはできない。

言わないほうがいい。そう、理性は叫んでいる。

けれど、たったいま見た将棋が。

あの将棋の後で自分の心を偽ることなんて…………できない。

だから――――

「空銀子四段」


だからわたしは口に出した。

その人の名前を。


「わたしは、あなたと戦いたい。あなたに勝ってプロになりたい……です」


シン……としたスタジオの中では、当然ながらその人からの返事が聞こえてくるはずもない。

この声が届いたかどうかもわからない。

それでもわたしはカメラを見詰め続けた。

その向こうにいる銀色の輝きを見つけようとするかのように。

「…………うん」

しばらくして、おじいちゃん先生が優しく頷いた。

「銀子が休場を選んだ時、みんなが心配してくれた。『今まで無理をさせすぎた』と」

中継はまだ続いている。

けれど二人だけで話す時と全く同じように、穏やかな口調だった。

「わしもそうや。好きなだけ休んで、元気になったらまたボチボチ将棋を指してくれたらええと思った。無理はするなと言い続けた」

神社に通って回復を祈り続けていたと、おじいちゃん先生は言った。

桂香《けいか》さんは頻繁に空先生のもとに通って、ただ寄り添い続けた。

月光《つきみつ》会長をはじめ将棋関係者はみんな静かに空先生の復帰を待ち続けた。

だって空先生は……《浪速の白雪姫》は、それまでたった一人で女流棋士界を支え続けて、さらに奨励会でも戦い続けたんだから……。

「弟弟子の八一ですら、銀子を一人にした。内弟子になってからずっと本物の姉弟みたいに常に一緒におったのに。あの時はそうするしかないと思ったからや」

けど――――と、清滝鋼介九段はわたしに言った。

「銀子を無理矢理にでも盤の前に引きずり出そうとしてくれたのは、あいちゃんだけやった」

「ッ……！」

心の奥に秘めていた意図をはじめて見抜かれて、わたしは動揺する。

空銀子四段の師匠は、傷ついた弟子を挑発し続けた小娘の意図を暴露した。

テレビの前で。

全国の人々に向けて。

そしてわたしの頭に手を置くと、大きなその手で優しく撫《な》でてくれて……。

「ありがとうな、あいちゃん。銀子のために一人で戦ってくれて」

「お、おじ……ちゃ…………先生……！」

「あいちゃんだけが信じてくれたんや。師匠のわしですら信じ切ることができなんだ……空銀子の、心の強さを」

ああ……。

我慢していたのに。

空先生を怒らせて、奮い立たせなくちゃいけないのに……！

「わたし…………ごめんなさい…………ご、ごめ…………さい……！」

どうしよう……。

涙が溢れて止まらないよ…………！

「わしもまた見たいな！　二人の将棋を」

おじいちゃん先生はそう言うと、

「テレビの前の皆さんもそう思うやろ？　な⁉」

カメラに向かってウィンクして、大盤解説を締め括った。


解説の収録が終わると、次は表彰式の撮影が待ってる。

「九頭竜先生と桝四段の感想戦が盛り上がっておりまして、そちらに区切りが付いたら表彰式の撮影に移りたいと思います。それまで待機で！」

メガホンを持った晶さんはそう指示を出してから、ツカツカと早足でわたしのところまでやって来る。

な、なんだろう……？　最後に余計なことを言っちゃったから、それについて怒られるのかな……？

と思ったら、握手された。両手で。

「最高の解説と聞き手でした！　やはりお嬢様のキャスティングに間違いはございません……特に最後の雛鶴さんの熱いコメントは、カメラ越しに見ていても涙が止まりませんでした！

きっと視聴者の方々にも想いが伝わったはずです！　幼女万歳ッ!!」

「あ、ありがとうございます……」

「幼女万歳ッッッ!!」

「晶。褒めると調子に乗るからそれくらいにしておきなさい」

天ちゃんの言うとおり、本番は来週の総会。

でも……言いたいことは今、ぜんぶ言ってしまった。

「わしの解説もよかったやろ？　報酬に少し色を付けてくれてもええんやで？」

「大師匠の報酬は半分あいに振り込んでおくわね」

「なんでや!?」

二人のやり取りに周囲から笑いが起こる。

一人だけ笑ってない天ちゃんは、厳しい表情のまま呟いた。

「ま、最後のあれは……いい仕事をしたと評価してあげるわ」

「ふふふ。最初に言うたやろ？　自分の仕事はよくわかっとる、と」

そんな天ちゃんとおじいちゃん先生のやり取りを見て、わたしはようやく、二人が最初からわたしに話す場を用意するためにこの聞き手の仕事を振ってくれたんだと理解する。

天ちゃんみたいに理路整然と話すことはできない。

おじいちゃん先生みたいに、面白《おもしろ》い話もできない。

だから事前に用意したコメントだと……わたしは本心を明かせなかったと思う。

それができたのは、師匠と桝先生の将棋を見たから。

『わたしも早く、あんな将棋を指したいです！』

初めて関西将棋会館で師匠の公式戦を盤側から観戦した時と同じ高揚感。自分もああなりたいという、強い強い憧れ。

そんな気持ちに突き動かされたからこそ、わたしは強く願った。

プロになりたいと。

そのために試験を受けたいと。

──だからやっぱり、その相手も……あの時と同じ人がいい。

わたしが関西研修会に入るとき、最後に立ちはだかったのは空先生だった。わたしが初めて経験した本物の勝負だった。

そして身を切られるより痛い本物の敗北を味わった。

今ならわかる。

あの対局からずっと、わたしは空先生に勝つことを目指して、強くなってきた。

空銀子四段のいない将棋界でプロになっても意味が無い。

だからもし明日の総会で編入試験の制度化が決まっても……空先生が復帰しないのなら……。

その時だった。

「……私だ。こちらの準備はもう終わって…………ん？　待て、何の話だ？」

「どうしたの晶？　対局者がこっちに来るの？」

「何だとッ⁉　た、確かなんだな⁉」

天ちゃんが尋ねるのも無視して晶さんはインカムから伝わる言葉に耳を傾け続けている。

明らかに様子がおかしかった。

何が起こったんだろう……？

「たった今、関西将棋会館から連絡がありました！」

晶さんはわたしを見て、叫ぶようにこう言った。

天ちゃんじゃなく、わたしを見て。

「空さんが…………そ、空銀子四段が――――――!!」

テレビ画面の中で、その少女は私の名前を呼んだ。

「え……？」

一度消したその放送をまた見ようとしたのは、結果だけは確認しようと思ったから。

けれど勝負はまだ続いていて……八一はそこで奇跡を創っていた。

煙詰のような終局図。

私には想像すらできなかった結末を、画面に登場した小学生が数学の問題でも解くかのようにスラスラと解説していく。まるで最初から八一がそれをやってのけると知っていたかのように。

現実とは思えず、テレビの前で立ち尽くす。

けれど私が最も衝撃を受けたのは——その後に少女が放った、言葉。

『わたしは、あなたと戦いたい。あなたに勝ってプロになりたい………です』

その言葉は弾丸のように私の心臓を撃ち抜いた。

「戦い……たい？　私……と？」

最初は聞き間違いかと思った。

あの子はずっと八一のことだけを見ていたはずだから。

けれど確かに、聞き覚えのあるあの声で、私の名前を呼んだのだ。

『空銀子四段と戦って、わたしはプロになりたいです。そのために今まで戦ってきたんです。空先生が戦ったのと同じ相手と』

『同じ相手やと？』

清滝師匠が促すように尋ねる。

『それは誰や？　プロ棋士とか？』

『いいえ』

画面の向こうから放たれたその言葉を、私は生涯忘れないだろう。

『運命と』

あの子が師匠と交わす言葉の一つ一つに、魂を打ち鳴らされる気がした。

「……………運…………命…………………」

私は初めてしっかりと画面の中の少女の顔を見る。

そこに映っているのは、私の知っている雛鶴あいじゃなかった。

むしろそれは……幼い頃の私に似ていて。

だから、わかった。

奨励会に入る時に私がしたのと同じ計算をしたんだと。

「……そうか。それで髪を………切ったんだ」

一瞬で全てが腑に落ちた。

短くなった髪だけじゃない。少し伸びた背丈に驚いたわけでもない。

ただ、大盤の前に立つその佇《たたず》まいが……明らかに変わっていた。

『もう一度、盤を挟んでいただきたいです。強くなった雛鶴《わたし》あいと』

「ッ……！　それ………その言葉って……！」

私が最後にこの子と交わした言葉そのままだった。

あの時、三段リーグで追い詰められていた私は、帝位戦に臨む八一のことを雛鶴あいに託したのだ。

私がいなくなった時のために。

「………あいつは守ったのね。あんな………立ち話みたいな約束を………」

八一が間違った方向へ進みそうになったら、それを止めて欲しい。私はそう言った。

将棋の闇《やみ》へ堕《お》ちそうになっていた八一は自分を取り戻した。

それを私は自分の功績だと思ったけれど、実際はそうじゃなかったのだ。

八一が今、盤上で人間にしか指せない奇跡を見せてくれたのは……間違いなく雛鶴あいの功績だった。

それなのに私は…………八一と一緒に指輪を受け取りに行く。

綺麗な服を着て、少しだけ化粧をして、二人で手を繋いで街を歩き、映画を観て、それから海の見えるレストランで食事をする。

その後は…………二人だけの時間を過ごす。

それは、八一が名人を相手に初めて竜王位を防衛した時に、万智さんにだけこっそり話した、私の夢。

その夢に今、私の指先は触れていた。

「…………」

感想戦の様子を映し始めたテレビの電源を切ると、私は自室へ向かう。

そしてクローゼットを開けた。

中にある服は、母親が選んでくれた大人っぽいワンピース。

『八一くんとデートするならこういう服がいいわ。だってこれなら……初めてでも脱がせやすいでしょ？』

ハンガーに掛かったそれを、私は着るつもりだった。

けど——

「…………ごめん。八一」

今、私が着ようとしているのは、別の服だった。

「そこには無いわ」

背後から声がして振り返ると、ハンガーに掛かった懐かしい服を持った母親が無表情に立っていた。

「探してるのはこの服なんでしょ？」

ビニールに包まれたそれはクリーニング済みであることを示していた。いつでも使えるように。

その服は、私以外の女子高生にとっては単なる学校の制服に過ぎない。

でも棋士である私にとっては、唯一無二の戦闘服だった。

雛鶴あいは私との約束を守った。

だったら私も………約束を守らなくてはならない。そっちが先約だから。

高校の制服を受け取りながら、私は母に言った。

「もう一つお願いがあるの」

手に持った鋏《はさみ》を渡す。

「………残酷なことを言うのね」

そしてバスルームに行くと、裸になった娘の髪に、母親は鋏を入れた。

鋏を動かすたびに銀色の束《たば》が足下に落ちていく……。

身支度を整えてから、私は母の運転する車に乗ってそこを目指した。

前回は辿り着けなかった場所へ。

「ここでいい」

ハンドルを握る母親にそう告げる。

正面ではなく路地裏の、目立たない場所。将棋会館からは陰になっていて、建物は見えない場所。

「……三段リーグの頃、ここであなたを見送るのが怖かった」

シートベルトを外そうとした私に、前を向いたまま母は言った。

私の体調が悪い時や、世間の反響が大きくなり過ぎてからは、母はこうして娘を連盟まで送ってくれていた。

「あの建物に入って行って、もう戻って来ないいんじゃないかと何度も思った。だからこの一年間は幸せだったわ……将棋に奪われた娘が戻って来てくれたようで。しかも彼氏まで連れて。本当に楽しかった。浮かれきって、この幸せがずっと続くと信じてしまうほどに」

「…………ごめん」

「いいのよ。あなたの命は将棋に繋いでもらったものだから」

運命から逃げ出した自分には、あの建物は眩しすぎる……母はいつものように感情が磨り減った表情でそう言ってから、こう続けた。

「けど憶えておいて？　あなたが将棋を指さなくても、元気に生きていてくれるだけで幸せだと思う人間もいるんだということを」

「ありがとう……お母さん」

私はドアを開けた。

「行ってらっしゃい」

「行ってきます」

それだけ言って車を降りる。

動悸が激しくなるけれど……それが恐怖からなのか、それとも闘志からなのか、よくわからなかった。

確かめるように一歩一歩、建物に近づく。

一つだけわかることは——

「熱い」

心臓が送り出す血は、かつてないほど沸き立っている。

一年近くもこの建物の中に入らなかったことは、初めてここに来た四歳の頃から数えて一度もない。

実家よりも、そして師匠の家よりも長い時間を過ごした————この関西将棋会館に。

「………笑えるわね。足が震えるなんて……」

正面玄関の前に辿り着く。不安で潰れそうだった。

けどこの格好でずっと立ち尽くしてるわけにはいかない。私は目立ちすぎるから。

意を決して中に入る。

「ッ!!」

いつも眠そうな守衛さんは私を見ると、まるで幽霊でも見たかのように顔を歪める。老眼鏡の奥の目を何度も擦《こす》って。

それから――――こう言ってくれたのだ。

「おかえり！」

鉛のように重かった足が、その一言で一気に軽くなった。

私は会釈だけを返す。

言葉を出そうとしてもきっと……声が詰まって何も言えなかっただろうから。

エレベーターではなく階段で三階まで行くと、事務局の中に足を踏み入れた。

アットホームな関西の空気は一年前のそのままで。

「おかえりなさい！」『おかえり！』『お、おか……えり……っ!!」

職員のみんなが一斉に立ち上がってそう言ってくれた。

中には泣いている人もいて…………思わず私の涙腺も弛《ゆる》みそうになる。

でも堪《こら》えた。

――今は消せない。心の中の火を。

私は無言で会釈してから、事務局の奥にある理事室を見る。

「ご在席ですよ。どうぞ」

答えを聞いて、私はドアに向き合った。

――心臓が……痛い。

肋骨《ろっこつ》を突き破りそうなほど大きく心臓が鼓動する。恐怖で冷や汗が流れる。呼吸が乱れ、足が震えた。

そのまま一度、目を閉じて…………深呼吸をする。

このドアを開ければもう後戻りはできない。

「…………そこをどけ」

ドアの形をした運命に私はそう呟く。

――運命よ！　そこをどけ!!

拳《こぶし》を握り締める。

ノックをすると、中から「どうぞ」と返事が。私は声を出せないまま、部屋の中へと足を踏み入れた。

「おかえりなさい。空銀子さん」

理事室のドアを開けると、目が見えないはずのその人は、私の名前を呼んだ。

盤上だけではなく盤外の全てをも見通すかのようなその人に向かって、見えないとわかっていても私は深々と頭を下げる。

「…………ご迷惑をおかけしました。月光先生」

「いいのですよ」

いつものように静かな笑顔を湛《たた》えた永世名人は、デスクの引き出しを開けて、中から書類を取り出した。

「必要なのはこちらですか？」


『復帰願』。


「本当にいいのですね？　復帰戦は……厳しい相手と戦うことになりますよ？」

「はい。覚悟の上です」

いつか提出する日のために月光先生にずっと預かっていただいていたその書類に自筆で署名すると、私はその名前を口にする。

今、私が最も戦いたいと願う者の名を。

それは九頭竜八一ではなく——

「雛鶴あいと将棋を指すために私は帰って来ました」

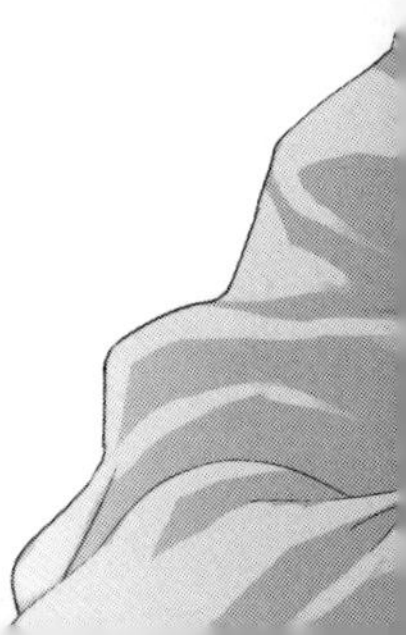

あとがきに代えて――『創作』

「詰将棋を本格的に作り始めたのは研修会に入ってからです。関西将棋会館には『詰将棋パラダイス』が売ってるので……」

そう教えてくれたのは、詰将棋作家の岸本裕真さん。

関西研修会で将棋を学び、大学時代には朝日アマ将棋名人戦など全国大会にも出場。そして二年連続で『看寿賞』を受賞した、指し将棋にも詰将棋にも才能を発揮する人物です。

……あれ？　あいちゃんに似てる……？

研修会にはプロ棋士も指導に来るのですが、詰将棋作家でもある船江恒平七段からアドバイスをもらったり、同じ研修会員だった藤井奈々女流初段にも作品を褒めてもらったそうです。

こうして岸本さんはどんどん詰将棋創作にハマっていきました。『看寿の煙詰を逆算していた』というエピソードも岸本さんからうかがったものです。

ですが詰将棋に打ち込むことに後ろめたさも感じていたといいます。

「実は、最初は親に隠れて作っていたんです。だってお金を払って研修会に通わせてくれているのに、息子は将棋じゃなくて詰将棋ばかりしてるんですから……」

私が本格的にラノベを書き始めたのは大学院に入ってからでした。

そして岸本さんと同じように周囲には黙っていました。もちろん親にも。デビュー後にバレて実家を追い出されたのは以前このあとがきにも書きました。

創作という行為には魔力があります。

特定の人にとって、その力は抗い得ないほど強く作用します。

あいちゃんはタイプ的に間違いなく創作にハマるでしょう。

特に、それまで親の言いつけに従って家の手伝いを続けてきた子が、親元を離れて好きなことだけに集中する環境に置かれれば……どうなるかは火を見るよりも明らかです。

そんな時、八一ならどうするだろう？

師匠という立場を振りかざして力尽くで禁止するだろうか？

いや。きっと八一なら別の方法を考えるはず……そんな想像がこの本を書く上で一つの大きな柱になりました。

結局私は学業で結果が出せませんでした。楽しければ楽しいほど、創作は時間を食い潰していきます。

そしてほとんどの創作活動は報われることがありません。特に、経済的には。

将棋の世界でも「詰将棋を解くのは終盤力の強化に繋がる。けど、作るのは……」という意見が大半でしょう。

現実ではそうなのだと思います。

だからこそせめてフィクションの世界では、創作という行為が報われてほしい。

創作という行為においても機械が人間に取って代わる時代になったからこそ、機械にできるその先に、人間が創造力を発揮することで更なる可能性を示す……そんな物語を書いてみたいと思いました。

あいちゃんや八一たちの力を借りることで、それができた……かな？　この本を読み終わった時にそう思っていただけたら嬉しいです。

……ところで岸本さんはこの19巻の作業中に大学をご卒業。晴れて社会人になられました。就職先は――――将棋ファンには馴染みの深い、とある出版社。

詰将棋創作が就活でプラスになったかはわかりませんが、開花したその才能を発揮できる職場であることは確かです。今後のご活躍が楽しみです。

長く続けさせていただいた本作も、本編は残すところあと一冊。

ずっと前から温めていたラストシーンをいよいよ書ける。そう思うと、何だか今からもう泣きそうですが……。

「最後まで読んでよかった！」

絶対にそう思っていただけるはずです。ご期待ください!!

……その前に盤外編2巻が出る予定ですので、そちらもぜひよろしくお願いします！

感想戦

「ちょうど今くらいには終わってるかしら？　八一《やいち》くんと創多《そうた》くんの対局……」

星雲戦決勝が行われているその日。

私は一人で東京に来ていた。

神戸には今、あいちゃんやお父さんもいる。

銀子ちゃんも大阪に戻っているはず。

一門のみんなが関西に集まっているのに私だけそこから逃げるように東京へ来たのには……来週には棋士総会もあって、一門で集まってどうするか話し合うべき時になのに私だけが別のことをしているのには……私なりの理由があった。

「最底辺の女流棋士には別の戦いがある。今はそっちに集中するわよ、桂香《けいか》……！」

ノートパソコンの入った鞄《かばん》を持つ手に力を入れる。

ここは東京の神楽坂。

名前は聞くけど初めて来る場所だ。

「ええと……このビルでいいのよね？」

地下鉄の駅を出て少し歩いたところにあった古いビルを見上げながら私は呟く。

ここ神楽坂《かぐらざか》は出版の街として有名……らしい。

確かに『〇〇出版』とか『〇〇書房』っていう看板がいっぱいあって、目的の出版社を探すのに手間取ってしまった。

無人のロビーに置かれた内線電話を取り上げて、編集部の番号を押す。

「あ、あの！　本日十一時よりお約束いただいている清滝《きよたき》と申します！」

『清滝様ですね。今そちらへうかがいます』

株式会社『神楽坂書房』。

私が投稿したレディースラノベ新人賞を主催する出版社だ。

まだ受賞するかはわからない……けど最終選考まで残った私の作品は出版確約となり、担当編集が付くことになった。

今日はその担当さんとの初顔合わせ。

いったいどんな人なのかしら？

将棋系の出版社なら付き合いがあるけど、一般の出版社で勤務する編集さんなんて初めて会うからイメージがわかない――

「どうも～。神楽坂L文庫編集部の鵠《くぐい》と申します」

「…………………へ？」

「ささ。こちらへどうぞ。打ち合わせ用のブースを取ってあります」

間仕切りの中に机と椅子《いす》だけがある漫画とかでよく見る感じのスペースに私を案内すると、鵠と名乗った女性編集者さんは鞄の中から原稿の束を取り出した。

っていうか…………………供御飯万智《くぐいまち》ちゃん？　よね？

まさに狐《きつね》につままれたような気持ちだった。

「あ、あの………どうして万智ちゃんが、小説の編集を……？」

「将棋の本だけじゃやっていけないからです。さて！」

トン！

と音を立てて原稿の束《たば》を机の上に置くと、万智ちゃんは言った。

「『最底辺の女流棋士（29歳）だけど美少年を拾ったので天才プロ棋士に育てます』の原稿、拝読させていただきました！」

「タイトル音読しないでぇぇぇぇぇぇぇぇぇぇぇぇぇぇぇぇぇぇぇぇッ!!」

恥ずかしい！

どうして私こんなタイトル付けちゃったの!?

でも仕方ないじゃない！　将棋とぜんぜん関係ない出版社に投稿したラノベを知り合いに読まれる可能性なんてこれっぽっちも考えなかったもん！

「設定は八一くんを使いつつも、美少年の外見や性格は完全に幼少時の歩夢《あゆむ》くん……しかも棋風のモデルは椚《くぬぎ》創多四段で、まさに将棋界のいいところだけを摘まみ食い。いや、感服しました！　大変面白《おもしろ》かったです!!」

「ヒィィィィィィィィィィィィィィィィィィィィィ!!」

「特にこの、拾った美少年をお風呂《ふろ》に入れてあげるシーン。これは絶対に自分でもやったことがないと書けませんよ！　リアリティーが違う」

「ち、違うの…………それは……違くて…………」

「何が違うんです？　あ、この初対局前に緊張で眠れない美少年と同じ布団で寝るシーンもよかったですよ？　ごちそうさまでした」

コロ……シテ…………コロ…………シ……テ…………。

「さて。感想を述べるのはこの程度にしておきましょう」

キリリと表情を引き締めると、万智ちゃんは言った。

「では書籍化に向けて具体的にどう修正するかをお話しさせていただきます」

「っ……！　は、はい!!」

『書籍化』という言葉で我に返る。

――プロの作家になれるんだ！　本当に……！

本にするためなら自分の文章をどうとでも変える覚悟だった。

「この作品は将棋を題材にしていますよね？　しかも弟子を育成していく『育成系』の作品です。ならばもっと――」

「もっと将棋描写を増やすのね⁉」

「いえそれは結構です」

「へ？」

「もっと美少年とイチャイチャさせてください!! まだ『羞恥心《しゅうちしん》』を感じます!!」

「これで!? 私のライフはとっくにゼロよ!?」

「まだまだ。こんなものでは……まだまだまだまだまだですよ」

力を入れた将棋のシーンはバッサリカットしろと万智ちゃんは言う。

そこが評価されたと思っていた私は衝撃を受けた……。

「エンターテイメントとは何か? 読者は非日常や非現実を求めて七〇〇円を払い、二時間という時間を使って別世界に浸るのです。その瞬間だけは煩《わずら》わしい日常を忘れ、辛《つら》い現実からも逃れられる。そんな麻薬のような読書体験を与えるのが我々の使命です」

「辛い現実って?」

「もうすぐ三十歳になるのに実家暮らしで恋人もいなくて仕事には行き詰まりを感じていて弟や妹のように思ってた子たちが自分より先に結婚しそうで世の中に絶望と嫉妬《しっと》しか感じなくなってる……みたいな?」

「やめてぇぇぇぇぇぇぇぇぇぇぇぇぇぇぇぇぇぇぇぇぇぇぇぇぇぇぇぇぇぇ!!」

「それですよ桂香さん」

「え……? ど、どれ?」

「あなたには二つの武器があります」

耳を塞《ふさ》ぎかけた私に顔を近づけると、万智ちゃん……いえ鵠編集は言った。

私の武器を。

「一つはコンプレックス。もう一つは欲望。この二つは創作におけるガソリンです」

それが……武器？

そんなものが？

「なぜならそれは、あなたが戦って得たものだからです」

「ッ……!!」

「戦わなかったら得られなかった負の感情や、現実世界に虐げられた経験……あなたが憧《あこが》れたもの。あなたが抱いた夢。あなたが手に入らないと諦《あきら》めて、けれど夢に見ずにはいられなかった妄想。全《すべ》てあなたが戦った証です」

下らない妄想小説。

てっきりそう馬鹿《ばか》にされると思っていた。

でも目の前の編集者は……それを肯定してくれた。

将棋の知識ではなく、私自身の妄想を。

「自分の欲望を解放してください。恥じらいを捨ててください。この小説を書いている時間はあなたにとってこれ以上ないくらい楽しい時間だった……そうでしょう？」

「…………」

女流棋士になってからも。なる前も。

私は……将棋を指していて楽しいと思った瞬間は一度もなかった。

盤上では常に不自由を感じていた。

将棋が嫌いなわけじゃない。

今でも好き。大好き！

――けど……それだけで私の人生は終わっていいの？

そんな疑問に突き動かされてキーボードを叩《たた》き続けた日々。

私が人生で初めて自由を感じた時間。

「桂香さんは以前、インタビューで私に教えてくださいましたよね？　自分の好きな駒は桂馬でも香車でもなく、歩だと」

それは、お父さんが順位戦で降級した時のこと。

『桂香』という名前について話したことがあった。

「一歩一歩、ゆっくりと前に進んで……いつかは『と金』になれる歩こそが、自分の一番好きな駒だと」

「…………ええ。その通りよ」

「ならば今がその時です」

鵠編集は付箋と赤ペンの書き込みだらけの原稿を示して、

「さあ！　この妄想を金に換えてやりましょう！　大金を掴《つか》みにいきましょう!!　桂香さんは

この出版業界《せかい》で成金になるんです!!」

「それ成金の意味が違わない!?」

「金の成る木でもいいですよ？」

　フッと鼻で笑いながらその編集者は言った。

「ラノベの世界に権威は存在しません。売れた本が正義です。そして売れれば売れるほど叩かれることも増えるでしょう。低俗だと貶され、文章力が無いと酷評される。あなたの正体がバレれば『金のために女流棋士としてのプライドを捨てた』と言われるかもしれません。それが嫌なら本を出すのをやめればいい。今ならまだ引き返せます」

「…………いいえ」

　掴める幸せがあるのに逃してしまうほど、私は甘い人生を送ってはこなかった。

　チャンスにすら手が届かない日々が長すぎた。

　チャンスがあるなら迷わず掴むほどに。

　一番大切だと思っていたものを手放してでも、私はそれを掴んでやる！

「よろしくお願いしますっ!!」

　盤上では自由を得られるほど強くなれなかった私でも――――

　物語の中では、最強になれるのだから。

ファンレター、作品の
ご感想をお待ちしています

〈あて先〉

〒105-0001
東京都港区虎ノ門2-2-1
SBクリエイティブ(株)
GA文庫編集部 気付

「白鳥士郎先生」係
「しらび先生」係

本書に関するご意見・ご感想は
右のQRコードよりお寄せください。

※アクセスの際や登録時に発生する通信費等はご負担ください。

https://ga.sbcr.jp/

りゅうおうのおしごと！ 19

発　行　　2024年6月30日　初版第一刷発行

著　者　　白鳥士郎
発行者　　出井貴完

発行所　　SBクリエイティブ株式会社
〒105-0001
東京都港区虎ノ門2-2-1

装　丁　　木村デザイン・ラボ

印刷・製本　中央精版印刷株式会社

ISBN978-4-8156-2586-3
Printed in Japan

GA 文庫